NEM TUDO SERÁ ESQUECIDO

wendy walker

NEM TUDO SERÁ ESQUECIDO

Tradução
Maryanne Linz

Planeta

Título original: *All is not forgotten*

Preparação: Thais Rimkus
Revisão: Clara Diament e Valquíria Della Pozza
Diagramação: 2 estúdio gráfico
Design de capa: Olga Grlic
Imagem de capa: © *bikeriderlondon/Shutterstock*
© *Violeta Jovanovic/Shutterstock*

DADOS INTERNACIONAIS DE CATALOGAÇÃO NA PUBLICAÇÃO (CIP)

W178n
Walker, Wendy
Nem tudo será esquecido / Wendy Walker ; tradução Maryanne Linz. - 1. ed. - São Paulo : Planeta, 2016.

Tradução de: All is not forgotten
ISBN 978-85-422-0833-7

1. Ficção americana. I. Linz, Maryanne. II. Título.

16-35588 CDD: 813
CDU: 821.111(73)-3

2016
Todos os direitos desta edição reservados à
EDITORA PLANETA DO BRASIL LTDA.
Rua Padre João Manuel, 100 – 21º andar
Ed. Horsa II – Cerqueira César
01411-000 – São Paulo-SP
www.planetadelivros.com.br
atendimento@editoraplaneta.com.br

Para Andrew, Ben e Christopher

CAPÍTULO UM

Ele a seguiu pela mata atrás da casa. O chão estava coberto de vestígios do inverno, folhas secas e galhos que tinham caído nos seis meses anteriores e se acumulado embaixo de uma camada de neve. Talvez ela tenha escutado ele se aproximar. Talvez ela tenha se virado e visto a máscara de lã preta cujas fibras foram encontradas debaixo de suas unhas. Quando caiu de joelhos, o que tinha sobrado dos galhos quebradiços estalou como ossos fracos e arranhou sua pele. Como seu rosto e seu peito foram pressionados com força no solo, provavelmente com a parte externa do antebraço dele, talvez ela tenha sentido as gotículas dos irrigadores de jardim umedecendo o gramado a menos de seis metros de distância. Seu cabelo estava molhado quando a encontraram.

Quando era mais nova, ela brincava com os irrigadores, correndo atrás deles numa tarde quente de verão ou se esquivando da água num anoitecer ameno de primavera. O irmãozinho a perseguia, totalmente nu, com a barriga saliente e os braços agitados que não conseguia coordenar bem com as pernas. Algumas vezes o cachorro deles se juntava, latindo com tanta avidez que abafava o som das risadas. Quatro mil metros quadrados de grama verde, escorregadia e molhada. Um grande céu aberto com fofas nuvens brancas. A mãe, do lado de dentro, observando-os da janela; o pai a caminho de casa, saindo de lugares cujos cheiros impregnavam o terno – café velho da concessionária, couro novo, borracha de pneu. Agora essas memórias eram dolorosas, embora ela tenha se voltado imediatamente a elas quando questionada sobre os irrigadores, se estavam ligados no momento em que correu pelo gramado em direção à mata.

O estupro durou mais ou menos uma hora. Parece impossível que pudessem saber isso. Algo a ver com a coagulação do sangue nos pontos de penetração e os diferentes níveis dos arranhões nas costas, nos braços e no pescoço, onde ele mudara o método de contenção. Naquela hora, a festa continuou do jeito como ela a deixara. De onde estava deitada, ela teria visto luzes brilhando das janelas, tremeluzindo conforme os corpos se moviam pelos ambientes. Era uma grande festa, com quase todo mundo do primeiro ano do ensino médio e alguns alunos do nono ano do fundamental e do segundo ano do ensino médio aparecendo de vez em quando. A Escola Fairview era pequena até para os padrões do subúrbio de Connecticut, e as divisões de turma que existiam em outros lugares eram bem mais flexíveis lá. Os times esportivos eram misturados, assim como peças de teatro, concertos e afins. Até mesmo algumas aulas transpunham os limites de séries, com os alunos mais inteligentes em matemática e em línguas estrangeiras pulando um ano. Jenny Kramer nunca conseguira entrar numa turma avançada, mas ela acreditava ser inteligente e tinha um forte senso de humor. Também era boa na natação, no hóquei sobre grama e no tênis. No entanto, sentia que nada disso importava até seu corpo se desenvolver.

A noite da festa prometia ser melhor que qualquer outro momento de sua vida. Acho que ela até chegou a dizer: *Vai ser a melhor noite da minha vida*. Após anos do que passei a considerar um casulo da adolescência, ela achou que tinha desabrochado. A crueldade de aparelhos ortodônticos e a gordura infantil que não desaparecia, os seios muito pequenos para um sutiã, mas já se projetando pela camiseta, a acne e o cabelo rebelde tinham finalmente ido embora. Ela fora a "menina moleca", a amiga, a confidente dos meninos que estavam sempre interessados em outras garotas. Nunca nela. Essas foram palavras dela, não minhas, ainda que eu sinta que ela as tenha expressado muito bem para alguém de dezesseis anos. Ela era bastante consciente, de um modo fora do comum. A despeito do que seus pais e professores tinham incutido nela, neles todos, ela acreditava – e não estava sozinha nisso – que a beleza ainda era o recurso mais valioso para uma garota em Fairview. E tê-la, finalmente, era como ganhar na loteria.

E aí tinha o garoto. Doug Hastings. Ele a tinha convidado para a festa numa segunda-feira, no corredor entre as aulas de Química e de História da Europa. Ela foi bem específica a esse respeito e em relação ao que ele estava vestindo e à expressão no rosto dele, de como parecia um pouco nervoso, embora tenha agido com indiferença. A semana inteira ela quase não pensou em outra coisa senão o que vestir, como arrumar o cabelo, que cor de esmalte passar na manicure à qual foi com a mãe no sábado de manhã. Isso me surpreendeu um pouco. Não gosto muito de Doug Hastings, pelo pouco que conheço. Como alguém que tem filhos, me sinto no direito de ter tais opiniões. Não é que não sinta empatia pela situação dele – o pai é um encrenqueiro, e a mãe, ineficaz nas tentativas de educá-lo. Ainda assim, de alguma forma acho decepcionante que Jenny não tenha enxergado além.

A festa era tudo o que ela imaginara. Os pais fora da cidade, jovens fingindo ser adultos, fazendo coquetéis em copos de martíni, bebendo cerveja em taças de cristal. Doug a encontrou lá. Mas ele não estava sozinho.

A música tocava muito alto, e ela a teria ouvido da cena do ataque. A playlist estava cheia de mega hits pop, aqueles que ela disse que conhecia bem, com letras do tipo que grudam na cabeça. Mesmo com a música e as risadas que escapavam pelas janelas abertas, ela teria ouvido os outros sons mais próximos, os suspiros sórdidos de seu agressor, suas próprias súplicas guturais.

Quando ele terminou e escapou escuridão adentro, ela usou o braço como apoio, levantando o rosto do mato. Ela deve ter caído quando o ar atingiu a pele exposta da bochecha e, então, talvez tenha sentido a pele molhada. Algumas partes da moita em que estivera deitada grudaram, como se seu rosto tivesse sido mergulhado numa cola que desde então começara a secar.

Escorada no antebraço, ela deve ter ouvido o som.

Em algum momento, ela conseguiu se sentar. Tentou ajeitar a bagunça que estava à volta. Com o dorso da mão, limpou a bochecha. Pedaços de folhas secas caíram no chão. Ela, então, teria percebido a saia embolada ao redor da cintura, expondo seus genitais. Usando as mãos, parece que conseguiu ficar de quatro e engatinhar por uma curta distância, provavelmente para recuperar a calcinha. A peça estava em suas mãos quando Jenny foi encontrada.

O som deve ter ficado mais alto, porque no fim foi ouvido por outra garota e seu namorado, que procuraram privacidade no jardim não muito longe dali. O chão deve ter estalado debaixo do peso de suas mãos e dos joelhos quando ela voltou a se arrastar até o gramado. Imaginei-a engatinhando, a embriaguez impedindo a coordenação, o choque congelando o tempo. Imaginei-a avaliando o estrago quando finalmente parou de se arrastar e sentou, vendo sua roupa íntima rasgada, sentindo o solo nas nádegas.

A calcinha rasgada demais para ser usada, tudo grudento com sangue e sujeira. O som ficando mais alto. Ela se perguntando quanto tempo tinha passado na mata.

Novamente apoiada nas mãos e nos joelhos, ela voltou a engatinhar. Não importava quanto se afastasse, o som ficava cada vez mais alto. Ah, como deve ter ficado desesperada para escapar, para alcançar a grama macia, a água limpa que agora estava sobre ela, o lugar onde estivera antes da mata.

Ela se moveu mais alguns centímetros antes de parar de novo. Foi quando, talvez, ela tenha percebido que o som, o gemido perturbador, estava dentro de sua cabeça e, então, em sua própria boca. O cansaço se abateu sobre seu corpo, forçando os joelhos, depois os braços, a se dobrar embaixo dela.

Ela disse que sempre havia se considerado uma garota forte, uma atleta determinada. Firme no corpo e na mente. Era o que o pai lhe afirmara desde que era uma menininha. *Seja forte em seu corpo e sua mente, e você terá uma boa vida*. Talvez, para conseguir levantar, ela tenha dito isso a si mesma. Talvez tenha mandado as pernas se mexerem, depois os braços, mas seu desejo era impotente. Em vez de levá-la de volta aonde ela estivera, eles se enrolaram ao redor de seu corpo esgotado, que jazia sobre o chão sujo.

Com lágrimas caindo e a voz ecoando o choro com aquele som horrível, ela finalmente foi ouvida e, então, salva. Desde aquela noite, ela se perguntou sem parar por que nada dentro dela – seus músculos, sua razão, sua vontade – tinha sido capaz de deter o que aconteceu. Ela não sabia se tinha tentado lutar contra ele e gritar por ajuda ou se apenas desistira e deixara acontecer. Ninguém a escutou até que estivesse acabado. Ela disse que agora entende que, ao final de cada batalha, restam o conquistador e o conquistado, o vencedor e a vítima, e que aceitara a verdade: ela fora total e irrevogavelmente derrotada.

Eu não saberia dizer quanto disso era verdade quando ouvi sobre o ataque a Jenny Kramer. Era uma história que havia sido reconstruída com provas periciais, relatos de testemunhas, perfis psicológicos criminais e os pedaços incoerentes e fragmentados de memória que restaram para a vítima depois do tratamento. Dizem que ter o trauma mais horroroso apagado da mente é um tratamento milagroso. Mas, é claro, não é mágica, tampouco a ciência é particularmente impressionante. Vou explicar melhor depois. O que quero expor neste momento é que não foi um milagre para essa bela jovem. O que foi removido de sua mente vivia em seu corpo e em sua alma, e me senti na obrigação de devolver a ela o que lhe foi tirado. Pode soar muito esquisito para você. Tão contrário ao senso comum. Tão perturbador.

Fairview, como já mencionei, é uma cidade pequena. Durante anos, na delicatéssen da Gina, mais abaixo na East Main, eu vi fotos de Jenny Kramer no jornal local e em folhetos da escola que anunciavam uma peça ou um torneio de tênis. Eu a reconhecia andando na cidade, saindo do cinema com amigos, num concerto na escola que meus próprios filhos frequentavam. Ela tinha uma inocência que não correspondia à maturidade pela qual tanto ansiava. Mesmo com saia curta e camiseta cortada – que parecia ser moda nesses tempos –, ela era uma menina, não uma mulher. E eu ficava otimista com o mundo quando a via. Não seria sincero dizer que me sinto assim em relação a todo bando de adolescentes que algumas vezes parece roubar a ordem de nossa vida como um enxame de gafanhotos. Grudados em telefones como parasitas com morte cerebral, indiferentes a quaisquer assuntos além de fofocas de celebridades e coisas que lhes proporcionem gratificação instantânea – vídeos, música, tuítes de autopromoção, Instagram e Snapchat. Adolescentes são egoístas por natureza. O cérebro deles não amadureceu. Mas alguns parecem se agarrar à própria doçura ao longo desse período da vida e se destacam. São aqueles que olham em seus olhos quando você os cumprimenta, sorriem educadamente, lhe dão passagem simplesmente porque você é mais velho e entendem o valor do respeito numa sociedade organizada. Jenny era assim.

Vê-la depois, perceber a falta de alegria que uma vez borbulhou dentro dela, me deixou com raiva da humanidade. Sabendo o que acontecera naquela mata, era difícil não pensar na cena. Todos somos atraídos por incidentes lascivos, pela violência e pelo horror. Fingimos não ser, mas é da nossa natureza. A ambulância ao lado da estrada, todos os carros diminuindo para ter o vislumbre de um corpo ferido. Isso não faz de nós pessoas más.

Essa criança perfeita, o corpo maculado, violado. A pureza roubada. A moral destruída. Soa melodramático, clichê. Mas esse homem atacou o corpo dela com tanta força que ela precisou de cirurgia. Considere isso. Considere que ele escolheu uma criança, esperando uma virgem talvez, para que pudesse agredir sua inocência, assim como seu corpo. Considere a dor física que ela suportou quando sua carne mais íntima se dilacerou e se rasgou. Agora pense no que mais se dilacerou e se rasgou enquanto ele passou uma hora torturando o corpo dela, forçando a si mesmo contra a garota, talvez vendo o sofrimento no rosto dela. Quantas expressões ela fizera para que ele ficasse satisfeito? Surpresa, medo, terror, angústia, aceitação e, por fim, indiferença, enquanto se desligava. Cada uma delas uma parte de si mesma arrancada e devorada por esse monstro. Mais tarde, mesmo depois de o tratamento ser ministrado – porque ela ainda sabia o que tinha acontecido –, cada sonho romântico da primeira vez com um namorado, cada história de amor que girava em sua cabeça e a fazia sorrir à ideia de ser amada por uma pessoa como nenhuma outra no mundo. Era bem provável que isso tudo estivesse perdido para sempre. E então o que restava para uma garota enquanto se tornava mulher? A maior preocupação que se tem ao longo da vida podia muito bem ter sido perdida para ela.

Ela se lembrava de um cheiro forte, apesar de não conseguir identificá-lo. Ela se lembrava de uma música, mas era possível que esta tivesse tocado mais de uma vez. Ela se lembrava dos acontecimentos que a tinham levado para a porta dos fundos, pelo gramado e até a mata. Ela não se recordava dos irrigadores, e aquilo se tornou parte da reconstrução da história. Os irrigadores começaram a funcionar às nove e pararam às dez, controlados por um *timer*. O casal de namorados que a encontrou tinha chegado aos fundos quando a grama estava molhada, e o ar, seco. O estupro ocorrera nesse intervalo de tempo.

Doug apareceu com outra garota, uma menina mais nova, que o aproveitou para um plano de fazer algum garoto mais velho ficar com ciúmes. O esforço para elucidar as motivações insípidas dessa garota não vale a pena, o que importou para Jenny era que uma semana de fantasias, em torno da qual ela investira muito de sua energia, tinha sido despedaçada em um segundo. Como era de esperar, Jenny resolveu afogar as mágoas no álcool. Sua melhor amiga, Violet, recordou que ela começara com doses de vodca. Depois de uma hora, ela estava vomitando no banheiro. Isso foi motivo de piada para alguns, e de humilhação para ela. Podia ter sido um roteiro daqueles programas de "garota má" que parecem estar na moda hoje. Exceto pela parte que se seguiu, depois de ela ter corrido em direção à mata para ficar sozinha e chorar.

Eu estava com raiva. Não vou me desculpar por isso. Eu queria justiça pelo que acontecera. Mas, sem memória, sem prova pericial além das fibras de lã debaixo de suas unhas – porque o monstro tinha tomado precauções –, a justiça já não era uma opção. Fairview é uma cidade pequena. Sim, sei que já disse isso. Mas é preciso deixar claro que esse é o tipo de cidade que não atrairia um estranho para perpetrar um crime. Quando um desconhecido anda pelas duas pequenas faixas do centro da cidade, ele chama a atenção. Não de uma forma ruim, veja bem, mas de maneira curiosa. Será que é parente de alguém? Alguém se mudando para cá? Recebemos visitantes em eventos especiais, torneios esportivos, feiras, coisas assim. As pessoas vêm de outras cidades, e nós as recebemos. Em geral, somos amigáveis, um povo confiável. No entanto, num fim de semana comum, pessoas de fora são notadas.

Com tudo isso, a conclusão é óbvia: se ela não tivesse sido submetida ao tratamento, se sua memória estivesse intacta, ela poderia tê-lo reconhecido. As fibras debaixo de suas unhas indicavam que ela tinha agarrado a máscara. Talvez a tivesse tirado ou a levantado o suficiente para ver o rosto. Talvez tivesse ouvido uma voz. Ou ele ficou totalmente quieto durante uma hora de agressão sexual? Parece improvável, não? Ela saberia a altura dele, se era magro ou gordo. Talvez as mãos dele fossem de velho, talvez fossem de jovem. Talvez ele usasse um anel, uma aliança de ouro ou um brasão de time. Ele usava tênis, mocassim ou coturno? O calçado estava gasto, sujo de óleo ou tinta? Ou talvez perfeitamente lustrado? Ela o reconheceria se ficasse perto dele na sorveteria? Ou na cafeteria? Ou na fila do almoço no colégio? Será que saberia que era ele? Uma hora em contato com outro corpo é bastante tempo.

Talvez fosse cruel querer que Jenny Kramer recordasse. Talvez eu fosse cruel por incentivá-la a isso. Isso gerou, como ficará claro, consequências inesperadas. A injustiça daquilo tudo, a fúria que provocou em mim e a capacidade de entender o sofrimento dela, tudo isso me levou a uma obsessão: a missão de devolver a Jenny Kramer esse pesadelo dos mais horrorosos.

CAPÍTULO DOIS

Os pais de Jenny foram chamados pouco depois das dez e meia. Eles estavam num jantar com dois casais de seu clube de campo, embora o jantar fosse na casa de um dos casais, e não no clube. Mais cedo naquela noite, Charlotte Kramer, a mãe de Jenny, reclamara sobre isso no carro, no caminho para a cidade; ela achava que deveriam estar jantando no clube para gastar o mínimo a que tinham direito – e, de acordo com o marido, Tom, Charlotte disse isso porque gostava da cena social por lá. Sempre serviam coquetéis no saguão, então, independentemente de com quem você tivesse combinado de ir, havia chance de se misturar a outros sócios do clube.

Tom não gostava do clube, a não ser para jogar golfe aos domingos, com o quarteto de sempre: um amigo da faculdade e dois outros pais que ele conhecera por intermédio da turma de caminhada de Jenny. Charlotte, por sua vez, era muito sociável e aspirava a integrar o comitê da piscina na temporada seguinte. Para ela, uma noite de sábado não passada no clube parecia oportunidade perdida. Isso era um dos diversos motivos de discórdia no casamento deles, e o breve percurso de carro terminara em silêncio e irritação mútua após os comentários de sempre.

Ambos se lembraram disso depois, de como parecera insignificante depois do crime brutal contra a filha deles.

Uma das coisas boas de cidade pequena é que as pessoas flexibilizam as regras quando parece apropriado. O medo de ser repreendido, ou até processado, não se faz tão presente quanto numa comunidade maior. Então, quando o detetive Parsons ligou para os Kramer, não disse a eles o que acontecera, apenas que Jenny tinha bebido numa festa e sido levada ao hospital. Imediatamente eles tiveram uma sensação de tranquilidade, de que a vida dela não estava em risco. Tom ficou grato por isso, por ser poupado de poucos minutos de agonia enquanto seguiam do jantar para o hospital. Cada minuto depois de saber do estupro tinha sido exatamente isso para Tom: uma agonia implacável.

Charlotte não gostara tanto de não saber da verdade, pois a informação parcial a fez ficar, antes, enfurecida com a irresponsabilidade da filha. Certamente a cidade inteira ficaria sabendo da bebedeira, e como isso se refletiria na família deles? No caminho para o hospital, os dois discutiram punições, pesando o impacto de colocá-la de castigo ou tirar o celular dela. É claro que, quando souberam do ocorrido, a culpa se apossou de Charlotte, que, então, ficou ressentida com a falta de informação. É compreensível, tendo sido primeiro apresentada a uma razão para ficar com raiva da filha para depois descobrir que ela fora tão perversamente violentada. Ainda assim, me identifiquei mais com Tom nisso. Talvez porque eu seja pai, e não mãe.

Quando os Kramer chegaram, o saguão do hospital estava vazio. Houvera alguma atenção nos últimos anos em relação à arrecadação de fundos e melhorias, e os resultados, apesar de superficiais, eram perceptíveis. Painéis de madeira, tapete novo. A iluminação era suave, e das caixas de som sem fio discretamente penduradas nos cantos ecoava uma música clássica. Charlotte "foi como um furacão" até a recepção (palavras de Tom). Tom a alcançou e ficou ao lado dela. Ele fechou os olhos e deixou a música acalmar os batimentos cardíacos. Temia que Charlotte fosse muito dura, ao menos para o que o momento pedia, e queria "fazer o contraponto". Jenny precisava dormir, saber que os pais ainda a amavam e que tudo ficaria bem. As consequências podiam esperar até que todos eles estivessem calmos e de cabeça fria.

Os Kramer sabiam o papel de cada um na família. Era tarefa de Charlotte ser disciplinadora com a filha. Com o filho, Lucas, as funções eram, com frequência, opostas, provavelmente por causa da idade dele (dez anos) e por ele ser menino. Tom se explicava esse sistema como se descrevesse um céu azul, era como deveria ser, como é em cada família. Na teoria, ele estava certo. Sempre há papéis a ser desempenhados, alianças mutáveis, os bonzinhos e os malvados. No entanto, na família deles, os fluxos e os refluxos pareciam ter dado espaço às necessidades de Charlotte, com os outros assumindo funções que ela não monopolizava. Em outras palavras, a normalidade que Tom tentava atribuir à família se provaria antinatural e insustentável.

A enfermeira sorriu para eles quando abriu a tranca na porta que dava acesso aos quartos. Eles não a conheciam, mas a simpatia era costume da maioria da equipe de suporte no hospital. Profissionais com salários mais baixos raramente moravam em Fairview, em geral eram da cidade vizinha de Cranston. Tom se lembrou do sorriso dela. Foi o primeiro sinal de que o incidente era mais sério do que tinham sido levados a acreditar. As pessoas subestimam as mensagens ocultas numa rápida expressão facial. Mas pense no tipo de sorriso que você daria a um amigo cuja filha adolescente foi pega bebendo. Ele expressaria um tipo cômico de empatia. Seria como: *Ah, cara, adolescentes são dureza. Lembra como a gente era?*. Agora pense no sorriso que você daria se a jovem tivesse sido violentada. Esse sorriso certamente diria: *Ah, meu Deus! Sinto muito! Essa pobre menina!*. Está nos olhos, na postura dos ombros e no formato da boca. Quando a enfermeira sorriu, os pensamentos de Tom se desviaram da ideia de controlar a esposa e se voltaram para o encontro com a filha.

Eles passaram pela porta de segurança para a triagem e, de lá, para outra recepção, onde enfermeiras cuidavam de papeladas e arquivos atrás de telas de computador. Outra mulher, outro sorriso inquietante. Ela pegou o telefone e passou uma mensagem para um médico.

Posso imaginá-los naquele momento. Charlotte em seu vestido bege elegante, o cabelo loiro preso com cuidado numa trança. Braços cruzados no peito, com a postura severa para logo que visse Jenny e a equipe, que, na cabeça dela, estaria fazendo julgamentos. Tom, quinze centímetros mais alto, ao lado da esposa, com as mãos nos bolsos da calça cáqui, mudando o peso de um pé para o outro com preocupação crescente conforme seus instintos estimulavam pensamentos descontrolados. Ambos concordaram que aqueles poucos minutos de espera pelo médico pareceram horas.

Charlotte era muito perceptiva e logo notou, no canto, três policiais tomando café em copos descartáveis. Eles estavam de costas para os Kramer e falavam com uma enfermeira. Então, a enfermeira captou o olhar de Charlotte e, um sussurro depois, os policiais se viraram para ela. Tom olhava para o outro lado, mas também percebeu que estavam chamando a atenção.

Nenhum deles recordaria as palavras exatas que o médico usou para contar o ocorrido. Aparentemente, houve um breve reconhecimento por parte de Charlotte – a filha do médico estava uma série abaixo de Lucas na escola –, o que, então, a deixou cada vez mais preocupada pela reputação manchada de Jenny e como isso podia respingar em seu filho. Dr. Robert Baird. Trinta e tantos anos. Corpulento. Cabelo castanho-claro fino e olhos azuis gentis, que ficaram menores quando disse certas palavras que fizeram as bochechas se levantarem. Cada um deles se lembrou de algo a respeito do homem quando ele começou a discutir as lesões de Jenny. *A ruptura externa do períneo e do ânus... lacerações retais e vaginais... arranhões no pescoço e nas costas... cirurgia... pontos... reparos.*

As palavras saíam da boca do médico e flutuavam em volta deles como se fossem de uma língua estrangeira. Charlotte balançou a cabeça e repetiu a palavra "não" diversas vezes de uma maneira indiferente. Ela presumiu que ele os tinha confundido com os pais de outra paciente e tentou fazê-lo parar de revelar algo mais para poupá-lo do constrangimento. Ela repetiu o nome da filha, disse a ele que ela fora levada ao hospital por "exagerar na bebida" durante uma festa. Tom lembrou-se de estar em silêncio naquele momento, como se ao não emitir nenhum som pudesse congelar o tempo antes que tudo seguisse pelo caminho que ele começara a vislumbrar.

O dr. Baird parou de falar e deu uma olhada rápida para os policiais. Um deles, o detetive Parsons, andou até o casal, devagar e com visível relutância. Eles se afastaram para o lado. Baird e Parsons falaram. Baird balançou a cabeça e olhou para seus sapatos pretos. Ele suspirou. Parsons curvou os ombros com uma expressão de pesar.

Então, Baird se afastou e voltou a ficar de pé diante dos Kramer. Unindo as mãos como se rezasse, ele contou a verdade de forma clara e concisa.

— Sua filha foi encontrada na mata atrás de uma casa na Juniper Road. Ela foi violentada.

O dr. Baird se lembrou do som que saiu do corpo de Tom Kramer. Não foi uma palavra, um gemido nem um suspiro, mas algo que ele nunca tinha testemunhado antes. Soava como morte, como se um pedaço de Tom tivesse sido assassinado. Seus joelhos se dobraram e ele buscou apoio em Baird, que segurou os braços daquele homem e o manteve de pé. Uma enfermeira correu para perto deles, oferecendo assistência, dizendo que poderia pegar uma cadeira, mas Tom recusou.

— Onde ela está? Onde está meu bebê? — Ele exigiu saber enquanto tentava se libertar do médico.

Tom Kramer pulou na direção de uma das cortinas, mas a enfermeira o deteve, agarrando seus antebraços por trás para guiá-lo pelo corredor.

— Ela está ali — disse a enfermeira. — Ela vai ficar bem, está dormindo.

Eles chegaram a uma das áreas da triagem, e a enfermeira puxou a cortina.

Minha mulher me disse que, desde que tivemos nossa filha, a nossa primeira – Megan é o nome dela, agora já está na faculdade –, ela projeta enredos como esse em sua mente. Quando vimos Megan deixar a entrada da garagem pela primeira vez atrás do volante do carro. Quando ela partiu para uma viagem de verão na África. Quando a pegamos subindo numa árvore no jardim, o que parece ter acontecido cem anos atrás. Há tantos outros exemplos. Minha mulher fecharia os olhos e imaginaria uma pilha de metal e carne misturados no acostamento da estrada ou um chefe guerreiro tribal com um facão, nossa filha soluçando diante dele de joelhos. Ou seu pescoço quebrado e seu corpo sem vida debaixo da árvore. Nós, pais, vivemos com medo, e o modo como lidamos com esse sentimento, como o processamos, depende de muitos fatores. Minha mulher tem de ir até lá, ver as imagens, sentir a dor. Depois ela a coloca numa caixa, guarda a caixa numa estante, e, quando a preocupação incômoda vem surgindo, ela pode olhar para a caixa e deixar a aflição passar antes que a angústia se estabeleça e se deleite com sua alegria de vida.

Ela descreveu essas imagens para mim algumas vezes, chorando em meus braços. O cerne de cada descrição, e o que acho interessante pela uniformidade, é a justaposição de pureza e corrupção. Bem e mal. O que poderia ser mais puro e bondoso do que uma criança?

Tom Kramer bateu os olhos na filha naquele quarto e viu o que minha mulher tinha apenas imaginado. Pequenas tranças atadas com fita caindo ao lado de machucados no rosto. Rímel preto borrado nas bochechas, que ainda eram rechonchudas como as de uma criança. Esmalte rosa em unhas quebradas. Apenas um dos brincos de pedra preciosa que ele comprara para ela de aniversário, o outro lóbulo de orelha ensanguentado. Ao redor dela havia mesas de metal com instrumentos e chumaços de algodão empapados de sangue. O trabalho não havia terminado, por isso o quarto ainda não estava limpo. Uma mulher de jaleco branco estava sentada ao lado da cama, medindo a pressão de Jenny. Ela estava com um estetoscópio e ofereceu apenas uma rápida olhada antes de voltar a fitar o mostrador na bomba preta de borracha. Uma policial estava no canto sem atrapalhar, fingindo se ocupar com um bloco de anotações.

Como a vida "que passa diante dos olhos" bem antes da morte, Tom viu uma recém-nascida envolvida numa manta rosa. Ele sentiu em seu pescoço a respiração morna de um bebê que dormia em seus braços; uma pequena mão perdida dentro de sua palma; um abraço de corpo inteiro ao redor de suas pernas. Ouviu uma gargalhada aguda saída de uma barriga gordinha. A relação deles não era estragada por armadilhas do mau comportamento. Isso ficava guardado para Charlotte Kramer, e, a esse respeito, eu podia ver que ela tinha, ainda que sem intenção, dado um presente a ambos.

O ódio ao agressor apareceria, mas não naquele momento. Mais do que tudo, o que Tom viu, sentiu e ouviu naquele instante foi o fracasso em proteger sua menininha. O desespero dele não pode ser medido nem descrito de forma adequada. Ele mesmo começou a chorar como uma criança, a enfermeira ao lado, a filha pálida na cama.

Charlotte Kramer ficou atrás, com o médico. Por mais chocante que possa parecer para você, ela viu o estupro da filha como um problema a ser resolvido. Um cano rachado que inundara o porão. Talvez pior do que isso, um incêndio que tinha queimado a casa inteira, mas que os deixara vivos. O fato-chave era a última parte: eles tinham sobrevivido. Seus pensamentos se voltaram imediatamente para reconstruir a casa.

Ela olhou para o dr. Baird, braços cruzados no peito.

— Que tipo de estupro? — perguntou a ele.

Baird fez uma pausa breve, sem saber ao certo o que ela queria saber. Charlotte percebeu a confusão dele.

— Sabe, foi algum garoto da festa que ultrapassou os limites?

Baird balançou a cabeça negativamente.

— Não sei. O detetive Parsons deve saber mais.

Charlotte ficou frustrada.

— Quer dizer, com base no exame. O senhor fez um check-up pós-estupro?

— Sim. Temos de fazer isso por lei.

— Então, o senhor viu algo que pudesse indicar uma coisa ou outra?

— Sra. Kramer — disse Baird —, talvez devamos deixá-la ver Jenny. Depois posso conversar sobre isso com a senhora e com seu marido num ambiente mais reservado.

Charlotte ficou desconcertada, mas fez o que foi solicitado. Ela não é uma pessoa difícil – e, se minhas descrições dela indicam o contrário, asseguro de forma veemente que não é de propósito. Tenho grande respeito por Charlotte Kramer. Ela não teve uma vida fácil, e suas adaptações aos próprios traumas de infância são surpreendentemente suaves, um reflexo da coragem que lhe é natural. Eu acreditava que ela amava o marido de verdade, até mesmo quando o podava. E que amava os filhos de forma igual, ainda que enaltecesse Jenny. O amor é uma questão de arte, não de ciência. Podemos, cada um de nós, descrevê-lo com palavras diferentes e senti-lo de maneiras diferentes. O amor pode fazer uma pessoa chorar e outra sorrir. Uma ter raiva e outra sentir tristeza. Uma ficar eufórica e outra, sonolenta e satisfeita.

Charlotte experimentava o amor através de um prisma. É difícil descrever sem novamente parecer estar julgando ou tentando causar aversão. Mas Charlotte precisava desesperadamente criar o que foi tirado dela quando criança: uma família tradicional (acho até que ela disse "tediosa") americana. Ela amava aquela cidade porque estava repleta de pessoas que pensavam da mesma maneira, trabalhadoras e de bons costumes. Ela amava a casa em que morava porque era uma residência de estilo colonial da Nova Inglaterra, numa vizinhança tranquila. Ela amava estar casada com Tom porque ele era um homem de família com um bom emprego – não era um emprego ótimo, mas empregos ótimos afastavam os homens das famílias. Tom era diretor de várias concessionárias, e é importante notar que ele vendia carros de marcas como BMW, Jaguar e outros modelos de luxo. Fui informado de que isso é bem diferente de "mascatear" automóveis Hyundai. Se Charlotte o amava para além disso, nenhum dos dois tinha noção. Ela amava os filhos porque eram dela e porque eram tudo o que filhos deveriam ser. Inteligentes, atléticos e (na maior parte do tempo) obedientes, mas também bagunceiros, barulhentos, bobos e demandantes de bastante trabalho e esforço, o que proporcionava a ela uma ocupação que valia a pena e algo sobre o que podia conversar bastante com as amigas nos almoços do clube. Ela amava profundamente cada parte desse quadro. Então, quando Jenny foi "quebrada", ela ficou desesperada para consertá-la. Como mencionei, ela precisava consertar a casa.

Jenny fora sedada depois de chegar à emergência. Os garotos que a encontraram a descreveram como se flutuasse para dentro e para fora da consciência, embora aquilo fosse mais provavelmente o efeito do trauma do que da embriaguez. Seus olhos se mantiveram abertos, e ela conseguiu se sentar e depois andar com ajuda mínima pelo gramado até uma espreguiçadeira. Pela descrição deles, ela às vezes parecia saber quem eles eram, onde estava e o que acontecera; segundos depois, ficava sem reação às perguntas. Catatônica. Ela pediu ajuda. Chorou. Então, desmaiou. Os paramédicos reportaram o mesmo comportamento, mas é política deles não administrar sedativos. Foi no hospital, quando o exame começou, que ela ficou histérica. O dr. Baird tomou a decisão de proporcionar um pouco de alívio a ela. Havia sangramento o suficiente para justificar a preocupação e não ser preciso esperar por consentimento para prescrever a medicação a fim de examiná-la.

Apesar de sua aparência, Charlotte ficou profundamente afetada ao ver a filha. Na verdade, minha impressão foi a de que ela chegou bem perto, naquele primeiro momento, de sentir o que Tom sentira. Apesar de ser raro eles se tocarem fora do quarto (e dentro o faziam apenas para cumprir a mecânica da intimidade), ela pegou o braço do marido com ambas as mãos. Charlotte enterrou o rosto na manga de sua camisa e sussurrou "ah, meu Deus". Ela não chorou, mas Tom sentiu as unhas afundando em sua pele conforme ela lutava para manter a serenidade. Quando ela tentou engolir, percebeu a boca completamente seca.

O detetive Parsons podia vê-los através da cortina. Ele se lembrava do rosto deles quando olharam para a filha. O de Tom estava contorcido e molhado de lágrimas, o retrato da agonia. O de Charlotte, após uma rápida perda de compostura, estava determinado. Parsons chamou aquilo de "aguentar firme". Ele disse que se sentiu desconfortável em observá-los nesse momento íntimo, embora não tenha desviado o olhar. Comentou que ficou surpreso com a fraqueza de Tom e a força de Charlotte, embora qualquer um com entendimento menos simplista das emoções compreendesse que era, na verdade, exatamente o contrário. É preciso muito mais força para experimentar a emoção do que para suprimi-la.

O dr. Baird ficou atrás deles, verificando uma tabela pendurada em um clipe de metal no canto da cama de Jenny.

— Por que não conversamos na sala reservada às famílias? — sugeriu ele.

Tom fez que sim e enxugou as lágrimas. Ele se inclinou e beijou o topo da cabeça da filha; isso despertou uma série de soluços profundos. Charlotte afastou um fio de cabelo do rosto de Jenny, depois acariciou sua bochecha com o dorso da mão.

— Doce anjinho... doce, doce anjinho — sussurrou ela.

Eles seguiram Baird e o detetive Parsons pelo corredor até um conjunto de portas trancadas. Passando a porta, havia outro corredor e, depois, um pequeno lugar de descanso com alguns móveis e uma televisão. Baird se ofereceu para pegar café ou comida, mas os Kramer rejeitaram. Ele então fechou a porta. Parsons sentou-se ao lado do médico, de frente para os Kramer.

Este é o relato de Charlotte do que aconteceu em seguida:

Eles estavam cheios de rodeios, perguntando a respeito dos amigos de Jenny, se sabíamos sobre a festa, se ela tinha problema com algum garoto, se ela tinha mencionado alguém que a incomodara na escola, na cidade ou nas redes sociais. Tom respondia como se estivesse em algum tipo de nevoeiro, como se não pudesse ver que todos estávamos apenas evitando o que precisava ser discutido. Não estou dizendo que não fossem perguntas legítimas ou que não devêssemos ter lhes respondido em algum momento. Mas eu já tinha enfrentado o suficiente, sabe? Queria que alguém me *dissesse algo. Me esforcei bastante para deixar Tom "fazer o papel de homem" porque sei que posso ser controladora. Ninguém reclama quando a casa está em perfeita ordem e a geladeira tem tudo de que eles precisam e as roupas estão lavadas, passadas e guardadas onde deveriam. De qualquer forma, eu realmente tento, porque sei que num casamento é importante para o homem ser o homem. Mas não consegui aguentar. Simplesmente não consegui!*

Então, interrompi todos eles, os homens, e falei: "Um de vocês precisa nos contar o que aconteceu com nossa filha". O dr. Baird e o detetive se entreolharam como se nenhum deles quisesse falar primeiro. O médico foi premiado com a incumbência. Então, contou. Ele nos contou como ela tinha sido violentada. Não foi o que eu esperara, algum menino de quem ela gostava que tinha passado dos limites. Ah, Deus, eu sei quão horrível isso soa. As feministas arrancariam minha cabeça, não? Não estou dizendo que esse tipo de agressão não seja de fato estupro nem que não deva ser punido. Acredite em mim, quando Lucas for mais velho, vou fazer questão de que ele saiba em que tipo de encrenca pode se meter se não tiver total certeza de que há consentimento. Eu realmente acredito que os homens têm responsabilidade, que precisam perceber que, quando se trata de sexo, não estamos em pé de igualdade. E não apenas por causa do psicológico. É por esse motivo também, o fato de que as garotas ainda se sentem pressionadas a fazer coisas que não querem, e os garotos, os homens, entendem bem pouco pelo que elas passam. Bom, não foi o que eu esperava. Na verdade, foi aquilo de que eu mais tive medo. O detetive Parsons forneceu as informações dessa parte. O agressor usou uma máscara. Ele a forçou de bruços no chão, ele... Desculpe, é difícil dizer isso em voz alta. Posso ouvir as palavras na cabeça, mas pronunciá-las é bem diferente.

Charlotte parou para se recompor. Ela tinha um processo particular, que não variava muito. Uma longa inspiração, olhos fechados, um rápido balançar de cabeça, depois uma lenta expiração. Ela primeiro olhava para baixo depois de abrir os olhos, então assentia confirmando o controle que tinha questionado.

Vou dizer apenas isto, tudo isto, rapidamente e depois terminar. Ela foi violentada por trás, de modo vaginal, anal, aparentemente alternando entre um e outro, por uma hora. Certo. Eu disse. Acabou. Eles fizeram o check-up pós-estupro. Encontraram traços de espermicida e látex. Essa... essa criatura usou camisinha. Não encontraram nem um fio de cabelo, e o pessoal da perícia que foi chamado de Cranston mais tarde naquela noite declarou que ele provavelmente se depilou. Dá para imaginar? Ele se preparou para esse crime como um nadador olímpico. Bom, ele não conseguiu a medalha de ouro, não é? Todas as feridas físicas se curaram muito bem. Ela nunca vai se sentir diferente de nenhuma outra mulher. E emocionalmente, bem...

Ela fez outra pausa, dessa vez mais para tentar uma revisão do que para se recompor. Então, continuou, com uma voz irreverente.

Eu me lembro de pensar: "Agradeço a Deus pelo tratamento". Tudo o que ele fez para minha garotinha nós desfizemos. Então, desculpe pelo linguajar, mas pensei: "Ele que se foda". Ele não existe mais.

CAPÍTULO TRÊS

Charlotte e Tom Kramer não concordavam na decisão de dar a Jenny o tratamento. Charlotte ganhou a briga.

A comunidade médica ainda está aprendendo a respeito da formação e da retenção da memória. Os estudos se multiplicam, e novas pesquisas surgem com regularidade. Nosso cérebro tem memória de longo prazo, memória de curto prazo e o processo para armazenar lembranças e para localizar e acessar lembranças dos lugares onde estão armazenadas, que os cientistas agora julgam ser vastos. Por décadas, os neurocientistas acreditavam que as memórias ficavam armazenadas nas sinapses que conectam as células cerebrais, não nas células cerebrais (ou neurônios) em si. Agora eles refutaram isso e acreditam que são os neurônios que guardam nossa história. Também descobrimos que as memórias não são estáticas. Na verdade, elas mudam toda vez que as tiramos do armazenamento.

O tratamento usado para induzir a amnésia anterógrada limitada de acontecimentos traumáticos foi descoberto por meio de uma série de testes feitos tanto em animais quanto em seres humanos, ao longo de muitos anos e com muitas variações. Ele começa com morfina. Nos anos 1950, os médicos notaram uma redução no TEPT (transtorno de estresse pós-traumático) em casos de administração precoce de morfina em altas doses. Os achados aconteceram por acaso, uma vez que a morfina fora administrada em crianças vítimas de queimaduras de incêndios, puramente com a intenção de aliviar a dor. Aquelas que receberam as maiores doses de morfina depois do fogo tiveram os sintomas de TEPT notavelmente reduzidos em comparação com as que receberam menos ou nenhuma morfina. Em 2010, um ensaio confirmou os benefícios da morfina em crianças que tiveram queimaduras. A morfina, junto a outras drogas, há anos tem sido usada para tratar soldados em batalha; e os pesquisadores que relacionam registros de trauma, morfina e TEPT descobriram que altas doses administradas imediatamente após um trauma podem reduzir significativamente os sintomas em pessoas feridas.

É por causa disso: a cada momento acordados, temos experiências. Nós vemos, sentimos e escutamos. Nosso cérebro processa essa informação e a armazena em memórias. É a chamada consolidação da memória. Cada acontecimento real também carrega uma contraparte emocional, e isso deflagra substâncias químicas no cérebro; pode-se dizer que essas substâncias químicas, então, organizam os acontecimentos no arquivo apropriado. Tudo aquilo que captura emoções é arquivado em armários de metal trancados. Não é substituído por acontecimentos subsequentes e pode ser facilmente recordado. Outros acontecimentos menos estimulantes, o que fizemos para o jantar na quinta-feira passada, podem ir para um arquivo de papel pardo em outro lugar. Conforme o tempo passa, esses são enterrados debaixo de outros arquivos de papel pardo e, em algum momento, tornam-se impossíveis de encontrar. Eles podem até ser mandados para a máquina de picar papel. Alguns pesquisadores acreditam que a morfina reduz a reação emocional a um evento bloqueando a noradrenalina para que um acontecimento do tipo que se armazena em "armário de metal" possa ser reduzido a um "arquivo de papel pardo". Esse é o primeiro componente do tratamento.

Já que o preenchimento de qualquer acontecimento exige a interação de substâncias químicas no cérebro, você pode ver como interferir nessas substâncias químicas enquanto tentam efetuar seu preenchimento pode interromper o processo. É por isso que uma noite de bebedeira acaba em "apagão". Também é por isso que drogas como o Rohypnol (também conhecido como "boa noite, Cinderela") permitem que uma pessoa aja "normalmente" mas não se lembre de nada do que aconteceu enquanto a droga estava atuando em seu corpo. A equipe de preenchimento do cérebro está num intervalo. Nada é preenchido, e os acontecimentos são provavelmente perdidos, como se nunca tivessem se dado. Isso acontece durante a fase de memória de curto prazo. A segunda parte do tratamento envolve uma droga revolucionária à qual se credita a ativação dos arquivadores em seu intervalo durante a consolidação da memória de longo prazo – ela detém o funcionamento das sinapses nesse estágio, inibindo proteínas necessárias, então as memórias de curto prazo são descartadas. É chamada Benzatral.

A parte complicada com o trauma é a regulação do tempo. Não há intervalo exato entre a consolidação da memória de curto prazo e a da memória de longo prazo. Toda memória envolve partes diferentes do cérebro, dependendo do que a compõe. Foi uma visão, um som, um sentimento? Foi música, matemática ou conhecer uma nova pessoa? O cérebro está funcionando enquanto o trauma ocorre, então o preenchimento está em curso. O tratamento tem de ser aplicado algumas horas após o trauma, e, mesmo assim, pode não ser inteiramente eficaz se alguns dos acontecimentos já tiverem chegado ao armazenamento de longo prazo.

Jenny tinha o conjunto de circunstâncias perfeitas. Ela já estava embriagada quando a agressão começou. Entrou em choque durante o ataque. Em meia hora, um sedativo lhe foi dado. Depois de duas horas, o tratamento foi administrado. Ela acordou doze horas mais tarde, com apenas os fragmentos de lembranças que já mencionei.

Tom Kramer também se lembrava da conversa na sala reservada às famílias. Não consigo reproduzir totalmente a emoção com que ele recontou o episódio, então vou apenas repetir suas palavras e dizer que ele não chorou. Acho que a essa altura ele já não tinha mais lágrimas para verter.

Não me recordo exatamente do que foi dito. Eu só ouvia a palavra "estupro" sem parar. Posso dizer que foi um ataque brutal e sem piedade. Que eles não tinham suspeitos. Que ele fora cuidadoso, usando camisinha e talvez depilando o corpo. Eles achavam – e isso mais tarde foi confirmado pelos peritos – que ele tinha usado uma máscara de lã preta, como aquelas de esqui, que cobrem o rosto todo e a cabeça. Informaram que durou cerca de uma hora. Pensei a respeito disso mais do que deveria. Quando Jenny estava de volta ao hospital, oito meses após o crime, ocasião em que eu soube que não havia acabado, fui para casa e deitei no chão com o rosto pressionado contra o piso, o corpo posicionado da forma como eles disseram que o corpo dela estava. Fiquei ali, deitado, por uma hora. Uma hora é muito tempo para ser torturado, muito mais do que qualquer um de nós pode imaginar. Juro.

Bem... o tratamento. Eles explicaram o processo. As drogas que seriam dadas. Como aquilo a colocaria numa espécie de coma por cerca de um dia e como, se tivéssemos sorte, poderia bloquear a memória dela em relação à agressão sexual e, na pior das hipóteses – isso eles disseram que tinham certeza –, reduziria qualquer TEPT que ela pudesse vir a sofrer. Eles afirmaram que o TEPT talvez fosse debilitante e implicasse anos de terapia. O dr. Baird perguntou se gostaríamos de falar com um psiquiatra para entender melhor o tratamento e como a vida poderia ser para ela sem esse procedimento. Ele falou que, a cada minuto que passava, a efetividade era reduzida.

Charlotte arregalou os olhos. "Sim!", foi o que ela disse, sem nem olhar para mim. "Façam isso! O que estamos esperando?" Ela se levantou e apontou para a porta, como se ambos devessem correr para obedecer a suas ordens. Eu agarrei seu braço. Posso não ser o homem mais inteligente, mas aquilo não soou certo para mim. Se ela não pudesse se lembrar, como poderia ajudá-los a encontrar esse monstro? Como poderia ajudar a colocá-lo atrás das grades, onde ele teria o que merecia? O detetive Parsons assentiu e olhou para o chão, como se soubesse exatamente o que eu estava dizendo. Ele finalmente confessou que seria muito difícil. Que, mesmo que a droga não funcionasse totalmente, qualquer coisa de que ela se lembrasse seria demolida no tribunal como não confiável. É claro que seria, certo? Quer dizer, ora bolas. Fim de jogo. Veja, não estou dizendo que queria esse cara capturado e punido mais do que queria que minha filha se recuperasse. Mas, onde a mãe dela via a recuperação no esquecimento e no fingimento de que o fato nunca acontecera, eu via o encarar do diabo, sabe? Olhando-o bem nos olhos e pegando de volta uma parte do que ele roubara. Eu estava certo, não estava? Quem dera não estivesse, mas eu estava.

Fiz a pergunta lógica a Tom.

— Se você sentia isso tão fortemente, por que concordou com o tratamento?

Ele pensou por vários segundos. Acho que tinha se feito a mesma pergunta um milhão de vezes, mas nunca tivera que enunciar a resposta em voz alta. Quando o fez, olhou para mim com uma expressão vazia, como se fosse óbvio. Tom não chegara a ver que a dinâmica em jogo nesse casamento era tudo menos óbvia ou normal.

Porque, se eu estivesse errado, se Jenny não superasse aquilo, a culpa seria minha. Então, por que concordei? Porque fui covarde.

CAPÍTULO QUATRO

Uma coisa que ainda não mencionei foi o entalhe nas costas de Jenny. Não era importante para a história até então, mas devo explicar antes de seguir em frente. Tudo aconteceu muito rápido na noite do ataque. Uma hora depois de ser encontrada, Jenny estava no hospital. Então, foi sedada. Seus pais chegaram em meia hora, imediatamente bombardeados com a decisão a respeito do tratamento, que devia ser administrado pelo psiquiatra no soro que a enfermeira aplicara no dorso da mão de Jenny. Havia autorizações e formulários a revisar e assinar, garantias de pagamento. O tratamento não era coberto pelo seguro. Por fim, ela foi preparada para a cirurgia de reparação ao dano do estupro e para o exame completo de perícia.

Tom ficou com ela até que fosse levada a uma sala de cirurgia. Ele disse que foi como ver a filha numa linha de produção de fábrica. Ele visitara uma em Detroit anos antes, quando trabalhava para a Ford. Peças de metal, porcas e parafusos, plástico, fios e chips de computador, milhares de trabalhadores com as mãos ocupadas e máquinas com partes se mexendo para encaixar tudo. Quando ele viu o corpo desfalecido de Jenny manipulado por cinco pessoas, cada um com uma função a cumprir, cada um preocupado apenas com o corpo dela, já que a mente havia sido manipulada com substâncias químicas e forçada a permanecer adormecida, essa foi a imagem de que Tom se recordou, e ele ficou profundamente perturbado, inclusive como reflexo de seu próprio comportamento respeitoso. Ele sentiu vontade de levantá-la da maca, tomar uma atitude e dizer a todos para deixá-la em paz, porra. Mas, é claro, não fez nada do tipo.

Sem querer ridicularizar as diferenças entre eles, mas Charlotte quis se juntar à filha no processo de sedação, cair no sono e esquecer que aquilo um dia acontecera. Ela não assistiu aos profissionais trabalhando. Em vez disso, foi para casa, dispensou a babá, tomou um sonífero, cobriu o filho, Lucas e, então, se encolheu na cama livre a poucos centímetros da dele. Ela ouviu a respiração do filho até que ela mesma caísse no sono. Algum tempo depois eu descobriria que era um costume dela para evitar dividir a cama com Tom.

Quando os médicos acabaram de reparar as lacerações nos órgãos genitais e nas vísceras de Jenny, ela foi para a UTI. O dr. Baird deu uma passada para ver como Tom estava. Logo depois, o detetive Parsons se juntou a ele. Foi ali que Tom soube do entalhe nas costas da filha. Parsons explicou da seguinte forma:

Recebemos o relatório preliminar da perícia. Eles tinham amostras de fluidos e cabelos que precisavam ser testadas, mas, como sabemos agora, nada seria encontrado. Durante o exame, perceberam o entalhe. Em termos de profundidade, estava mais para um corte. Tinha apenas dois centímetros e meio de comprimento, mas foram necessários dezessete pontos. Ninguém o notou de primeira porque ela estava tão suja e havia tantos outros arranhões superficiais que não pensaram muito naquilo até que a lavaram. O corte continuava sangrando. A equipe que examinou a mata onde Jenny fora atacada encontrou um graveto. Ele foi afiado em uma das pontas com algum tipo de faca, formando uma pequena lança. O graveto tinha apenas trinta centímetros de comprimento. Não havia pele nele, a não ser a de Jenny, mas os profissionais acharam algumas fibras de neoprene. É o material utilizado em luvas de esporte. Eles acreditam que o homem tenha usado a lança como uma ferramenta de entalhe, esculpindo camadas de pele.

O detetive Parsons é um homem de 31 anos, o que explica a liberdade que tomou quando informou os Kramer a respeito de Jenny na noite do crime. Na juventude, há a incapacidade de saber o que vai acontecer quando uma decisão é tomada. Uma das grandes lástimas da experiência humana é o fato de que, no momento em que sabemos como nos portar de maneira mais apropriada, nos resta pouco tempo de vida.

Os detetives em Fairview não têm muita serventia. O emprego aqui é como um degrau subindo a uma situação mais "ativa" em outro lugar ou um degrau descendo rumo à aposentadoria. Parsons não é um profissional ruim. Mas com sua relativa inexperiência vinha uma inaptidão para contar os detalhes mais cruéis do ataque. Sua avidez por parecer desinteressado e profissional na verdade serviu para revelar como ele estava de fato interessado. Era perturbador. Mas, como eu disse, a gravitação na direção do voyeurismo não nos torna pessoas más. Ainda fazemos tudo o que podemos para tentar escondê-la. E assim o detetive Parsons fez à medida que continuou.

Quando consultamos especialistas em agressões sexuais de Cranston, todos questionaram a duração do ato. Uma hora é altamente incomum para um estupro num ambiente público. Deve ter sido difícil de vê-los na mata naquela noite. Havia pouca luz da lua e uma cobertura de nuvens significativa. Ao mesmo tempo, Jenny estava dentro do alcance de escuta de qualquer um na rua, dos que entravam e saíam da festa, e certamente de qualquer pessoa a caminho do jardim, como os dois indivíduos que no fim das contas a ouviram e foram ajudá-la. Mas os especialistas não podiam questionar os fatos médicos. Então, quando souberam do graveto e da marca, disseram que fazia mais sentido. Eles acham que o criminoso parou e recomeçou as (houve uma pausa estranhamente longa nesse momento) *penetrações para esculpi-la. O entalhe na lombar. É um ponto em que as garotas gostam de fazer tatuagens. Eles acham que ele queria marcá-la ou que talvez apenas aproveitasse os ciclos de alívio e medo entre o parar e o recomeçar a fim de provocar estremecimentos pela dor da lâmina afiada na pele dela* (outra pausa longa, dessa vez reflexiva). *Eles creem que ele pode ter experimentado seus próprios ciclos de excitação, talvez reabastecendo seus estímulos com o ato de entalhar. Esse perpetrador era mais sociopata do que tínhamos presumido originalmente. E já estávamos nos aprofundando nessa direção.*

A recuperação física de Jenny não foi sem sofrimento. As áreas que foram costuradas não cicatrizam facilmente, por isso houve dor constante, diária. Jenny quis parar de comer para reduzir a quantidade de eliminações que teria que fazer. Ela perdeu cerca de cinco quilos nas duas semanas em que seu corpo estava se curando, e esse tempo foi passado basicamente na cama ou no sofá, à base de muitos analgésicos. Houve certa discórdia sobre a decisão de mandá-la de volta à escola. Só restavam mais três semanas letivas quando ela se recuperou o suficiente, e a escola, incluindo todos os professores, tinha se oferecido generosamente para fornecer as matérias e permitir que ela fizesse as provas finais durante o verão.

Fiquei curioso para saber como os Kramer lidaram com isso. Curiosamente, foi Charlotte quem quis manter Jenny em casa, debaixo dos cobertores; Tom queria que ela voltasse à rotina. Eu me perguntei se a motivação verdadeira de Charlotte tinha a ver com o fato de que Jenny ainda não parecia bem. Além da perda de peso, ela estava pálida, acinzentada. Tinha olheiras típicas de quem ingere analgésicos. Além disso, tinha perdido sua verve, sua vivacidade, seu sorriso. Acho que Charlotte teria percebido, se tivesse sido honesta consigo mesma, que não queria que ninguém visse Jenny até que o estupro fosse apagado de sua aparência, assim como tinha sido apagado de sua mente.

Charlotte também ganhou essa briga.

Os Kramer alugaram uma casa de veraneio em Block Island. Foi um grande sacrifício para Charlotte, que teve que desistir de sua presença no comitê da piscina no clube, mas no fundo fora ideia dela, um jeito de reiniciar. Imagino que também tenha sido um distanciamento bem-vindo para o casal. As falhas no relacionamento deles se intensificaram, e ambos temiam a ruptura que parecia iminente. Tom aparecia aos fins de semana, e, em agosto, passou duas semanas por lá. Lucas foi a um acampamento de verão na região. Contaram-lhe a respeito do ataque (evitando a palavra "estupro"), e ele não pensou muito no assunto, além do impacto que isso poderia ter na própria vida. É normal para a idade dele. Jenny terminou os deveres da escola e fez as provas para finalizar o primeiro ano do ensino médio. Ela convidou Violet para passar uma semana em Block Island. Elas foram à praia e comemoraram seu aniversário de dezesseis anos. Houve alguns sorrisos. Tom os achou forçados.

Charlotte acreditava que eram genuínos, e, como tinha se tornado trabalho dela supervisionar Jenny com cuidado, anotando humores, alimentação, disposição, sono, ela se sentia muito ligada à recuperação emocional da filha. Em todo caso, o verão terminou sem incidentes. É claro que isso foi apenas a calmaria antes da tempestade.

Jenny soube do estupro pelo conselheiro e psiquiatra no próprio hospital, antes de receber alta. Houve bem pouco acompanhamento com qualquer profissional de saúde mental. Nenhuma terapia, nenhum aconselhamento, apenas exames de rotina. Esse acompanhamento foi recomendado, mas tanto Charlotte quanto Tom eram contra. Para Charlotte, qual era a lógica de falar sobre o ataque, se tinham tido tanto esforço para esquecê-lo? Para Tom, que não concordara com o tratamento, a terapia soava como maneira de evitar o que precisava ser feito: encontrar o estuprador.

Quando os profissionais e os Kramer se reuniram no início do ano letivo, houve um consenso de que o tratamento fora um grande sucesso. Jenny não se lembrava do estupro. Ela tinha voltado à rotina de alimentação e de sono. Seus pais estavam esperançosos de que ela se juntasse ao alvoroço da preparação para a faculdade que domina o fim do ensino médio – provas, cursos avançados, trabalho voluntário e esportes. Ela não demonstrou sinais de TEPT, de memórias repentinas do ocorrido, de pesadelos, de medo de ficar sozinha, tampouco teve reações físicas ao ser tocada por outras pessoas. Seu caso foi considerado tão bem-sucedido que um médico militar da Noruega, que conduzia um estudo do tratamento para protocolo de combate, pedira os arquivos dela.

Só havia uma questão: o entalhe.

— Como vai tudo na escola?

Charlotte Kramer fez a pergunta a Jenny uma tarde no inverno seguinte, oito meses após o crime. A questão provocava um silêncio desconfortável que, aparentemente, estava presente em qualquer jantar apenas com os três. Nessa noite de segunda-feira, como nas outras naquela época, Lucas estava no treino de hóquei. Ele se revelava um atleta nato, e a mãe o tinha matriculado na sagrada trindade da Connecticut do subúrbio: futebol no outono, hóquei no inverno e lacrosse na primavera.

Isso deixava Charlotte, Tom e Jenny sozinhos para aturar a companhia um do outro, algo que não vinha sendo fácil desde o ocorrido. Sem a conversa adolescente de Lucas sobre o estado do banheiro dos meninos na escola, sobre qual dos amigos dele gostava de uma garota ou sobre seu desempenho impecável nos esportes, o silêncio presidia a mesa.

Jenny se lembrava de que o cardápio desse dia era o preferido dela, frango assado, batata com alecrim, vagem. No entanto, ela estava sem apetite – fato que andava escondendo dos pais. Ela engoliu uma pequena garfada e, então, disse:

— Bem.

O pai a encarou. Tenho quase certeza de que ele não percebia o que estava fazendo, mas Jenny comentou que era costume dele desde que retornaram de Block Island. Ela disse que podia senti-lo estudando cada músculo de seu rosto em busca de pistas. A garota se tornou plenamente consciente de suas expressões, sabendo que cada uma resultaria em alguma conclusão por parte do pai. Aquilo era um leve sorriso no canto da boca? Talvez algo bom tenha acontecido hoje. Aquilo era uma contração no olho? Uma careta? Será que ela estava chateada com as perguntas deles, como qualquer adolescente em qualquer mesa em qualquer lugar? Mais do que tudo, havia algo ali para evidenciar a inquietação que ela não fora capaz de afugentar? Ela tinha se tornado muito hábil em esconder.

Ela levantou o olhar para dar o que ele queria, um sorriso afável. Ele sorriu de volta, e, quando fez isso, Jenny falou que via angústia nos olhos dele desde aquela noite na mata. Ela se perguntou se ele via a agonia dela também. Se ele via, ambos sorriam um para o outro e fingiam não enxergar.

O que Jenny não sabia era que o pai não estava estudando o rosto dela. Ele estava fitando seu rosto, era verdade, mas apenas para mascarar o fato de que novamente percebera a mão nas costas, esfregando a pequena cicatriz com a qual ela fora esculpida como um troféu.

A mãe continuou a conversa.

— Vi um vestido muito fofo na Taggert's hoje! Talvez possamos ir no sábado dar uma olhada. A não ser que você tenha combinado algo com uma amiga. Você já tem planos, querida?

Jenny acreditava, e creio que de modo geral ela estivesse certa, que a mãe tinha seguido em frente bastante bem. Embora sua frustração com a tensão que Jenny e o pai criaram pudesse ser decifrada pelo tom levemente mais alto de sua voz em momentos como esse, ela estava vivendo como antes. Ocupada, sociável, otimista. Aulas de ioga, almoços, trabalhos voluntários na escola. Ela nunca percebeu Jenny esfregando a cicatriz, e, mesmo depois de o assunto ter finalmente sido discutido, alegou que não notara o comportamento.

Jenny também não tinha se dado conta dessa mania, apesar de Violet ter perguntado a ela a respeito várias vezes. Parecia semelhante a roer as unhas ou chupar o dedo, no caso de crianças pequenas. Algo em seu subconsciente mandava um sinal a sua mão para ir até aquele lugar onde a marca tinha sido entalhada. Acreditei que essa era a primeira indicação de que o tratamento não fora tão bem-sucedido quanto os profissionais pensavam.

A história do que aconteceu naquela noite na mata tinha sido cuidadosamente criada, e o entalhe não representava um dos capítulos. Todos sabiam que Jenny fora violentada. Ninguém sabia por quanto tempo nem de que maneira. Sua perda de memória passou a ser atribuída ao choque e ao trauma emocional. Essa é a história que Charlotte contava. Tom não dizia nada a ninguém, e conseguia escapar, já que era homem. Jenny, por sua vez, não tinha absolutamente nenhuma história a contar, a não ser que havia recebido um tratamento para esquecer o ocorrido. Ela estava decidida a manter isso para si mesma.

Por mais em ordem que tudo tenha ficado, um tipo diferente de monstro tomou conta da mente e do corpo de Jenny, roubando tudo de bom e colocando no lugar uma ansiedade corrosiva, severa.

— Querida? O que acha?

Charlotte queria comprar um vestido bonito. O pai lançou um olhar para a mãe. Ninguém falava daquela noite; mas, da maneira como Jenny descrevia as coisas, era como se eles exalassem aquele acontecimento. O pai, ela sabia, se arrependia da decisão de fazê-la esquecer. Ele queria vingança, justiça, algo além do que eles tinham, que era, mesmo depois de todo esse tempo, nada. A mãe nunca olhou para trás. Para usar a analogia de antes, a casa estava reconstruída, e isso lhe bastava. Dadas as opções entre a tensão que ficou dentro das paredes da casa consertada e Jenny lembrar-se daquela noite, Charlotte ficou feliz em escolher a primeira.

Do quarto, Jenny havia escutado as brigas deles à noite, discussões que deixariam o pai em prantos e a mãe soando "aborrecida" e o chamando de "fraco". A garota sentia que tudo aquilo era culpa dela, de sua incapacidade de exorcizar o monstro e sair para comprar vestidos. Ela se sentia destroçada por dentro. E considerava que estava destruindo a família. Jenny não pensava nos problemas que já faziam parte do casamento. Os filhos nunca levam isso em conta.

Ela respondeu à mãe.

— Claro, mãe. Parece legal. Talvez a gente possa almoçar antes. — Então, forçou-se a dar outra garfada de comida.

Charlotte sorriu.

— Ótimo!

Depois, olhou para Tom com satisfação, convencida de que as coisas estavam melhores.

Quando Jenny comeu o bastante para convencê-los, pediu licença para sair da mesa. Levou o prato para a pia e fez um comentário sobre ter de ficar on-line para bater papo com as amigas.

Foi para o quarto.

Acho que descrevi Jenny com detalhes. O que posso dizer para que você possa imaginá-la melhor? Cabelo loiro comprido. Olhos azuis. Esbelta e atlética. Seu rosto estava entre a juventude e a maturidade, as maçãs do rosto começavam a ficar mais protuberantes, o nariz, mais anguloso. Ela tinha sardas e uma pequena covinha do lado direito da boca. Falava de forma eloquente, sem os "hum" e "ahn" que os adolescentes usam. E fazia contato visual com facilidade, com uma habilidade invejável. Algumas pessoas encaram por muito tempo antes de desviar o olhar. Outras não encaram por tempo suficiente. Ela tinha isso na medida, o que é algo que nós, adultos, vemos com naturalidade, já que todos – a maioria, pelo menos – dominamos essa desenvoltura social.

Embora ela tenha perdido a inocência (por falta de uma expressão melhor), ainda era encantadora e doce. Ela descreveu os próprios pensamentos da seguinte maneira – num tom monótono e, de forma surpreendente, sem demonstrar emoção:

Eu me sentei na ponta da cama e olhei em volta. Havia todos aqueles objetos familiares, coisas que eu tinha escolhido, ou ajudado a escolher, para decorar o ambiente. As paredes tinham um tom rosa. Elas não são cor-de-rosa de fato, porque têm muito vermelho. Foi isso que a moça na loja de decoração falou. Não consigo lembrar o nome da tinta, mas é basicamente como rosa-rubra. As prateleiras de livros são bem brancas e há uma porção de livros nelas, apesar de eu não gostar mais tanto de ler, e não apenas por causa do que aconteceu. Parei de ler muito quando eu tinha doze anos. Acho que é porque agora, no ensino médio, eu passei a ter muita leitura obrigatória. E antes costumava haver competições de leitura, o que não existe mais na minha série. Então, a maioria dos livros que tenho são para escola ou são muito infantis.

Também tenho uma coleção de bichos de pelúcia. Ainda escolho um em todo lugar aonde vou. Bom, acho que isso não é mais verdade. Não comprei um em Block Island. Não consigo explicar por quê. Eu sei o porquê, mas não sei explicar. Se tivesse que explicar, eu diria que sentia que fazer coisas que costumava fazer parecia mentira, como se eu tentasse fingir ser alguém que não era mais. Como vestir algo azul porque você gostava de azul e você acha que ainda deve gostar, mas não curte mais agora. Faz sentido? Eu não gostava mais de nada do que eu fazia. Eu só fazia, ia na onda, porque senti que, se não fizesse, tudo ia desmoronar. Sentar em minha cama com todas essas coisas que eu adorava, mas não gostar mais delas... Eu só queria colocar fogo em tudo. Foi quando eu soube que nunca mais ficaria bem.

Ela continuou explicando a decisão. É chocante para mim que as pessoas algum dia tomem essa decisão. Mas não sou religioso, então, para mim, a única esperança reside em viver. Às vezes acho que as palavras "adolescente" e "escolha" não deveriam estar no mesmo dicionário.

É aqui que fico frustrado com a falta geral de conhecimento sobre o cérebro adolescente. Há uma razão pela qual os jovens não deveriam beber, usar drogas nem fazer sexo, tampouco dirigir, votar ou ir para a guerra. Não é porque dizemos a eles para não fazer nem porque sejam muito "inexperientes" para tomar boas decisões. O cérebro adolescente não está totalmente desenvolvido. É difícil imaginar isso quando o corpo deles parece tão maduro. Vi garotos de dezesseis anos com barba, pelo no corpo e músculos enormes nos braços. Eles parecem ter 26 anos. Há garotas com seios desenvolvidos e quadris largos, que usam maquiagem o bastante para trabalhar numa exposição comercial em Vegas. Não vou nem falar das brigas que eu tinha com minha filha a respeito das roupas com as quais ela queria sair de casa, ou com meu filho, que jura que não vai buscar seis amigos a caminho de um jogo de futebol e tentar comprar cerveja com identidade falsa.

A despeito da aparência dos jovens, se você pudesse olhar o cérebro deles não acharia um com maturidade suficiente em um raio de mais de cento e cinquenta quilômetros. Não é a inexperiência que os leva a tomar decisões ruins. Eles simplesmente não estão prontos. Considere os pensamentos de Jenny naquela noite sentada na cama:

Fechei os olhos e apenas deixei o monstro entrar. Eu o imaginei em minha cabeça. Ele era como uma gota de escuridão, e eu não conseguia de fato ver sua forma porque ele mudava enquanto se mexia. No entanto, percebi a aspereza de sua pele, com crateras e inchaços. Lembro de senti-lo dentro de meu estômago. Foi como uma explosão daquele sentimento de quando você está realmente nervoso, logo antes de uma competição de atletismo, quando está esperando pelo tiro de largada, mas um milhão de vezes pior. Eu simplesmente não conseguia aguentar. Comecei a esfregar minha cicatriz. Lembro de fazer isso naquela noite. Eu não conseguia parar. Eu queria gritar, mas sabia que isso não ajudaria. Eu tinha feito isso muitas vezes desde aquela noite. Eu dizia para meus pais que ia correr e aí eu corria, mas só até estar longe de casa, no campo atrás das quadras de tênis no parque. Então eu gritava e gritava. Logo que acabava, como tudo o mais, correr, dormir, ficar bêbada ou chapada, logo que acabava, eu voltava. Eu queria me descascar. Isso vem acontecendo há quase oito meses. Simplesmente tempo demais.

Jenny começara a ingerir substâncias para aliviar a ansiedade. Tudo se iniciara com álcool e progredira para maconha e comprimidos.

Comprimidos que ela conseguia no banheiro dos amigos, qualquer um que encontrasse. Ela tomou todo o Oxycontin, mesmo depois de a dor física ter passado. Seus pais não perceberam, o que é surpreendentemente comum. Eles tinham notado a mudança nos amigos dela e um declínio bem drástico em suas notas, mas estavam "dando um desconto".

É lamentável – na verdade, imperdoável – que os profissionais que defenderam esse tratamento para Jenny, ou que o defendem para qualquer pessoa, diga-se de passagem, tenham falhado em considerar o que aconteceria a seguir. Isso, independentemente de os acontecimentos factuais serem ou não arquivados em nossa memória; mesmo que fossem, no momento de arquivamento da memória de longo prazo, as emoções são silenciadas pela morfina, a reação física experimentada é programada dentro de nosso cérebro. O Benzatral não apaga isso. Posso explicar da maneira mais simples: se você encostasse em um fogão quente, queimasse a mão e mais tarde fosse levado a esquecer como fez a queimadura, seu corpo ainda teria medo de se queimar. Só que essa aflição não seria ativada apenas pelo calor ou por uma boca de fogão acesa. Ela surgiria e iria embora quando quisesse, e você não teria ideia de como impedir esse processo. É por isso que a terapia tradicional de TEPT envolve tirar as memórias do armário e revivê-las num estado de emoções mais calmo. Com o tempo, a conexão dessas emoções com a memória factual começa a mudar, a diminuir, para que a lembrança do trauma se torne menos dolorida emocionalmente e a própria dor emocional seja reduzida. Mas, é claro, isso é um trabalho duro. Não é mais fácil apenas apagar os fatos? Como aquelas cintas vibratórias dos anos 1950, que afirmavam queimar gordura sem exercício nem dieta. O trauma não pode ser curado com um comprimido.

Jenny não tinha lembrança do estupro, mas o terror vivia em seu corpo. A memória física, a resposta emocional que estava programada nela, não tinha nada a que se apegar, nenhum conjunto de fatos para contextualizar. Então aquilo vagou livremente dentro dela. A única coisa tangível que sobrou da violência foi a cicatriz do entalhe.

É fácil dizer que ela deveria ter buscado ajuda. Mas ela é adolescente. E, para seu cérebro de adolescente, oito meses é "tempo demais".

Ela foi ao banheiro, abriu o armário embaixo da pia. Pegou uma gilete, dessas cor-de-rosa, descartáveis. Usando os apetrechos de seu kit de fazer unha, forçou para abrir a gilete até que as lâminas se soltassem. Ela as colocou no balcão da pia, então voltou para a cama, onde se sentou. Esperando.

CAPÍTULO CINCO

Sinto que me adiantei. Vamos voltar um pouquinho.

A vida de Tom Kramer estava um inferno. O sentimento de que tinha fracassado em proteger a filha o assombrava dia e noite.

Era completamente irracional. Não podemos vigiar nossos filhos o tempo todo, e coisas ruins acontecem. É a realidade. Como sociedade, passamos por várias tendências de parentalidade protetora. Parece-me que foi a proliferação da informação pela internet que resultou na última onda. Todos os casos de sequestro, abuso, conduta sexual inapropriada, afogamento na piscina, acidente de trenó, de bicicleta ou até engasgo ficavam instantaneamente conhecidos por todos os pais, do Maine ao Novo México. Era como se esses incidentes estivessem prestes a acontecer. Havia campanhas e informativos, novos produtos de segurança e etiquetas de advertência. Os bebês não podiam mais dormir de bruços. As crianças não podiam mais caminhar para a escola ou esperar sozinhas no ponto de ônibus. Dou risada só de pensar em minha mãe *alguma vez* me levando de carro até o fim da rua e parando atrás de outros carros para esperar o ônibus comigo. Ela nem se levantava da cama quando eu saía para a escola. Mas é isso que as pessoas fazem agora, não é?

Houve certa reação, o movimento "espaço livre" repreendendo os pais "helicóptero". A conversa está começando a mudar do perigo de pais negligentes ao dano causado às crianças superprotegidas.

É tudo apenas barulho. Se alguém realmente quiser machucar seu filho, vai encontrar uma maneira de fazer isso.

No verão após o ataque, Tom ficou obcecado em encontrar o criminoso. Com a família em Block Island, ele passou o tempo procurando. Ele não via os amigos. Não ia à academia. Parou de assistir à televisão. Das oito às seis, trabalhava, mas a obsessão o seguia. Estar no negócio de vendas de carros expunha Tom a novos rostos todos os dias. Cranston é a uma cidade modesta, mas tem mais de oitenta mil habitantes. Acrescente a isso o fato de que o empregador de Tom, Sullivan Luxury Cars, tinha as únicas concessionárias de BMW e Jaguar num raio de cem quilômetros, e você entenderá que a cada dia Tom Kramer via homens desconhecidos, e todos, na cabeça dele, podiam ser o estuprador de sua filha.

A polícia fizera o possível, dentro do bom senso. Todos os garotos que estiveram naquela festa foram interrogados. Os meninos, em particular, foram interrogados formalmente na delegacia. Muitos estavam acompanhados de um advogado. Tom quis que todos fossem examinados. Ele solicitou que fossem recolhidas amostras cutâneas e de DNA. Pediu que os carros e os quartos dos suspeitos fossem vasculhados em busca da máscara negra e das luvas, que todos fossem inspecionados para ver se algum deles tinha se depilado. É claro que nada disso aconteceu.

Os vizinhos também foram interrogados, famílias que estavam em casa ou fora dela juntas ou que tinham saído com outras pessoas. Cada um tinha um álibi. Cada álibi foi checado. Um dos vizinhos, um menino de doze anos chamado Teddy Duncan, tinha saído às oito e quarenta e cinco da noite. Seu cachorro, um beagle curioso chamado Messi (em homenagem ao jogador de futebol), tinha achado um buraco na cerca e escapado, porque é isso que os beagles fazem. Eles cavam, caçam e perseguem coisas. É provável que ele estivesse na mata logo antes de Jenny ser violentada. Mas ele estaria longe do lado direito, não nos fundos, dada a posição de sua casa. Ele saíra de volta na Juniper Road para continuar a busca pela rua. Disse que se lembrava de ver um carro meio destoante estacionado perto. Isso significava que não era um modelo chique nem um utilitário com brasões de time na traseira. Com alguma ajuda de Parsons e da ferramenta de busca de imagens da Google, Teddy concluiu que o carro era um Honda Civic.

Durante grande parte do verão, esse Honda Civic azul-marinho tornou-se o foco da caçada em busca do estuprador de Fairview. Registros do departamento de trânsito foram cruzados com registros de agressores sexuais e de outros criminosos. Havia milhares de veículos desse modelo no estado de Nova York. E Teddy Duncan só "achava" que as placas eram de Nova York, por serem brancas e azuis. Casualmente, antes que sua mente comece a divagar na direção errada, Teddy encontrou o cachorro na casa de um vizinho e estava de volta à própria casa às nove e quinze da noite. E ele tem doze anos.

O detetive Parsons fez um trabalho adequado, dado seu nível de habilidade. Não lhe faltava entusiasmo no começo e de fato parecia "civil" na maneira como os fatos do crime despertaram seu interesse. Mas seu foco era sempre desviado para fora de Fairview. Ele percorria delegacias de polícia pela região, perguntando a respeito de estupros semelhantes, adolescentes, máscaras pretas, falta de evidências deixadas na cena, Civic azul. E, é claro, o entalhe nas costas. Dúzias de outras agressões sexuais batiam com alguns dos padrões. Nenhum deles batia com tudo. Seus colegas em outros departamentos prometeram ficar de olho. A questão é que os estupradores que tinham sido presos estavam todos na cadeia; os que não tinham sido pegos não podiam ser rastreados. É difícil saber quantas mulheres são estupradas porque esse é o crime violento que mais deixa de ser denunciado nos Estados Unidos, mas especialistas estimam que apenas vinte e cinco por cento dos estupros denunciados são, de fato, desvendados. As investigações do caso de Jenny não pareciam bem, e, no Natal, Tom era a única força motriz em sua busca incansável por justiça.

Os pais de Tom apareciam todo ano para o Natal, e a família decidiu que nesse ano não deveria ser diferente. Eles chegaram no meio da semana, logo no início das férias escolares. A mãe de Tom, Millie, era uma mulher inteligente, com uma percepção excepcional. Isso era desconcertante para Charlotte, que achava difícil esconder seus segredos (vamos chegar lá) quando Millie estava por perto. O pai de Tom, Arthur, era mais do âmbito racional que do emocional. Ele era um professor aposentado da faculdade de Connecticut. Era um estoico e, nesse sentido, se dava muito bem com a nora.

Tom relatou assim a visita:

Eu me senti uma criança de novo, como se quisesse correr para os braços de minha mãe e chorar longamente; depois, sentar no colo do meu pai para assistir a uma partida de hóquei. Eu queria que eles me dissessem que ia ficar tudo bem, minha mãe com alguma análise complexa da situação, meu pai com um olhar que faria com que eu me recompusesse, não importa quão ruins as coisas estivessem. Eles foram incríveis com Jenny. Minha mãe a levou para fazer compras e conversou com ela sobre o futuro, sobre faculdades e carreiras. Ela fez todos os tipos de perguntas sobre as atividades da neta, sobre amigos e sobre o que ela queria fazer no verão. Meu pai também ajudou. Ele manteve Lucas ocupado, levou o neto para andar de skate um dia, brincou de Lego no porão. Coisa de rapazes. Eu olhava aquilo de fora, sabe? Eu não conseguia estar com eles. Era muito normal, muito... calmo. Por dentro, eu estava enlouquecendo. Dando chutes e gritos contra o destino que o Universo tinha reservado à minha família. Eu não aceitaria aquilo. Eu tinha fracassado em proteger minha filha, mas não ia falhar nisso. Ainda assim, eu sabia a cada segundo que passava que as chances de achar aquela criatura diminuíam. Eu queria ser um homem. Eu queria me sentir um homem de novo. Eu andava em silêncio e com uma expressão vazia, parecendo forte. Por dentro, eu era uma criança dando chilique. E parte de mim precisava desesperadamente que meus pais vissem aquilo.

Foi durante essa semana que Charlotte começou a ter um sonho recorrente. Ela sabia as origens, algum documentário sobre vida selvagem a que eles tinham assistido semanas antes. Em uma das cenas, um lobo solitário perseguia um impala solitário pela floresta até um despenhadeiro. O impala, por ser hábil e de andar seguro, abria caminho lentamente até o lado íngreme e rochoso do penhasco, enquanto o lobo corria pela borda freneticamente, olhando para baixo, para sua refeição, que estava tão perto, mas inatingível. Ele insistiu por quase uma hora.

No sonho, Charlotte assistia a essa cena de certa distância. Apesar de saber o final, a cada vez ela a revivia como se o impala pudesse simplesmente ser pego na floresta antes de ficar em segurança – ou talvez dessa vez o lobo se arriscasse pela lateral do despenhadeiro até as pedras e encontrasse um apoio para os pés. Do jeito que acabava, sempre com o mesmo final, seu coração batia forte e ela acordava enrolada em lençóis, suada e com medo.

Em diversas análises, o sonho era assustador. O caçador e a presa. Tom e o estuprador. Injustiça e Tom. O estuprador e Jenny. A família de Tom e os segredos de Charlotte.

Perguntei-lhe que personagem ela era no sonho: o lobo que perde sua refeição ou o impala que escapa de maneira inteligente, mas sempre estará em perigo no nível do solo.

Não sei. Não fica claro no sonho. Quer dizer, sempre assisto meio distante, observando ambos os animais. Um correndo para se salvar. O outro, para matar. Não sei dizer por qualquer sentimento ou perspectiva que tive. Mas de fato pensei sobre isso. O sonho me torturou quase todas as noites em que os pais de Tom estiveram aqui para aquele Natal e continuou, de vez em quando, por semanas depois que eles foram embora. Imagino que eu pudesse ser o lobo, colocando minha família e toda a vida que construí em perigo. Aí penso que na verdade sou o impala, correndo para sobreviver. Eu realmente me sinto assim. Como se eu estivesse sempre a um passo de ser descoberta. Soa paranoico, sim, mas acho que a mãe de Tom sabia. Eu podia ver nos olhos dela. E eu a odiava por isso. Sei que ela estava ajudando Jenny. Eu deveria ter desejado que ela ficasse mais tempo. Mas tudo em que eu conseguia pensar, durante toda a ceia e as comemorações de Natal, na abertura de presentes no dia seguinte e na missa, durante o jantar no dia seguinte, era que eu queria que ela caísse fora da minha casa.

Charlotte tinha segredos, mas eu acreditava que havia algo mais por trás de sua antipatia pelos pais de Tom, especialmente pela mãe dele. Já mencionei a infância dela. Suponho que esta seja uma boa hora para elucidação.

Charlotte cresceu em New London. Para aqueles que não são familiarizados com essa parte dos Estados Unidos, New London é o lar da Academia da Guarda Costeira Norte-Americana e uma sub-base naval. O Exército está fortemente presente. Sua mãe, Ruthanne, era uma jovem promíscua que engravidou aos vinte e três anos, sem marido. Ela não tinha feito faculdade e trabalhava numa pequena fábrica, produzindo velas decorativas. Charlotte se lembra com nitidez do cheiro de cera aromatizada que seguia a mãe pela porta da frente do apartamento depois do trabalho. A família de Ruthanne morava na cidade. Os pais, após reajustarem os sonhos que tinham para a filha mais nova, ajudaram no início. Mas eles não eram pessoas saudáveis, eram beberrões, fumantes e estavam à beira da obesidade. Ambos morreram antes de Charlotte completar dez anos. Dois anos depois, Ruthanne finalmente se casou. O nome do marido era Greg.

Esse é o primeiro segredo de Charlotte – e foi bem guardado. Ela não o revelou para mim até que eu tivesse merecido sua confiança, o que não foi tarefa fácil.

Eu era uma menina bonita. Loira, olhos azuis e com o corpo já bem desenvolvido naquela época. Pelo rosto, se você olhar minhas fotos, definitivamente dá para ver que Jenny é minha filha. Minha mãe virou a gerente da fábrica de velas, que funcionava vinte e quatro horas por dia, todos os dias da semana, revezando os funcionários em turnos diurnos e noturnos. Acho que eles tinham clientes o bastante para todas aquelas velas. Tenho certeza de que também tinha algo a ver com os "ilegais" que eles contratavam – talvez soubessem que não haveria inspeções à noite. Minha mãe falava das duas folhas de pagamento, uma dos livros contábeis e a outra em dinheiro. Greg trabalhava de vez em quando como carpinteiro. Ele dizia a minha mãe para ficar de olho no dinheiro, não confiar em ninguém. Especialmente nos "ilegais". Ele tinha várias tatuagens. Uma delas era no pescoço: uma cobra com algumas palavras abaixo. "Não pise em mim." Ele não era fã do governo. "O homem", ele costumava chamá-lo. Qualquer coisa que tivesse autoridade era "o homem", como algum tipo de hippie. Ele era um idiota.

A primeira noite em que aconteceu, minha mãe estava no trabalho. Eu tinha dezessete anos. Nós morávamos numa porcaria de apartamento de um quarto e as paredes eram finas. A cozinha não era nada mais que um fogareiro elétrico e um micro-ondas. Não tínhamos sequer um forno decente. Havia um banheiro com um chuveiro minúsculo em que, toda manhã, faltava água quente porque os vizinhos também eram "ilegais" – seis ou sete pessoas amontoadas naquele lugar. Greg era quase tão contra os "ilegais" quanto era contra o governo. Ele costumava vagar falando sozinho. Ele e minha mãe dividiam o quarto, e eu dormia no sofá, então eu não tinha para onde ir quando ele saía de lá. Eu escutava um bocado de maluquices dele.

De qualquer modo, eu estaria mentindo se dissesse que não imaginei que aquilo fosse acontecer. As mulheres sabem. Talvez os homens também saibam, mas não tenho certeza. Dá para perceber quando há mudança, quando um homem decidiu que quer foder a gente. Senti isso com rapazes na faculdade. Senti isso em bares lotados. Senti isso com colegas no trabalho. E senti isso com Greg. Fiz o melhor que pude para ignorá-lo, para ficar fora do caminho dele. Comecei a usar roupas mais fechadas, calças em vez de saias, sapatos baixos, gola rulê. Não fez diferença. Nunca faz, não é? Como eu disse, uma vez que um homem decidiu que quer você, não há como dissuadi-lo. Então, na noite em que aconteceu, eu tinha ido do trabalho para casa. Eu era garçonete duas vezes por semana numa lanchonete. Lembro-me de estar muito aborrecida por causa de um cliente. Eu realmente consigo me lembrar de cada minuto daquela noite, como o cliente gritou comigo por ter servido torta com sorvete quando ele tinha dito que não queria sorvete. Ele estava certo, e eu me desculpei, mas ele pediu para falar com o gerente, continuou gritando, querendo sua refeição de graça. Comecei a chorar. Achei que seria demitida. Meu chefe me falou para ir para casa. Ah, soa tão idiota agora. No fim das contas, o cara fazia isso toda vez para tentar conseguir uma refeição gratuita.

— A situação seria perturbadora para qualquer garota de dezessete anos — eu disse a ela.

Imagino que sim. O fato é que cheguei em casa chorando. Greg estava lá. Nos sentamos no sofá, e ele me ouviu falar por um bom tempo. Então, pegou uma cerveja para cada um de nós. Ele me falou que tudo ia ficar bem. E realmente me senti confortada. Baixei a guarda.

O resto da história requer detalhes, mas acredito que sejam importantes. Peço desculpas se é difícil de acompanhar.

Greg sorriu para ela e acariciou seu cabelo. Imagino que ele tenha se convencido de que ela também o queria, mesmo por trás de golas rulê e calças compridas. As pessoas acreditam no que querem acreditar. O coração dela começou a bater descontroladamente, mas ela não se mexeu.

Ele afagou o rosto dela. Gemeu. "Ahhh." Ele estudou os olhos dela como um amante. Botou as mãos por baixo da blusa dela e tocou seus seios. Gemeu de novo, e ela sentiu o hálito quente em seu rosto quando ele se inclinou para beijá-la.

Charlotte lembra que se sentiu paralisada. Ele a tinha confortado, e ela queria mais. Mas não desse jeito. Não com o corpo dela. Mas isso era tudo o que estava em jogo, então ela permaneceu rígida, congelada entre a necessidade de ser confortada, amada, e a aversão. Ela disse que ele parecia um animal selvagem que tinha capturado sua presa. Exatamente, o impala e o lobo. Ele mordeu o lóbulo da orelha dela, com vontade, e colocou a mão dentro da calça dela, entre as pernas. Ele a inclinou para trás até que estivessem deitados no sofá. Ela sentiu o pênis ereto dele contra sua coxa. O dedo dele a penetrou. Foi uma sensação boa, diferente de tudo o que ela já tinha experimentado antes. Charlotte não tinha sequer beijado um garoto.

— Você está molhada — disse ele, rindo. — Você está molhada, sua putinha.

Então, ele pareceu ter a força de dois homens e o número de braços de um polvo quando agarrou o cabelo dela e arrancou sua calça, rápido, como se tivesse poderes sobre-humanos. Seus joelhos estavam entre os dela. A ereção, na barriga dela. E então, lentamente, ele afastou as coxas dela, a ereção percorrendo a parte interna da coxa de Charlotte. Ela se lembra do "ahhhhh". Os ossos do quadril dele pressionaram os dela quando ele a penetrou. Quando acabou (aparentemente em questão de segundos), ele saiu de dentro dela e posicionou o corpo de forma que ela ficasse de pé contra o encosto do sofá. Ele beijou o pescoço dela e gemeu. Então, manipulou o clitóris com os dedos até que ela teve um orgasmo, o que aconteceu mesmo com toda a repulsa. O corpo é uma máquina. Às vezes, nos esquecemos disso.

Eles se tornaram "amantes" secretos. O desejo dela, que era preenchido por esses encontros, ofuscou sua consciência, sua moral, sua vontade. Greg comprava presentes para ela e a levava ao cinema. Eles trocavam olhares no jantar e "faziam amor" no sofá enquanto Ruthanne trabalhava no turno da noite. Charlotte sabia que era errado e ainda sentia, de muitas formas, repugnância por Greg. Mas, como ela mesma explica, não conseguia parar.

Tenho vergonha disso. Mas é a verdade. Sentir um corpo tão perto de mim. Sentir a pele contra minha pele. Ser beijada, abraçada e segurada. E aí havia o prazer sexual, que eu não conseguia controlar, não sei. Talvez se tratasse do sexo. Talvez eu fosse um pouco vadia. Na época, parecia amor.

Levou cerca de seis meses para Ruthanne admitir para si mesma o que percebia quando estava na companhia deles. A essa altura, Greg estava desempregado e dependia da esposa. Creio que nunca houve dúvida sobre o que aconteceria, embora Charlotte tenha sentido como se seu coração tivesse sido arrancado do peito.

Ruthanne mandou a filha morar com a tia Peg, em Hartford. Peg era seis anos mais velha que Ruthanne, e o marido dela trabalhava no negócio de seguros. Eles tinham três filhos, todos em colégio interno, e concordaram – ainda que com relutância – em fazer o mesmo pela sobrinha. Charlotte nunca mais voltou para casa.

Tom não sabia a respeito da vida dela com a mãe e com Greg.

Isso ajuda a esclarecer a necessidade de Charlotte consertar a casa. Imagino que alguns pensem mais do que isso, que talvez a insistência de Charlotte em dar o tratamento a Jenny fosse porque ela tinha algo sexualmente perverso em seu passado. Mas não era bem isso. Charlotte via aquela noite no sofá como uma sedução, um ato de desejo e o começo de um caso de amor. Ainda assim, entendia que sua relação com o padrasto "não era convencional" e era "moralmente questionável". Por essas razões, ela não compartilhou essa história nem sequer com o marido.

De qualquer maneira, esse não é o segredo que Charlotte temia que a sogra tivesse desvendado.

CAPÍTULO SEIS

VOLTANDO A JENNY e àquele momento em que ela se sentou na cama...

O empregador de Tom era Bob Sullivan. Bob era dono de doze concessionárias pelo estado de Connecticut e tinha um patrimônio líquido de mais de vinte milhões de dólares. O rosto dele podia ser visto em um grande número de *outdoors* na I-95, de Stamford a Mystic, e por todas as cidades em que eles ainda eram permitidos. Você se lembraria de vê-lo em anúncios, com a cabeça coberta de cabelos pretos, olhos determinados, um grande sorriso branco e nariz arredondado. Bob Sullivan era um homem que venceu na vida por esforço próprio, do tipo que as revistas gostam de escrever a respeito. Do tipo que era tão cheio de si que parecia um milagre que não tivesse explodido como uma *piñata* estourada e espalhado confete pelo céu. Ele tinha uma esposa *plus size* e três filhos que se preparavam para assumir o negócio da família. Sempre dirigia o último modelo de carro da BMW, da Ferrari, da Porsche. Ele fazia a dieta paleolítica e tomava vinho tinto sem restrição. Era generoso, mas também ambicioso, e estava de olho numa cadeira no legislativo estadual.

E tinha um caso com Charlotte Kramer.

Tendemos a achar que sabemos por que as pessoas têm casos amorosos. O casamento está ruim, mas elas não podem ir embora por causa das crianças. Elas têm desejos sexuais a satisfazer. São vítimas de sedução, os desejos humanos se sobrepõem ao autocontrole. Nada disso era verdade para Charlotte.

Charlotte Kramer era duas pessoas. Formou-se em literatura pela faculdade Smith. Era ex-editora assistente da revista *Connecticut* e, depois, tornara-se dona de casa e mãe de dois filhos adoráveis, esposa de Tom Kramer, cuja família era de estudiosos e professores. Era membro do clube de campo de Fairview, conhecida por modos impecáveis e vocabulário extenso. Ela tinha construído seu lar cuidadosamente – um lar bom, ético e admirado.

Ninguém conhecia a outra Charlotte Kramer, a garota que dormira com o marido da mãe e fora expulsa da própria casa. Ninguém sabia que seus parentes eram alcoólatras sem educação que tiveram uma vida dura e morreram jovens. Ela era a garota que tirava a roupa todas as noites para um homem de quase o dobro de sua idade, que cheirava a cigarro e era de parca higiene. Ninguém sabia nada disso, a não ser Bob Sullivan. Charlotte tinha trancafiado aquela garota numa gaiola. Mas, com o tempo, aquela identidade não pôde mais ser ignorada. Bob Sullivan era o jeito de Charlotte reconhecê-la, de mantê-la calma em sua prisão. Era sua forma de estar inteira, já que vivia meia vida como Charlotte Kramer de Fairview.

Quando estou com Bob, sou aquela garota de novo. Aquela garota suja, que fica excitada por coisas ruins. Bob é um homem bom, mas ambos somos casados, então o que estamos fazendo é errado. Não sei como explicar. Lutei muito para viver uma vida "correta". Entende o que quero dizer? Para não ter pensamentos ruins e me impedir de ter um comportamento errôneo. Mas esse desejo está sempre lá. Como uma fumante que se esconde, sabe? Uma pessoa que teoricamente parou de fumar e que preferiria morrer a deixar o mundo saber que ela fuma, mas aí ela surrupia um precioso cigarro por dia. Apenas um. E isso é o suficiente para satisfazer o desejo. Bob é meu único cigarro.

Você pode julgar Charlotte por esse único cigarro. Por ter desejos secretos que ela não consegue controlar. Por não contar toda a verdade. Por não permitir que o marido saiba de toda a vida dela. E, por esse julgamento de Charlotte Kramer, devo julgar você um hipócrita.

Ninguém, nenhum de nós, se mostra por completo para outra pessoa. Se você acha que se mostra, então se faça estas perguntas: alguma vez você já fingiu gostar de algo horrível que seu parceiro cozinhou? Ou falou para sua filha que ela estava linda num vestido feio? Você já fez amor com seu parceiro e fingiu um suspiro quando seus pensamentos estavam em outra parte, na lista de compras, talvez? Ou elogiou o trabalho medíocre de um colega? Você já falou para alguém que tudo ia ficar bem quando sabia que não ficaria? Você sabe que sim. Mentiras leves, mentiras sombrias, um milhão de mentiras, várias vezes a cada dia, em todo lugar, por todos nós. Estamos sempre escondendo algo de alguém.

Isso pode desanimá-lo. Talvez você pare para pensar quando seu parceiro diz acreditar que você vai conseguir aquela promoção ou assegura que você é importante para a associação de pais e mestres. A verdade é que você nunca vai saber a verdade, e, se souber, provavelmente lutará para salvar seu casamento. Posso parecer um renegado. Um descrente. Mas nenhum relacionamento sobrevive à verdade nua, a toda a verdade. Nenhum. Uma vez que um casal confessa seus verdadeiros sentimentos um ao outro, seja em particular, seja numa terapia de casal, seja a amigos fofoqueiros, o jogo está terminado. Você não vê? Não sabe disso, no fundo do coração? Amamos as pessoas por quem elas são e por como elas nos fazem sentir. Normalmente conseguimos tolerar seus defeitos e até guardá-los para nós mesmos. Mas, uma vez que vemos nos olhos delas qualquer reflexo de nós mesmos que não é o que queremos ver, que precisamos ver para nos sentir bem, a essência do amor se quebra.

Tom nunca teve uma chance. Nenhum reflexo que Charlotte viu nos olhos dele jamais foi suficiente, porque da própria mulher ele só conhecia a versão que lhe fora revelada. Bob Sullivan, e apenas Bob Sullivan, conhecia as duas personalidades dessa mulher.

Charlotte e Bob se encontravam durante o dia na pequena edícula perto da piscina no canto do jardim dos Kramer. Havia um caminho de terra usado pela empresa da piscina, escondido, em grande parte, pelas árvores. Mesmo no inverno, era possível Bob estacionar sem ser visto da rua. O jardim era cercado. Eles tinham sido bem cuidadosos. Ambos tinham muito a perder.

Jenny sentou-se na cama naquela noite em que a mãe fez frango com alecrim, incapaz de ficar de pé por um minuto a mais. Ela escutou a mãe sair para buscar Lucas. Ela os escutou voltar para casa. Tentou esperar os pais irem para a cama, mas eles tiveram outra de suas "conversas" infinitas. Ela foi até o esconderijo de comprimidos recolhidos no banheiro dos pais de suas amigas e tomou um pequeno, branco. Esses sempre eram Xanax, Lorazepam ou Valium. Ela não os conhecia por esses nomes, mas eu os reconheci pela descrição que ela deu, tanto pela aparência como pelo efeito que faziam. Vinte minutos depois, adormecia.

Na manhã seguinte, Jenny foi para a escola de ônibus. A mãe acenou com um tchau. Ela assistiu às aulas de química e história. Na hora do almoço, caminhou para casa.

Eu disse que Bob Sullivan estava concorrendo para o legislativo estadual. Foi por isso que a esposa dele, Fran, contratou um investigador para segui-lo e coletar provas. Descobri que as pessoas sabem quando algo está errado. Mesmo que a intimidade já tenha desaparecido do casamento, alguns comportamentos são simplesmente muito difíceis de esconder. A felicidade, em particular, não gosta de se ocultar nas sombras. No caso de Bob, a esposa o conhecia muito bem.

Naquela tarde, depois de Jenny chegar em casa, Charlotte encontrou Bob na casa perto da piscina. Não era uma estrutura grande, era apenas uma área para trocar de roupa, de doze metros por doze metros, com um banheiro anexo. Havia um sofá, piso de cerâmica, portas de correr com cortinas e algumas prateleiras para toalhas e filtro solar, além de outras coisas de piscina. E um pequeno gravador ativado por som e instalado pelo investigador de Fran Sullivan.

Foi isto que ele gravou:

(Porta se fechando, cortinas correndo, uma voz feminina rindo.)

— Ei, vem aqui, lindo.

(Som de beijos, respiração pesada.)

— Quanto tempo você tem?

— Meia hora, então tire a roupa e deite no chão.

(Mais risadas, suspiros, som de roupas sendo tiradas.)

— Você quer minha boca hoje, né? Quer que eu lamba você?

— Sim.

(Suspiros de mulher, gemidos de homem.)

— Se você fosse minha mulher, eu ia jantar você toda noite.

(Suspiros de mulher, excitação.)

— Espera, para... *(Voz de mulher preocupada.)*

— Quê? *(Voz de homem alarmado.)*

— A porta do banheiro está fechada, mas por baixo da porta... Acho que a luz está acesa. *(Voz de mulher sussurrando.)*

(Sussurro, então silêncio.)

(Grito alto de mulher.)

— Ah, meu Deus! Meu Deus! *(Voz de homem aterrorizado.)*

(Gritos de mulher.)

— Ajude-a! Meu bebê! Minha bebezinha!

— Ela está viva? Ah, merda! Merda!

— Pegue uma toalha! Amarre os punhos dela, apertado!

— Meu bebê!

— Amarre! Puxe! Apertado! Ah, meu Deus! Tem tanto sangue...

— Estou sentindo uma pulsação! Jenny! Jenny, está me ouvindo? Me passe essas toalhas! Ah, meu Deus, meu Deus, meu Deus!

— Jenny! *(Voz de mulher desesperada.)*

— Chame a emergência! Jenny! Jenny, acorde! *(Voz de homem.)*

— Onde está meu telefone? *(Voz de mulher mexendo em algo.)*

— No chão! Vai! *(Voz de homem.)*

(Pegadas, barulhos de algo sendo revirado, voz de mulher falando com a emergência, dando endereço, histérica.)

— Você tem que ir! Agora! Vai! *(Voz de mulher.)*

— Não! Não posso! Meu Deus!

Charlotte tinha dificuldades em falar daquela tarde. Mas, em uma manhã, depois que consegui achar um caminho para contornar a barricada, ela se recompôs e contou o seguinte:

Bob foi um herói quando encontramos Jenny sangrando naquele banheiro. Eu disse a ele para ir embora depois que liguei pedindo ajuda, mas ele se recusou. Ele não se importava. Naquele momento, vi um homem que ninguém mais vê. Ele pode ser ganancioso – digam o que quiserem –, mas arriscou tudo para salvar minha filha. Ele rasgou uma toalha ao meio e enrolou-a em volta dos punhos de Jenny. Ele me falou para agarrar numa ponta e puxar. A toalha era grossa e foi difícil apertá-la. Ele gritou para mim: "Puxe!". Eu obedeci; quando estava firme, ele deu um nó. Fez o mesmo com o outro punho. Deus, nós dois estávamos cobertos de sangue. Ensopados. Meus pés escorregavam no chão. Quando estancamos os punhos, chamei a emergência. Falei a ele para ir embora, mas ele se recusou. Coloquei a cabeça dela no colo. Comecei a chorar, não como antes, em meio a gritos... Apenas lágrimas, sabe? Bob também chorou. Ele olhava meu rosto e o de Jenny, alternando de um para o outro, como se não soubesse qual lhe causava mais dor. Ele acariciou o rosto de Jenny e, então, olhou para mim e permaneceu olhando. Então, disse: "Me escute! Ela vai sair dessa! Está me ouvindo? Ela vai!". Ouvimos as sirenes se aproximando. Gritei de novo com ele para ir embora. Implorei. Ele continuava dizendo que não, mas no fim ele entendeu. Eu não me importava com a carreira dele, com a esposa dele nem com sua reputação. Tudo para que eu ligava naquele momento era Jenny e minha família. Ele não podia estar lá quando a polícia chegasse. Ele chorou com mais intensidade quando ficou de pé, pisando no sangue. "Eu te amo", disse ele. Então, foi embora.

Jenny de fato sobreviveu. E é aí que eu entro.

CAPÍTULO SETE

Eu sou o dr. Alan Forrester. Psiquiatra. No caso de você não estar ciente das várias credenciais que existem entre os profissionais de saúde mental, sou o tipo que foi para a faculdade de medicina. Sou médico, formado pela Universidade Johns Hopkins. Fiz residência nos hospitais da Universidade Presbiteriana de Nova York em Columbia e em Cornell. Em vinte e dois anos de exercício da profissão, recebi prêmios e distinções, mas não encontro refúgio em certificados, daqueles que você, sem dúvida, viu pendurado nas paredes de consultórios médicos. Papel bege, palavras em latim escritas à mão. Belas molduras de madeira. Eles me lembram os troféus que meu filho colecionava depois de cada temporada de esportes. Baratos e um reflexo da necessidade de assegurar registros futuros. Nada atrai tantos clientes quanto a promessa de um prêmio. Eles são propagandas, e aqueles que os expõem publicamente são nada mais que letreiros humanos.

Minha profissão tem desafios constantes. O que quer que tenha sido alcançado está, por definição, no passado e provavelmente não terá relação com o tratamento bem-sucedido do próximo paciente que entrar pela porta. Sim, é verdade que a experiência nos faz melhores em várias ocupações; na minha não é diferente. Certamente sou capaz de diagnosticar melhor agora do que no início da carreira. Mas descobri que o diagnóstico é a parte fácil. É o tratamento – o manejo cuidadoso, balanceado e meticuloso de comprimidos e terapia – que apresenta os desafios mais significativos e requer tanto humildade quanto habilidade. Cada cérebro é diferente. E assim deve ser cada terapia. Nunca presumo saber o que vai funcionar. E por "funcionar" quero dizer ajudar, porque é isso que buscamos: ajuda para um ser humano escapar da dor infligida por sua própria mente.

Você pode concluir que sou arrogante e vaidoso, mas fui bem-sucedido em ajudar cada um dos meus pacientes, com uma única exceção. Isso foi assim tanto em meu consultório particular na Cherry Street, número 85, em Fairview, quanto em meu trabalho mais pedregoso, na instituição correcional para homens em Somers.

Sou o único psiquiatra em atividade em Fairview. O médico que administrou a medicação em Jenny Kramer, o dr. Markovitz, mora em Cranston e não trabalha em consultório particular. Há muito mais psicólogos, assistentes sociais, terapeutas e afins em nossa cidade, mas nenhum deles pode prescrever drogas e nenhum deles é treinado em psicofarmacologia. Esse foi o primeiro motivo pelo qual os Kramer contrataram meus serviços.

O segundo motivo foi meu trabalho em Somers. Uma vez por semana, viajo para o interior e passo um dia inteiro como voluntário (oito horas, que, de outro modo, custariam quatrocentos dólares cada uma), tratando da mente de criminosos doentes na Instituição Correcional do Norte de Connecticut. É uma instituição de segurança máxima. Os homens em Somers foram condenados por crimes e sentenciados à prisão. Acontece de alguns deles também serem mentalmente doentes. Criminosos que não são considerados culpados por insanidade não vão para a cadeia. Eles podem encarar o próprio inferno confinados em hospitais psiquiátricos estaduais. Algumas vezes são libertados após um tratamento mínimo ou insuficiente. A ironia é que não existe correlação perfeita entre o grau de insanidade de um criminoso e sua habilidade de utilizar a defesa por insanidade. Um homem "são" que mata o amante da esposa no calor do momento pode ser considerado temporariamente insano e ter uma defesa perante a lei, enquanto um assassino em série (todos são, eu insistiria, clinicamente sociopatas) vai acabar no corredor da morte. Sim, sim, é mais complicado que isso. Se você é advogado criminal, provavelmente está se debatendo em protesto a meu discurso simplista. Mas considere isto: Charles Manson não era insano por mandar assassinar sete pessoas? Susan Smith não era insana por afogar os filhos? Até Bernie Madoff, não era ele insano de continuar seu esquema de pirâmide depois de ganhar mais dinheiro do que poderia gastar em vida?

Insanidade pode ser apenas uma palavra. Os homens de que trato são agressores violentos e têm doenças que variam de depressão a psicose severa. Eu forneço a eles a tradicional terapia "de conversa", que pode não ser suficiente, e a medicação. A prisão preferiria que eu focasse em remédios. Na verdade, se fosse permitido por lei, os funcionários me deixariam medicar toda a população carcerária. É mais fácil lidar com prisioneiros sedados. Mas, claro, não é permitido. Vocês podem entender por que eles anseiam por encaminhar para mim qualquer um que se enquadre no critério. Hora após hora, a fila do lado de fora da porta de metal vigiada continua. Algumas vezes, a fila cresce ao longo do dia, e eu tenho o ímpeto de encurtar as sessões para atender todos. Tenho certeza de que faço isso, e pesa em minha consciência. Vejo os rostos no longo trajeto de carro de volta para casa, os que não consigo atender naquela semana e também os que mando embora com pressa, depois de prescrever alguns poucos comprimidos.

Os contadores a cada trimestre inspecionam os gastos com as receitas, mas não podem discutir minha contribuição. Por mais desagradável que seja passar um dia com agressores violentos, acredito que meu papel seja vital. As prisões estão abarrotadas de doentes mentais. Seja porque uma doença os levou a cometer crimes, seja porque o ambiente da cadeia criou doenças, nem sempre é fácil determinar. Para meus propósitos, essa diferenciação é basicamente irrelevante. De qualquer modo, entendo a mente criminosa.

A terceira razão pela qual fui escolhido para me envolver no caso de Jenny Kramer tem a ver com um jovem chamado Sean Logan. Explicarei em breve.

Depois de cortar os pulsos, Jenny acordou no meio da noite. Seu pai estava no quarto; tinha dormido numa cadeira. Pela descrição que ela fez desse momento, não restou para mim nenhuma dúvida de que ela tinha intenção de acabar com a própria vida.

De repente, meus olhos estavam abertos e vi a cortina de novo. Era azul-clara e estava pendurada por anéis de metal em uma barra que envolvia o quarto na UTI. Eles me colocaram no mesmo ambiente em que eu estava na noite em que me deram o tratamento. A noite em que fui violentada. Odeio dizer isso. Eles dizem que devo falar e pensar nisso, porque vai me ajudar a aceitar e a melhorar. Mas não ajudou, certo?

Jenny levantou os punhos enfaixados no ar.

O que quer que tenham me dado para dormir meio que ainda estava lá, então me senti muito bem. Como se estivesse chapada.

— Como quando você pega os comprimidos da casa de suas amigas? — perguntei a ela.

Sim. Então, todos esses pensamentos vieram de uma vez, como uma torrente de balas. Estou morta. Estou viva. Este ano todo não aconteceu, ainda é a noite do estupro. Senti alívio por esse tempo não ter passado de um sonho ruim. Então, me senti péssima por ter que vivê-lo de novo. Isso me fez voltar à coisa mais óbvia: eu tinha me cortado. Mais pensamentos foram disparados em mim. Era como um choque por eu ter feito aquilo, até mesmo alívio por não ter funcionado, porque eu devia estar louca para agir assim. Depois, todas as razões que me fizeram realizar aquilo voltaram e fiquei meio "ah, sim, eu não estava louca". Eu tinha motivos, motivos concretos, e todos ainda estão presentes. As coisas ruins que sinto todo dia, todo o tempo, ainda estavam ali. Foi como nadar para a superfície, dando impulso a partir do fundo da piscina, e sair da água para se descobrir exatamente onde você tinha começado antes de mergulhar. Entende o que quero dizer? Eu estava exatamente onde estava antes. Tentei colocar os braços na barriga porque é isso que faço quando penso nas coisas ruins que sinto, mas eles estavam amarrados à grade da cama. Então, só pensei em como estava com raiva por minha tentativa não ter funcionado.

Jenny chorou. Não foi a primeira vez. Mas essas eram lágrimas de raiva.

Não foi fácil, sabe? Eu estava com tanto medo. Sentei no banheiro e chorei, chorei. Pensei principalmente em Lucas, em meu pai e em como isso refletiria para eles. E em minha mãe também, apesar de ela ser mais forte que os dois. Imaginei que ela ficaria muito brava comigo. Quase parei, mas então falei para mim mesma: "Apenas faça e acabe com isso!". A lâmina estava bem afiada e machucou muito mais do que pensei. Não era o corte que doía, mas o ar entrando em minhas veias. Era como uma ferroada e uma queimação. Cortei os dois pulsos. Sabe o que foi difícil? A dor do primeiro. Saber como vai doer muito de novo. Dizem que não se deve olhar para o sangue porque vai fazer você tentar se salvar por instinto, mas era difícil não olhar. E estavam certos. Meu coração começou a bater feito louco e... "Pare com isso! Pare com isso!" ecoou em minha cabeça. Olhei em volta, procurando jeitos de me enfaixar, mas, por ter lido instruções antes, eu tinha tirado tudo antes de começar. Eu sabia que isso ia acontecer, que eu tentaria parar. Tive que lutar com todas as forças. Você não tem ideia de como foi duro. Tive que fechar os olhos, deitar no chão e focar na sensação atordoada, que na verdade era meio que boa. Como se eu estivesse deixando tudo para trás. Então, fiz isso. Apenas fechei os olhos e ignorei as vozes que gritavam comigo e a dor que queimava. Só deixei tudo para lá. Fiz aquilo tudo. Passei por tudo aquilo, e ainda assim não deu certo.

— Você está com raiva? — perguntei a ela.

Ela concordou com a cabeça, as lágrimas inundando os olhos e escorrendo pelo rosto.

— De quem? — continuei.

Ela levou um tempo para responder. Quando o fez, evitou dizer o nome. Em vez disso, aludiu ao alvo de sua ira. *O que ela fazia lá? De todos os lugares que poderia estar. A piscina ainda nem estava aberta.*

Havia um resto de neve no chão. Depois de tudo! Quer dizer, poxa! Por que ela tinha que estar lá?

Jenny não disse nada disso quando abriu os olhos e viu seu pai. Ela guardou os sentimentos para si mesma. Mas Tom Kramer tinha sentimentos para preencher o hospital inteiro. Ele se curvou sobre a cama.

Graças a Deus! Eu não parava de repetir isso o tempo todo. Tentei segurá-la, mas ela estava tão fragilizada, os braços delicados, com camadas e camadas de gaze, presos à grade da cama. Encostei minha bochecha nas dela, cheirei seu cabelo e sua pele. Não era o bastante vê-la acordada. Eu precisava senti-la e cheirá-la... Nossa, o rosto dela estava tão pálido. Foi diferente da noite do ataque. Naquela noite, ela parecia sem vida. Nessa manhã cedo, ela parecia morta. Eu não imaginava haver diferença. Mas há. De fato, é diferente. Os olhos dela estavam abertos e ela olhava para mim e para o teto. Era como se não estivesse ali. Minha linda filha não estava mais ali. O dr. Baird entrou com o dr. Markovitz. Era surreal estar de volta ao hospital com aqueles dois médicos. Acho que passei a acreditar no que minha mulher vinha dizendo, que Jenny estava melhor. Que ela ia continuar melhorando e que esse momento sombrio em nossa vida estava finalmente para trás. Devo ter acreditado naquilo. Pensando agora, devo ter começado a pegar todas as minhas dúvidas e colocá-las em mim mesmo. Como se fosse eu a pessoa da família que não conseguia superar aquilo. Como se talvez eu estivesse projetando meu desespero em minha filha e ela estivesse realmente bem. Eu era aquele que não conseguia aceitar que aquele monstro nunca seria encontrado. Ah, não consigo acreditar que vou dizer isso em voz alta. Acho que eu estava bravo com ela, com Jenny, por não se lembrar. Por não ser capaz de ajudar a polícia a achá-lo e puni-lo pelo que ele havia feito. Isso é maluquice? Estar tão obcecado por vingança?

— Não — assegurei a ele. — Você é pai. É instintivo — falei, com sinceridade.

Eu tinha a intenção de aliviar a culpa de Tom. Fiz isso correndo o risco de encorajar sua busca pelo agressor de Jenny e, por esse motivo, sinto algum remorso – não o impedi de aceitar seus instintos sem limites.

Um instinto pode explicar uma reação, mas isso não significa que a reação seja o melhor caminho. De qualquer modo, Tom ficou aliviado.

Isso mesmo! Como se eu não conseguisse me conter! Eu me vi assistindo às notícias o dia inteiro e toda noite. Eu mudava de canal entre CNN, CNBC, Fox, procurando relatos de outro ataque. Eu tinha a palavra "estupro" num alerta das buscas do Google. Dá para acreditar nisso? Uma parte de mim realmente queria que esse monstro atacasse de novo para que houvesse chance de pegá-lo. Sou uma pessoa horrível. Nem ligo mais, sabe? É bom admitir isso para alguém, aconteça o que acontecer. Me mande direto para o inferno. Me mande para a cadeia. Dane-se. Estar de volta ao hospital com esses mesmos médicos e minha filha de novo na merda da UTI! Foda-se. Foda-se. Foda-se. Eu devia ter percebido que ela não estava bem. Sou pai dela, meu Deus. Agora sei pelo choque que senti naquele hospital que me deixei acreditar naquilo.

O QUE TOM NÃO DISSE naquele dia, mas que finalmente admitiu para mim semanas depois, foi que também jurou parar de se submeter às decisões da mulher. A primeira rachadura tinha cedido. A fratura do casamento deles, da família, tinha começado. E foi assim, naquela manhã depois que Jenny se cortou, que Charlotte se tornou a nova vilã, tanto para Jenny quanto para Tom.

Não foi surpresa para mim. Mas a arte da terapia é permitir ao paciente chegar às próprias conclusões. Deve ser assim, e, como terapeuta, é preciso muita paciência para nutrir esse processo sem o corromper. Como teria sido fácil para mim direcionar Tom a essa conclusão, de que ele sentia raiva da esposa por fazê-lo acreditar que a filha estava se recuperando. Algumas poucas palavras cuidadosamente colocadas. Uma frase aqui e outra ali. Lembranças dos fatos que o levariam a ficar contra sua mulher. Afinal de contas, foi Charlotte quem insistiu para que Jenny fizesse o tratamento e quem exigiu que abandonassem a terapia e a levassem por um tempo para Block Island, onde ela ficaria em relativa reclusão. Charlotte insistiu e persistiu em imitar a normalidade a despeito da perda de interesse de Jenny na vida. Charlotte repreendia o marido sempre que ele trazia à tona o assunto do estupro da filha. Eu não disse nada do tipo. Fui muito cuidadoso. Um terapeuta tem tremendos poderes de sugestão. É isso e ponto.

Não vou dizer se Tom tinha razão ou não em relação a seus sentimentos. Sentimentos não exigem justificativa. Por outro lado, Charlotte tinha sido dura em sua versão da verdade. O estupro fora apagado da mente da filha. Como se não tivesse acontecido. Agora é óbvio enxergar que ela estava errada, mas na época ela tinha as melhores intenções. Não estava totalmente iludida. O dr. Markovitz administrara as drogas, e a memória de Jenny ficara comprometida. Ela não se lembrava do estupro. Charlotte não pode ser culpada por não entender a mente humana e os devastadores efeitos tardios do tratamento. Esses efeitos estavam apenas começando a aparecer. Isso nos leva de volta a Sean Logan.

CAPÍTULO OITO

Sean Logan era fuzileiro naval. Ele tinha crescido na vizinha New London, cidade de Charlotte Kramer. Seu pai servira à Marinha, e seu avô morrera como fuzileiro naval condecorado. Ele tinha seis irmãos, três mais velhos e três mais novos; ele era, então, o filho do meio, perdido. Era um homem bonito. Não me importa se você é homem ou mulher, heterossexual ou homossexual, jovem ou velho. Você não conseguiria bater os olhos em Sean Logan sem ficar perplexo com a beleza dele. Não era uma única coisa – os olhos azul-claros, o cabelo preto cheio, o maxilar protuberante ou a fronte. O conjunto criava uma tela perfeita. E naquela tela sempre havia um tipo de emoção. Sean não conseguia escondê-la. Sua alegria, que só vi muitos anos mais tarde, era ilimitada. Seu senso de humor, esquisito, infeccioso. Ele conseguia me fazer rir como nenhum outro paciente, mesmo a despeito de meus esforços para permanecer impassível. A risada estourava de minha boca como lava de um vulcão. Seu amor era profundo e puro. Sua dor era intoxicante.

Sean não fez faculdade, apesar de ter conseguido bolsa de estudos para a Brown University. Ele tinha toda essa disposição, toda essa inteligência. Mas não conseguia ficar dentro de si mesmo. Todos somos – ao menos a maioria de nós –, às vezes, dominados por nossos sentimentos. Pense na primeira vez em que você "se apaixonou". Ou no instante em que viu seu filho recém-nascido. Talvez você tenha experimentado um medo profundo em algum tipo de acidente ou uma raiva extrema quando uma pessoa intencionalmente machucou você ou alguém de sua família. Você pode ficar dias sem comer muito, sem dormir durante a noite, sem ter controle de seus pensamentos quando eles se fixam na fonte da ruptura da vida normal. Você pode pensar que se sente "feliz" se a fonte da ruptura for positiva: "apaixonar-se", por exemplo. Mas não é "felicidade". A ruptura é criada pelo medo de não saber como assimilar essa nova situação à vida, sem saber se ela vai permanecer ou ir embora. O cérebro está, na verdade, num estado de ajuste, tentando entender o que fazer para acomodar a mudança nesse novo ambiente emocional. A "felicidade" real é quando o relacionamento se assenta e se torna estável. Quando você dorme à noite ao lado de seu novo amor porque sabe que ele está ali para ficar.

Imagine nunca chegar àquele lugar de assentamento depois de uma ruptura e, em vez disso, sentir aquela emoção nova, poderosa, o tempo todo. Não é sustentável; na verdade, é bastante doloroso.

Em minha profissão, nós normalmente diagnosticamos essa aflição como uma forma de ansiedade. Algumas vezes ela se empresta ao transtorno obsessivo-compulsivo (TOC). Outras vezes apenas a chamamos de transtorno de ansiedade generalizada (TAG). Transtornos de ansiedade estão num contínuo, como todas as doenças mentais. Precisamos nomear as coisas para que possamos nos comunicar a respeito do que vemos, mas seria o mesmo que diagnosticar uma doença física como resfriado. Não há nada que possamos ver num microscópio. Tudo o que temos são observações e, com esperança, deduções inteligentes.

Tratei de muitos pacientes como Sean, embora ele fosse um caso excepcional. É difícil prescrever a medicação apropriada para esses pacientes. Posso fazê-los voltar à terra, mas ali eles permanecerão. Enquanto o restante de nós flutua entre padrões normais dessas emoções elevadas e depois retorna à normalidade, esses pacientes têm de escolher. Suponho que seja semelhante ao vício e à escolha de estar na reabilitação. Você preferiria viver em total sobriedade ou estar num estado constante de embriaguez? Eu certamente escolheria a sobriedade.

Não conheci Sean antes de ele servir à Marinha. Ele tinha apenas dezessete anos de idade e, como ele mesmo disse, estava chutando o balde. Alternava entre namoradas, bebia e ficava doidão todos os dias, mesmo durante as aulas. A mãe dele estava sobrecarregada. Dois dos irmãos mais velhos tinham voltado para casa – um depois de se formar na faculdade e o outro depois de largá-la. Os três mais novos estavam sempre precisando de algo, uma refeição, uma carona ou uma camisa limpa. Sua irmã mais velha engravidou aos vinte e três anos, solteira. Algumas vezes ela deixava o bebê com a mãe para que pudesse ir para seu emprego como auxiliar de escritório. O que tento transmitir com esses detalhes é que Sean não sabia como ajudar a si mesmo, e não havia mais ninguém que fizesse isso. Depois do último ano na escola, ele se alistou.

A vida militar não foi ruim para Sean. As exigências físicas do treinamento e as oportunidades infinitas de cansar o corpo proporcionaram a ele um tipo diferente de medicação para a ansiedade. A endorfina e a adrenalina produzidas pelo exercício aeróbico são substâncias químicas que fazem o corpo se sentir bem. Essa é a maneira mais simples de explicar. Para alguém com ansiedade, o esforço físico extremo pode proporcionar um alívio significativo. Sean se sobressaiu, passando pelo processo em pouco mais de dezoito meses. Ele fez uma viagem ao Iraque aos dezoito anos e voltou para casa logo após o aniversário de dezenove. Seus pais estavam orgulhosos, os irmãos, num conflito entre orgulho e inveja. Mas, sem a vida metódica e a constante embriaguez natural de estar em perigo, ele estava de novo brigando com a ansiedade.

O senhor já cheirou cocaína, doutor?, perguntou-me, sabendo a resposta. Ele era brincalhão. *Bom, você fica bem agitado.*

Ainda posso vê-lo sentado no sofá da minha sala, as pernas abertas, os punhos cerrados. Começou a tremer.

É como se você tivesse que movimentar alguma parte do corpo para se livrar dos nervos. Você não consegue dormir. Não tem fome. Poderia falar por horas sobre coisas idiotas.

— Isso não parece agradável — comentei.

Sean gargalhou.

Eu sei, doutor. Uma xícara de chá e um bom livro. Nem todos conseguimos ser santos.

— Quando você cheirou cocaína? — perguntei.

Ah, a última vez foi no nono ano. Só estou dizendo que é assim que me sinto o tempo todo. Eu tinha esquecido como era antes, sabe, depois de estar no deserto por tanto tempo. Lá eu dormia como um bebê. Nunca pensava a respeito da agitação em minhas entranhas.

— E quando você voltava para casa, nas vezes antes daquela última missão?

Porra. Era como estar numa gaiola. Como um animal selvagem num zoológico. Eu acordava e tinha tipo um segundo de paz. Então, sentia aquilo se arrastando para dentro até que estivesse com a barriga cheia de ácido. Eu pulava da cama e saía da porra da casa, ia correr até que ficasse ofegante. Dava um beijo na bochecha de minha mãe e pegava uma cerveja, levava para o porão e levantava peso até meus músculos tremerem. Aquilo me fazia bem por algumas horas. Eu passava o resto do dia bebendo. Não toco mais na erva. Não posso arriscar, sabe?

— E Tammy, sua mulher? Você disse que a conheceu em uma de suas licenças? Como ela entrou na história?

Sean sorriu e piscou para mim. *Bem, eu colocaria as trepadas no ápice da coisa, com a bebida. Trepando e bebendo ao mesmo tempo, isso me ocupava ao longo do dia. Eu estava em algum bar e via uma garota cruzando olhares. Era muito fácil. Eu pareço um babaca, mas elas se sentiam atraídas. Não sei. Nunca tive esse tipo de sorte na escola. Talvez elas tivessem pena de mim, por ter que voltar.*

Não duvidei de uma palavra do que ele me contou. Sean era um combo perfeito para atrair mulheres.

Acho que simplesmente me descuidei. Quando voltei para casa, na vez seguinte, eu tinha um filho e uma mulher.

A despeito de sua promiscuidade, estou disposto a dizer que acredito que Sean Logan era um homem bom. Não apenas porque ele se casou com a mãe de seu filho. Sean era um lutador. Ele lutou por sua vida, por sua sanidade. Para ele, a única coisa que tornava a vida tolerável era estar pronto para entrar em combate, então ele voltou para casa quando foi instruído e fez o melhor para amar a esposa e conhecer o filho. Mas dessa vez ele tinha medo – não como os homens nas outras histórias que você conhece, que estão sofrendo de TEPT ou que ficaram viciados em alta adrenalina. Esses, na maior parte, eram normais antes de ir para a guerra. Para Sean, foi exatamente o contrário. Ele procurara a guerra para escapar de si mesmo.

Foi assim que Tammy descreveu:

Eu o amo. Por favor, não duvide disso. Sério, eu morreria se ele algum dia achasse que eu não o amava. Desde a primeira vez que o vi, por mais idiota que soe, eu o amei, eu simplesmente o amei. Você não pode imaginar como estava naquela tarde. Era um dia chuvoso, quente e úmido. Eu tinha ido tomar cerveja e jogar sinuca com uns amigos. Era sábado, sabe? Não havia muito mais o que fazer. Ele estava no bar, o lugar inteiro dava risadas, enquanto ele contava alguma história sobre algo louco que tinha feito com um dos amigos, alguma pegadinha no Iraque. Ele nunca se estendia sobre as coisas ruins. Sempre queria fazer as pessoas rirem. Ele conseguia levantar o astral de um ambiente inteiro de uma só vez, com uma história e seu sorriso gigantesco. Quando entrei, ele me viu. Ele parou de contar a história por um segundo, mas o público estava esperando, então ele continuou, embora seus olhos me seguissem pelo salão. Eu não sabia nada dele na época, mas quando ele cisma com algo ou com alguém é como um pit bull. Ele não solta até conseguir o que quer. Naquela tarde, ele me queria.

Tammy era uma mulher bonita, cabelo loiro curto, grandes olhos castanhos. Ela tinha apenas vinte e quatro anos quando a conheci, e acho que estava desgastada não só pela maternidade, mas principalmente pelo casamento com Sean. Achei interessante ela usar a imagem de um pit bull na história. Dizem que essa raça não relaxa a mandíbula até que a presa entre os dentes esteja morta. Tentei não analisar demais esse ponto. O pit bull se tornou um símbolo coloquial, e a maioria das pessoas não compreende totalmente a expressão. Ainda assim, a aparência de Tammy era de como se a vida tivesse sido espremida de si. Ela estava constrangida de me contar a respeito de detalhes mais íntimos de seu relacionamento, mas achei que era importante e fiz meu melhor para deixá-la à vontade.

Bem, certo. Então acho que eu também estava flertando com ele. Eu o encarava e aí desviava o olhar. Coisas que as mulheres fazem. É tão idiota, né? Estando casada agora, tendo um filho, tudo isso parece ridículo para mim. Mas realmente funcionou.

O semblante de Tammy era de felicidade, e pude ver a mulher que Sean viu naquela tarde chuvosa.

Quando ele acabou de contar a história, pediu licença, pegou sua cerveja e sua dose de uísque e andou direto para a mesa em que eu estava. Ele sorriu meio sem-vergonha, do tipo "estou aqui para conseguir que você trepe comigo e não vou embora até conseguir". Soa detestável, mas ele era como um menininho travesso, e eu era um caso perdido. Ele me chamou para dançar. Colocou uma música da jukebox, "Let's Dance", *do David Bowie. Conhece?* "Put on your red shoes..." *Suas mãos estavam em meu corpo todo, minhas costas, descendo pela lateral de minha perna, em meu cabelo. Eu nunca tinha sentido aquilo ao estar com um homem, era como uma necessidade desesperada e crua que só eu poderia preencher. Acredite em mim, sei que qualquer uma com vagina poderia ter preenchido aquilo, mas não foi assim que me senti. Aliás, mesmo que tivesse me sentido, não teria importado. Depois de um tempo dançando, bebendo e rindo, ele me levou, dançando, para mais perto do pequeno corredor que dava na porta dos fundos; depois, para fora, na ruela. Estava um toró. Ele começou a me beijar, puxando minha roupa. Seu rosto mudou de divertido para mortalmente sério. Ele estava numa missão para satisfazer seu desejo. Parecia que ele ia morrer agonizando se não o satisfizesse, e algo naquilo simplesmente me dominou. Fiquei desesperada para ajudá-lo, para salvá-lo. Aquilo me excitou, esse poder que senti que eu tinha. Era primitivo. Eu mesma me senti como um animal, rasgando a roupa dele o suficiente para, sabe, tornar aquilo possível. Ele me levantou contra o muro de tijolos do prédio. Foi, não sei. Não consigo de fato descrever.*

Tammy se desligou por um instante, como se revivesse a experiência. Dei a ela um tempo para assentar suas memórias e os sentimentos provocados. Ela seguiu explicando como o levara para casa. Como eles ficaram na cama pelos dois dias seguintes, até que ele teve de partir para sua terceira viagem. Então, ela me contou algo a de não dei muita atenção. Havia muito mais a contar, e era importante para o tratamento de Sean que eu ouvisse a história. Minha intenção não era ajudar Tammy. Muitos meses depois, quando me envolvi com os Kramer, essa parte da história dela, num ímpeto, me voltou à mente.

Pode parecer estranho àqueles que nunca fizeram terapia quanta intimidade é revelada no processo. Creio que é por isso que os pacientes às vezes preferem um terapeuta do mesmo gênero: para que haja menos constrangimento. Mas na verdade não há necessidade disso, não existe lugar para o constrangimento na psicoterapia. Quando minhas pacientes mulheres falam comigo a respeito de seus encontros sexuais, tenho a mesma reação de quando ouço relatos dos pacientes homens. Não escuto com interesse lascivo, mas como clínico, cientista. Não é diferente de falar com um ginecologista ou um urologista. Nossa vida sexual está inextricavelmente ligada a nossa psique.

Vou fazer uma única confissão: ouvir as mulheres revelarem seus artifícios sexuais com os homens me fez avaliar meu próprio casamento, os aspectos íntimos de meu relacionamento com minha mulher. Não é que eu me preocupe com os artifícios. Sei que existem. Já discuti o fato de que todos escondem e todos mentem. Não espero que minha mulher me fale a verdade sobre cada experiência que tem comigo no quarto. Mas, ao longo dos anos, adquiri discernimentos e conhecimentos que me proporcionaram a oportunidade de fazer as perguntas certas na hora certa e minimizar os artifícios a uma medida tolerável, tanto para mim quanto para ela, para meu próprio ego. Gostaria de lhe dizer que vou para casa e esqueço o que as pacientes me contam. Mas isso não é mais possível do que se eu tivesse um eletricista como paciente que me contasse como consertar um curto-circuito. Não podemos desaprender. Não é assim que somos construídos.

Tammy me revelou que não teve orgasmo durante todos aqueles encontros. Ela me disse isso de forma oculta, porque é uma pessoa modesta e porque não era minha paciente. Esse processo era novo para ela, e ela era uma participante disposta apenas porque aquilo era útil ao marido. O assunto surgiu enquanto discutíamos a frequência com que faziam sexo, até mesmo considerando que eram novos amantes. Ela explicou que talvez tenha corrido atrás de sexo com outra pessoa porque continuava insatisfeita. Não fiz mais perguntas, a não ser questionar por que ela achou que isso tinha acontecido.

Era tão intenso, o desejo dele, e a maneira como estava comigo. Foi tão intenso e poderoso, até o jeito que ele me beijou. Ele fez meu lábio sangrar. Eu não conseguia recuperar o fôlego. *Era como se eu não conseguisse relaxar o suficiente para deixar acontecer. Aquilo se estendia por uma hora, às vezes, e meu coração ficava batendo, e nossa pele estava tão molhada de suor, escorregávamos um contra o outro. Acho que meu corpo gastou toda a energia apenas tentando entender aquilo. Foi como tentar fazer sexo enquanto corria uma maratona. Agora é diferente. Nós nos conhecemos. Estou mais à vontade. E os medicamentos estão ajudando a diminuir a ansiedade dele. Tudo está bem. Realmente está. Era só uma parte de quem ele era naquela época.*

Foi aí que paramos. Não pensei mais naquilo, até que tive uma conversa parecida com Charlotte Kramer, mais de um ano depois. Acho que devo mencionar algo a respeito de meu trabalho com os Kramer depois que eles me procuraram. Imediatamente, comecei a me encontrar com Jenny por duas horas – dia sim, dia não. Ela em breve deveria se juntar a meu grupo de trauma, e isso, como ficará claro, se tornaria decisivo de muitas maneiras. Eu via os pais dela uma vez por semana, às vezes pulávamos uma semana, como lhes convinha. Jenny e Tom eram livros abertos. Charlotte, não. Mas sua dor e sua culpa – tanto pela cegueira intencional ao desespero de Jenny quanto pelo relacionamento com Bob Sullivan – me proporcionaram ferramentas poderosas para desmontar suas defesas.

Já estávamos havia umas três semanas nesse processo de terapia quando eu soube que era hora. Durante aquele tempo, era óbvio para mim que ela escondia segredos; naquela sessão, decidi desenterrá-los. Deixei um silêncio desconcertante imperar. Não sei dizer quanto tempo durou. Nós achamos que controlamos o tempo, mas, em momentos como esse, um minuto pode parecer dez. Foi quando ela descruzou a perna esquerda nervosamente e, então, cruzou a direita sobre a esquerda. Por fim, falei.

— Você acredita em mim quando lhe digo que nossa conversa permanecerá confidencial? Não importa o que aconteça? Que nem mesmo a lei pode me forçar a traí-la?

É claro. Quer dizer, sim. Sei disso.

Assenti.

— Então por que não me contou?

Eu não sabia os segredos dela. E ela é uma mulher inteligente. Antes que você comece a duvidar, não é que eu a tenha ludibriado a pensar que eu sabia. Em vez disso, ela queria desesperadamente um motivo para me contar. Então lhe ofereci um.

Não sei, disse. *Não percebi que era assim tão óbvio.*

Foi nesse dia que ela me contou sobre o caso amoroso. E foi nesse dia que me recordei da sessão com Tammy.

— Por que você acha que está tendo esse caso? — perguntei a Charlotte. Ainda tínhamos que explorar seu passado, seu segundo segredo, e o ego que precisava ser alimentado. Portanto, essa pergunta ainda estava em aberto.

Não sei.

Perguntei se ela queria saber, se queria conversar sobre aquilo e se seria útil para a sua família. Ela estava hesitante, mas disposta.

— Certo — falei. — Vamos começar com o óbvio. É o sexo?

Ela teve de pensar a respeito antes de responder. *Sabe, é esquisito. Isso é de fato tudo o que fazemos quando estamos juntos. E, quando estamos separados, o que representa noventa e nove por cento do tempo, eu me pego pensando em fazer sexo com ele. Ainda assim, nos três anos que tem acontecido, eu não tive um... você sabe.*

— Clímax? — comentei. Estou acostumado a preencher as lacunas. Os homens sempre usam a palavra "gozar". Eles a usam rotineiramente, como se fosse perfeitamente normal falar disso dessa maneira. Gozar, pau, clitóris, bunda, peitos, boceta. Os homens ficam à vontade com esses termos. As mulheres raramente sabem que palavras escolher. Elas invariavelmente evitam os termos coloquiais, mas também parecem achar os termos clínicos estranhos. Normalmente, fazem uma pausa e esperam que eu as acuda. Não tenho problemas em pescar pensamentos e delimitar as fronteiras apropriadas para a conversa.

Charlotte concordou com a cabeça.

Isso. Nenhum.

— E com Tom?

Quase sempre. Ao menos quando costumávamos transar, o que era mais ou menos frequente antes de tudo isso começar. Talvez três vezes por semana. Acho que é bem saudável para um casamento tão longo quanto o nosso, não é?

Concordei com a cabeça inclinada, não de fato concordando, mas passando a pergunta. A saúde do casamento deles era outro tópico, e eu queria permanecer focado no caso com Bob.

Não tenho prazer com ele. Não sei quando parou. Anos atrás. Há mais no sexo do que o... você sabe. Talvez não para os homens. Mas para as mulheres é mais do que isso. A dinâmica entre nós mudou, de alguma forma. Parecia mecânico. Com Bob, Deus me perdoe, eu poderia fechar os olhos agora e imaginar as mãos dele em meu rosto e de fato sentir um arrepio na espinha.

Foi aí que, num ímpeto, pensei na conversa com Tammy Logan.

— Então o que acontece com Bob?

É só, ah, como posso descrever? Fico excitada. Ele é maior do que a vida, sua personalidade. Já conheceu alguém assim? Alguém que simplesmente domina? Ele pode entrar num recinto e dominá-lo de imediato. Ele tem essa energia. E, quando ele volta essa energia para mim, quando estamos sozinhos, é tão intenso que me perco. Nesses momentos, fica claro que ele é o homem e eu sou a mulher, desse jeito bem primitivo. Sinto tesão. Como se tivesse passado além do físico normal... sabe, do clímax a algo maior. Não é assim com Tom. É uma sensação estranha quando tento me soltar. Quando tento me sentir primitiva. É como se eu não conseguisse senti-lo como "homem". Charlotte usou os dedos para indicar aspas naquela palavra.

Então, fiz a mesma pergunta que fiz a Tammy.

— Se não está satisfeita fisicamente, então o que você está tendo dele não é sexual. Está preenchendo outra necessidade. É isso que está dizendo?

Ambas deram a mesma resposta.

Sim. Preenche uma necessidade. Ele é como uma droga em que sou viciada.

Tammy começou a se sentir enjoada cerca de um mês depois que Sean partiu. Suas amigas queriam que ela abortasse, mas ela não conseguiu, ainda que não fosse moralmente contra a ideia. Era Sean, e a ideia de ele estar com ela, dentro dela, mesmo que tivesse partido, mesmo que ela mal o conhecesse. Ela não tinha de me explicar. Qualquer um entenderia se o conhecesse. Não posso fazer justiça a ele com minhas palavras, e é aí que as semelhanças entre Bob Sullivan e Sean terminam.

Tammy escreveu a Sean e contou que estava grávida. Algumas semanas mais tarde, um pequeno anel de noivado foi entregue no consultório onde trabalhava como auxiliar de dentista. Isso foi tudo. Apenas o anel. Ela escreveu uma longa carta a ele, explicando que, ainda que ela tivesse adorado o gesto, não era necessário, que eles podiam dar um jeito. Ele respondeu com três palavras num pedaço de papel: "Sim ou não?". Ela respondeu no mesmo instante: "Sim".

Esse é o tipo de homem que Sean Logan é.

Ainda assim, não era um caso de amor romântico. Sean voltou para se casar com Tammy e ficar com o filho pequeno, Philip. Mas sua ansiedade e o comportamento que ele usava como automedicação não contribuíam para o casamento nem para a paternidade. Ele não tinha paciência com o filho. Não que ele perdesse a paciência ou fosse abusivo. Ele simplesmente não conseguia ficar com a família por mais de uma hora seguida.

Comecei a ver que ele não era normal. Era como se tivesse uma coceira que não conseguisse alcançar e o torturasse. Eu queria apenas segurá-lo em meus braços da forma como fazia com Philip, segurá-lo tão apertado que ele se sentisse seguro e se acalmasse. Eu o amava tanto, mas não conseguia ajudá-lo do jeito que fazia com meu bebê, por exemplo. Ele estava além disso. Naquela época, eu não entendia a ansiedade dele. Nem ele entendia. Quando o nome dele foi chamado novamente, fomos à base juntos, todos nós. A mãe dele estava lá com dois dos irmãos. O pai tinha se despedido na noite anterior. Todos choraram, abraçando-o, fazendo-o prometer voltar para casa em segurança. Eu estava com o bebê nos braços e, Deus me perdoe, não conseguia chorar. Eu não estava feliz de vê-lo partir, não. Mas estava grata por ele ir embora.

Sean partiu para um quarto período de serviço. Ele estava numa varredura numa pequena vila. Havia oito Seals na missão. Ele foi o único sobrevivente. Um pelotão de fuzileiros navais o encontrou inconsciente, com o braço direito explodido em pedaços. Ele foi arrastado para a segurança de um tanque blindado. O braço foi amputado num hospital de campo. Foi lá que deram a ele o tratamento.

CAPÍTULO NOVE

Sean Logan tornou-se meu paciente exatamente dezessete meses antes de eu começar a trabalhar com a família Kramer. Uma médica da Clínica Naval de Saúde, em Norwich, tinha me indicado a ele. Foi a mesma médica que procurou os registros de Jenny Kramer para estudar o tratamento. Ela acompanhara o caso de Sean de perto depois do retorno dele e supervisionara as sessões de terapia, permitindo que os charlatões designados ao caso dessem um diagnóstico incorreto de TEPT. Os sintomas não eram diferentes. Ansiedade, depressão, raiva, pensamentos suicidas. Mas tinham dado a esse jovem um protocolo de drogas em um campo que era novo e imprevisível. Deveria reduzir o TEPT, não criá-lo. E ninguém deu a mínima para seu histórico de ansiedade. Não estava sequer listado em seus registros.

As pessoas se perguntam o que há de errado com nosso sistema de saúde para termos ficado tão para trás do resto do mundo civilizado. As pessoas culpam as leis ou as companhias farmacêuticas nas áreas que se tornaram "socializadas" ou nas áreas que não estão "socializadas". Desculpas, desculpas. Não me importa quanto você está ganhando ou quanto trabalha duro. Um paciente senta diante de você. Ele perdeu o braço em combate. Ele perdeu a memória do combate. Ou, mais precisamente, ela foi tirada dele. Agora ele perdeu a si mesmo para sua própria mente. Esse homem não é merecedor de seu tempo? Não merece que você faça uma anamnese apropriada, o tipo que sei que lhe ensinaram na faculdade de medicina e de novo, incansavelmente, ao longo da residência? Não tem desculpa. Nenhuma.

Uma pergunta foi feita a Sean: *Você ou alguém da sua família alguma vez sofreu de alguma doença mental?* Sean respondeu que não. Ele nunca tinha sido diagnosticado nem tratado de ansiedade e passara a maior parte da vida acreditando que era apenas a "identidade" dele. Até que veio me ver.

Estou irritado. Não adianta continuar a história sem fazer esta confissão adicional. Estou indignado por Sean Logan ter sofrido por nove meses antes de ser mandado para mim. Estou furioso por terem dado o tratamento a Jenny Kramer e eu não ter sido convocado para observá-la nos meses seguintes. Com certeza os Kramer teriam procurado minha ajuda antes, se soubessem que, bem aqui na cidadezinha deles, um médico tratava de um homem para quem tinham dado as mesmas drogas e que sofria como resultado disso. O que poderia ter acontecido? Vou lhe dizer. Jenny Kramer teria estudado matemática em vez de técnicas para acabar com sua vida. Ela não teria levado uma lâmina até sua carne, cortado a pele e depois perfurado as veias até que o sangue escorresse no chão.

Olhando para trás, para os meses entre o estupro e a tentativa de suicídio, tudo faz sentido para mim. Todos em Fairview sabiam do ataque, mas o tratamento para fazê-la esquecer não era amplamente conhecido. Certamente não era conhecido por mim. Ainda assim, quando a via pelas ruas, da mesma maneira como via antes, no cinema ou na sorveteria, eu ficava surpreso com seu comportamento. Não que haja um modo de uma vítima de estupro se comportar. Tratei vítimas de traumas por grande parte de minha carreira. Imagino que pareça estranho tratar os criminosos em Somers e, ao mesmo tempo, as vítimas dos crimes que eles cometeram – estupro, assassinato, roubo, abuso doméstico. Para mim, no entanto, faz perfeito sentido. A maioria dos homens em Somers foi vítima antes de ser criminoso. Você ficaria surpreso em descobrir quantas pessoas foram vítimas de traumas. A maioria delas (a não ser que tenham se tornado criminosas) procura ajuda anos depois, quando pararam de se movimentar e se assentaram na vida. É então, enquanto sentam à escrivaninha ou levam os filhos para a escola, que a dor ressurge. Minha experiência em Fairview é bem-sucedida. A fila do lado de fora da porta de metal em Somers cresce a cada semana.

Não posso identificar com precisão o que a respeito de Jenny não soava verdadeiro. É suficiente dizer, por ora, que, após todos os meus anos como psiquiatra, eu sei quando vejo? Enquanto faço confissões, acrescento à lista que aquilo me incomoda. Saber que algo estava errado mas não ter nada a ver com aquilo a ponto de perguntar não era fácil. Eu queria saber por que ninguém a tratava. Eu queria saber por que ela não se comportava do jeito que eu teria esperado. Eu queria saber por que não conseguia ver resquícios do estupro em seus olhos. Não saber me fazia questionar minha competência profissional. Por mais furioso que eu estivesse com a comunidade médica local, quando soube a verdade, fiquei reconhecidamente aliviado por minhas observações estarem corretas. Eu estava mais do que ansioso por ajudar.

Charlotte Kramer veio me ver enquanto Jenny ainda estava no hospital. O dr. Markovitz se recusara a liberá-la sem encaminhamento à terapia: um terapeuta a bordo e um plano de cuidado. Charlotte não ofereceu resistência. Independentemente da responsabilidade que qualquer um de nós, incluindo Tom e Jenny, pudesse imputar a ela pela tentativa de suicídio de Jenny, Charlotte se culpava dez vezes mais. Empapada pelo sangue da filha, ela falou com o detetive Parsons sobre como a tinha encontrado. E, mesmo encobrindo as pistas sobre a presença de Bob Sullivan no local, acredito que tenha sido sincera em seus sentimentos de remorso.

Sentei-me com ela na sala das famílias. Foi como um déjà-vu. *Eu não conseguia acreditar que algo mais acontecera àquela pobre menina. Mas a sra. Kramer estava diferente dessa vez. Eu me lembro que, na noite do estupro, ela estava arrumada para algum evento. Mesmo depois de saber da notícia, ela manteve a compostura. Tom Kramer era outra história. Nossa, ele estava um caco. Nas duas vezes. Caótico. A sra. Kramer sentou-se no sofá, cruzou as pernas e os braços de um jeito muito elegante. Estava tremendo. Eu me lembro de observar sua mão direita quando pousou no punho esquerdo, ambos apoiados no joelho. Ela estava se segurando. Pedi a ela que me contasse o que acontecera, do início ao fim. Ela assentiu e disse algo formal como: "Certamente, policial". Quer dizer, eu vinha falando com essa família havia meses, mesmo antes de eu encontrar o Civic azul. Provavelmente uma vez a cada poucas semanas, sabe, mantendo-os atualizados sobre a investigação, acompanhando como Jenny estava.*

Não havia muito o que dizer antes de o carro ter aparecido novamente... Quando foi isso, dez semanas após a tentativa de suicídio? Eu sabia que Tom precisava daquilo, então fiz o esforço. Provavelmente falei com ele mais do que com a sra. Kramer, mas ainda assim. Passou a existir uma familiaridade. Ela se dirigiu a mim como se tivéssemos acabado de nos conhecer. Bom, ela inspirou fundo e então... nunca vou esquecer... ela usou as mãos para alisar a blusa, uma blusa branca que estava completamente ensopada pelo sangue da filha. Depois, levou a mão ao rosto para afastar uma mecha de cabelo para trás da testa, e o sangue simplesmente ficou ali na testa, ela nem notou. Era como se ela ainda estivesse fazendo os movimentos de um comportamento normal, mas estava tão perturbada que nem sequer viu o que estava fazendo, espalhando o sangue pelas mãos e depois pelo rosto. Eu só queria que alguém entrasse e a abraçasse até que ela se permitisse agir com naturalidade.

O detetive Parsons continuou, lendo em suas anotações o que Charlotte lhe tinha dito:

Ela contou que tinha visto uma luz acesa no banheiro da casa da piscina. Há uma janela pequena, e acho que ela estava do lado de fora, no jardim, para dar uma olhada em alguns galhos caídos e informar ao jardineiro o que precisava ser feito. Ela percebeu um clarão vindo da janela e resolveu apagar. Foi quando encontrou a filha. Ela não entrou em detalhes. Deixou escapar uma tosse para limpar a garganta e disse que ligou para a emergência do celular, que imagino que estivesse com ela, então enrolou os punhos de Jenny nas toalhas. Provavelmente, salvou a vida da filha. É difícil dizer, mas, naquele estágio, os segundos contavam, e levou dez minutos até os paramédicos chegarem. Eu anotei tudo isso em meu caderno. Em certo momento, ela parou de falar. Achei que estava me deixando escrever, mas, mesmo depois de eu largar a caneta, ela ficou em silêncio. Então, ergui o olhar para ela, e uma linha muito fina de lágrimas escorria pelas bochechas. Foi estranho, porque não havia outra indicação de que ela estivesse chorando. Quer dizer, Tom estava sempre à flor da pele: seus olhos, sua boca, sua testa, tudo apertado e vermelho brilhante. Mas a sra. Kramer só olhava sem expressão, com aquelas pequenas cachoeiras descendo, pingando na blusa ensanguentada. Ela falou, quando olhei para ela, e nunca vou me esquecer disso também... Ela disse: "A culpa é minha. Eu provoquei isso. Eu vou consertar".

O dr. Markovitz imediatamente consultou a Clínica Naval de Saúde e a mulher que estudava o tratamento. Ele disse que ela mencionara outras vítimas de trauma que tinham passado pelo procedimento e como ela vinha seguindo a evolução deles. Ela, aparentemente, ficou chocada com o fato de Jenny ter tentado se matar. Para mim, soa meio falso. Ela sabia muito bem do tormento que Sean Logan sofrera ao retornar para casa sem o braço direito e sem a memória. Acompanhara o tratamento dele na clínica, a insônia crônica, os ataques de fúria contra a esposa, na frente do filho. Ele tinha se afastado dos amigos e da família e rompido relações com todos que conhecera na Marinha. Os sintomas foram complicados pela ansiedade oculta, que antes era automedicada com exercícios, bebida e sexo. A clínica dera Prozac e Lorazepam, e esses medicamentos silenciaram a ansiedade. Se ele tivesse se consultado comigo antes da missão em que perdeu o braço, é bem provável que eu tivesse prescrito as mesmas drogas. Eles não conseguiam entender por que ele não melhorava. Mas estavam deixando escapar duas informações fundamentais. Primeiro, a ansiedade crônica anterior à missão. Eles presumiram que os sintomas de ansiedade eram resultado do TEPT. Por que – eu deveria ter perguntado a eles – Sean teria TEPT se não tinha lembrança dos fatos? Aquela não era toda a razão para lhe dar o tratamento? Exasperador. Segundo, eles não estavam cientes dos efeitos colaterais danosos e causadores de ansiedade do tratamento em si, da expulsão da experiência emocional e fisiológica das memórias factuais.

Sean descreveu seu estado mental da seguinte maneira. Isso foi quando ele veio até mim pela primeira vez. Esse humor e essa leveza não voltariam por muitos meses. Ele se recusava a usar prótese. Acho que ele queria que o mundo o visse como defeituoso ou avariado porque era assim que se sentia por dentro. Você certamente vai notar semelhanças com Jenny Kramer.

Deito na cama à noite. A acidez em meu estômago se foi. Os remédios a levaram embora, junto com minha personalidade, dizem. Não sou mais aquele cara engraçado. Eu aceitaria isso, sabe? Cacete, eu engoliria aquilo e pediria mais, se pudesse parar essa outra coisa. Eu olho para o espaço vazio que meu braço ocuparia, fecho os olhos e tento com todas as forças me lembrar daquele dia. Eles me deram o relatório, mas sabe-se lá, cacete! Estávamos fazendo uma varredura atrás de um cara mau. Havia informações sólidas. Nós fomos em oito. Tínhamos cobertura pelo ar, e uma unidade da corporação estava a caminho. Nós nos deslocamos pelas ruas, nos separando em duplas. A unidade foi emboscada logo depois que eu me separei com outro fuzileiro, Hector Valancia. A corporação o encontrou morto bem perto de mim. Metade da cabeça dele explodiu. Nós a tiramos de uma bomba improvisada. Eu estava inconsciente. Braço mutilado. Eles me tiraram de lá. Amputaram meu braço. Então me deram as drogas. Não posso culpá-los. Eu tinha autorizado. Todos autorizamos. Merda, se alguém lhe perguntasse: "Ei, se você se foder em campo, quer que a gente lhe dê algumas drogas pra fazer você esquecer tudo?". Porra, sim, eu quero! Agora tudo isso é apenas história. Não é mais real ou irreal para mim como qualquer outra história. Parece que tem um fantasma dentro de mim, o fantasma daquela tarde, ele está irritado, apenas se enfurecendo dentro do meu corpo, procurando a história – não as palavras do relatório, mas as imagens do meu companheiro morrendo a meu lado, e o sangue escorrendo da minha carne dilacerada; esse fantasma se enraivece pela lembrança da dor que devo ter sentido quando a bomba explodiu, mesmo que por um segundo. Ele é um filho da puta forte, que só fica maior a cada dia, e é como se não houvesse espaço para mais nada. Quando tento abraçar meu filho, quando minha esposa chega perto de mim, nada consegue entrar. Só há pratos quebrados, uma criança assustada, minha esposa em prantos. Sou um monstro.

Charlotte Kramer me telefonou depois de pegar meu nome com o dr. Markovitz. Como eu disse antes, ela e o marido estavam ansiosos por me contratar. Encontrei com ela em meu consultório antes de concordar em pegar o caso, embora soubesse que me sentiria compelido a fazer isso. Como não? Meu envolvimento com Sean, meu conhecimento crescente do tratamento, ambas as patologias e o potencial tratamento oposto, meu trabalho com vítimas de trauma e crime e minha competência com medicações, acredito que jamais estive tão preparado para tratar um paciente quanto estava para Jenny Kramer.

E digo mais sobre minha competência tratando sobreviventes de trauma. É um detalhe, na verdade, mas eu mesmo fui alvo de uma situação quando era menino. Não conto isso a meus pacientes porque deve haver limites. Mas há ocasiões em que eles dizem algo a mim, algo como "você não conhece a sensação" ou "não consigo explicar como me sinto", e quero dizer a eles que tenho, sim, uma ideia. É claro que poucos escapam da infância sem algum *bullying*, agressão ou algo pior. A maioria de nós consegue se identificar em algum grau com esses sobreviventes de crimes mais sérios. Ainda assim, meus pacientes me veem como uma rocha. Não posso chorar com eles. Não posso ficar bravo com eles. Não posso deixar que saibam que me afetam. Eles devem ser livres para me esmurrar no estômago sem o medo de me ferir.

Sei que você detectou meu ponto fraco em relação a Charlotte. Eu mesmo o reconheci no momento em que ela entrou em meu consultório e sentou-se de maneira elegante no sofá. Por favor, não interprete mal as coisas. Não estou, nem nunca estive, atraído por ela de um jeito inapropriado. O fato é que eu sabia, por tudo a respeito dela, sua postura ereta, a maneira como falava com uma leve afetação, suas roupas arrumadas, a blusa para dentro da calça vincada, o cabelo bem penteado num coque, até as palavras que ela escolhia, que a história de Charlotte Kramer se mostraria rica. Eu sabia que seria difícil, mas que eu ia expô-la, que ela a revelaria para mim e que a amplitude de suas cicatrizes emocionais e a habilidade necessária para alcançá-las representariam um desafio profissional profundamente satisfatório. Não tenho receio de admitir isso a você nem a nenhuma outra pessoa. Não é diferente de um advogado apreciar uma defesa criminal complicada. Ou de um construtor reconstruir uma casa após um incêndio ou uma inundação. Existe empatia com o cliente? É claro. Mas seja legal, psicológico, estrutural, qualquer que seja o problema que ele tenha, o profissional contratado para resolvê-lo não tem culpa de gostar da tarefa. É por isso que escolhemos nossa profissão, não é?

Em nossa primeira sessão, conversamos por uma hora. Depois, ela confiou em mim para tratar da filha dela, e eu usaria isso mais tarde para abrir sua própria catacumba de segredos. Dava para senti-la. É essencial, e todo profissional competente adquire essa habilidade. É preciso fidelidade estrita aos limites, compaixão e um grau apropriado de distância. Não pisquei quando ela contou sobre o crime, o tratamento, o ano hostil, nem sobre a tentativa de suicídio, ainda que meus pensamentos estivessem girando com todas as implicações que já descrevi. Jenny Kramer fora um quebra-cabeça que eu não conseguia resolver vendo de fora, e agora as peças me tinham sido dadas.

Encontrei todos eles no hospital no dia seguinte, Charlotte, Tom e Jenny. Reuni-me com Lucas em meu consultório algum tempo depois disso. Ele aparece pouco enquanto reconto a história, mas de fato falei com ele e fiz consultas frequentes tanto com Charlotte quanto com Tom a respeito de como deviam se comportar com o filho durante a crise. Levaria muito tempo para explorar os efeitos danosos que acontecimentos como esses podem ter em irmãos. A negligência, o amor introvertido e a negação emocional são tão tóxicos quanto o abuso total. Certifiquei-me de que Lucas fosse poupado daquele destino.

Jenny tinha sido transferida para a ala psiquiátrica, onde ficaria sob observação obrigatória por quarenta e oito horas antes de ser liberada. Houve reconhecimento em seus olhos quando ela me viu, e até sorriu levemente para demonstrar isso.

Já vi você pelas ruas.

Ela falou isso, e percebi que era a primeira vez que eu ouvia sua voz. Ela não soava como eu achava que seria. Pode parecer algo estranho de dizer, mas todos fazemos isso, todos atribuímos a pessoas que conhecemos certas variáveis que faltam baseadas em nossas preconcepções ou experiências passadas. Eu esperava que a voz de Jenny fosse aguda, talvez até infantil. E não era. Era profunda, levemente rouca, como se poderia esperar de uma cantora de blues de meia-idade. Não é incomum. Pense, você certamente terá uma ou duas pessoas em sua vida com esse tipo de voz.

Ela estava com o avental do hospital, amarrado na parte de trás, e um roupão que os pais tinham levado de casa. Não havia faixa, por motivos óbvios, então ele caía solto em volta dela na cadeira de rodas. Eu podia ver as ataduras brancas de gaze saindo pelas mangas.

Tom estava ansioso por me conhecer. Ele ficou de pé e apertou minha mão vigorosamente, como se pudesse conseguir a cura da filha esmagando meus dedos.

Estamos muito felizes de tê-lo encontrado.

Tom foi sincero. Nós nos sentamos, e eles olharam para mim, esperando que palavras brilhantes saíssem de minha boca.

— Fico feliz em ajudar, se puder — declarei. — Mas, Jenny, preciso fazer uma pergunta muito importante a você.

Ela assentiu com a cabeça. Tom olhou para Charlotte, que pareceu tranquilizá-lo pelo olhar que devolveu. Ambos concordaram, então continuei.

— Jenny, você quer se lembrar do que aconteceu naquela noite na mata?

Nunca vou me esquecer do rosto dela naquele momento. Foi como se eu tivesse resolvido o mistério do Universo, desvendado a verdade sobre Deus. Quando pronunciei essas palavras, ela se deu conta do que ignorara até então; tudo de repente se esclarecera. Sua expressão carregava um alívio e uma gratidão tão profundos que acho que nunca terei momento mais satisfatório em minha carreira.

Ela concordou com a cabeça, tentando segurar as lágrimas, que então simplesmente explodiram de dentro dela.

Sim!, disse ela.

Ela repetiu a resposta várias vezes enquanto o pai a abraçava e a mãe envolvia a si mesma nos braços.

Sim, sim, sim...

CAPÍTULO DEZ

Imagino que eu deva falar do Honda Civic azul e de como ele foi visto de novo em Fairview. Se você se recorda, o carro foi avistado pelo filho de um vizinho na noite do estupro. Ele disse que estava estacionado junto à calçada que margeava a mata. Achou que a placa era de Nova York. Isso era tudo. Ele não conseguiu identificar de que ano era o modelo nem dar outra informação que ajudasse a localizar o carro.

Um crédito que devo dar ao detetive Parsons é que ele é muito bom em levar em consideração coisas que não são exatamente da alçada dele. O Civic azul era uma delas. Tecnicamente, Parsons era responsável por manter viva a consciência na cidade da importância desse carro. Toda semana apareciam boletins públicos no jornal local. Folhetos oficiais da polícia eram mantidos em quadros de avisos comunitários em lanchonetes, cafeterias e salões de beleza. E o detetive relembrava a equipe em todas as reuniões. Eu tinha pena de qualquer um que ousasse cruzar nossas fronteiras com um sedã azul. Apareceram mais de duas dúzias de informações incorretas durante o ano. Policiais foram tirados de seus postos para ir até o estacionamento da farmácia, à fila do lava-rápido ou à garagem de alguém, só para encontrar um Chevy, um Saturn ou um Hyundai azul. Não um Civic.

Como você provavelmente deduziu, o detetive Parsons trabalhava não apenas para a cidade de Fairview mas também para Tom Kramer.

A obsessão de Tom por vingança, como ele disse, o tinha despojado de quaisquer inibições sociais, e ele perseguia Parsons implacavelmente. O detetive, por sua vez, prezava por seu expediente das nove às cinco. Algumas pessoas simplesmente são assim, e não há como lutar contra. Ele valorizava seu tempo livre. Ele não tinha família, e eu não sabia se tinha namorada. Ou namorado, que seja, eu não percebi sua orientação sexual. Ele gostava de praticar esportes e estar em forma. Futebol recreativo, softbol. Era um nadador ávido. As exigências de Tom interferiam na vida dele. Não era apenas com o Civic azul. Por insistência de Tom, Parsons e a força policial de Fairview tinham se estendido pelo país, não apenas por meio de sistemas de computadores mas também por atuação presencial. Uma vez Tom me informou que havia cerca de doze mil departamentos locais de polícia nos Estados Unidos. Ele disse que tinha a intenção de fazer Parsons telefonar ou mandar e-mail para cada um deles.

Estupradores raramente atacam uma única vez. E esse cara, bom, ele deixou alguns sinais, não? A máscara negra, o fato de ter se depilado, de ter usado camisinha. E aquele negócio que ele fez com o graveto afiado.

Tom falava com um tom profissional forçado, como se tivesse se transformado de pai de vítima em investigador de polícia. Ele fez isso algumas vezes em nossas sessões, especialmente logo que chegava e estava louco para me dar um relatório da situação. Ainda assim, era revelador que ele não usasse uma linguagem mais precisa para descrever o entalhe nas costas da filha.

Eu não sabia do entalhe até começar a tratar Jenny e conversar com os pais dela. O detetive Parsons me dera uma cópia do arquivo policial completo, então tomei conhecimento do detalhe, antes, por um documento escrito. Isso foi muito desconcertante para mim. A cicatriz era a única manifestação física do estupro. E era na cicatriz que Jenny tocava quando a lembrança emocional daquela noite se manifestava. Foi em nossa segunda sessão no consultório que ela a mostrou para mim. Não era nada, na verdade. Apenas uma descoloração vertical, de uns dois centímetros e meio, em linha reta à direita da coluna. Não era nada. Mas era a única coisa.

Voltemos a Tom e à história do Civic.

O senhor ficaria chocado com a insuficiência das comunicações entre departamentos oficiais de nosso país. Ninguém consegue concordar com um sistema, então nem todo departamento tem um sistema compatível com os serviços de compartilhamento. Não há equivalente à Interpol, mesmo depois do Onze de Setembro, quando ficou tão claro que esse tipo de compartilhamento era necessário. Quer dizer, foram feitos esforços. Mas simplesmente há muitos cozinheiros na cozinha, doze mil departamentos em cinquenta estados. E há ainda mais como força especial não local. Entendo que seria impossível rastrear cem mil donos de carros e que, mesmo que conseguíssemos, nenhum deles jamais admitiria ter estuprado uma adolescente. Mas isso era diferente. Você coloca alguns caras gastando uma hora por dia, ligando, mandando e-mail... cinco dias por semana... Dá certo, sabe? Agora cada departamento tem os fatos, fatos específicos, e talvez, apenas talvez, algo parecido tenha acontecido em uma das pequenas cidades. Pense a respeito. Quer dizer, o que os policiais de Fairview fazem o dia inteiro? Eles encontram lugares engenhosos para se esconder com radares de velocidade. Parsons me deu trabalho no início, mas depois ele viu que eu estava certo. Uma hora por dia ao telefone, em vez de atualizar o status do Facebook. É um preço pequeno a pagar, ainda mais comparado à recompensa. Um preço muito pequeno.

Tenho de lhe dizer que senti orgulho de Tom. Mencionei o ego anêmico dele, assim como sua deferência à esposa, que demonstra mais determinação. Toda vez que vejo essa dinâmica num relacionamento, fico compelido a investigar a infância do sujeito. Meus achados não são uniformes, mas eles de fato tendem a um grupo finito de experiências infantis. Tom não era exceção. Nomeei o tipo de experiência dele como "intelectualismo mal orientado".

Se você é pai ou mãe, tenho certeza de que seus olhos percebem o mais novo livro da moda sobre criação de filhos na prateleira da livraria ou aparecendo na página da Amazon junto a todas as outras coisas que a internet sabe que você precisa. Creme antirrugas, gel para queda de cabelo, dietas, Cialis. Dei mais do que algumas poucas gargalhadas comparando anúncios de *pop-up* com amigos em jantares. Um dos meus amigos se chama Kerry. Ele é homem, mas a internet não acredita. Você pode imaginar a loucura. Ler livros sobre como criar filhos, assim como todos os livros de autoajuda, até onde sei, é equivalente a ter aulas de matemática com um cachorro. Eles deveriam ser reunidos e queimados. Até que não restasse nenhum.

Tom é de uma família de educadores e intelectuais. O pai deu aulas de literatura na faculdade de Connecticut por trinta anos. A mãe trabalhava na secretaria. Eles viviam e respiravam esse universo acadêmico e se orgulhavam de ser eruditos. Isso transparecia em tudo o que faziam e no que de fato eram. Muito daquilo era positivo, talvez até benéfico para Tom e sua irmã mais nova, Kathy. As férias deles consistiam em viagens de acampamento em família. Eles não tinham permissão para assistir à televisão sem supervisão e, de qualquer modo, só podiam fazer isso aos fins de semana. Você pode imaginar o enfado do conteúdo permitido. Eles tinham de ler dez livros por verão e não iam a acampamentos com outras crianças. Não dormiam na casa dos amigos, havia um toque de recolher rigoroso e frequentavam a igreja todos os domingos, embora a religião fosse discutida em termos de teoria e sociologia, não no âmbito da paixão e da fé. Tudo era avaliado e analisado, despido do emocional que poderia levar a um caminho falso ou mal orientado. Você conheceu pessoas assim. Para aquelas menos disciplinadas, esse jeito evoca o ímpeto de se sacudirem ao irracional até que alguma emoção seja libertada. Essas pessoas não parecem humanas, mesmo com seu bom comportamento extremo.

O que isso significava para Tom? Que, mesmo quando ele apresentava apenas nota A no boletim, não havia alegria, abraços e beijos e ligações para os avós. Não havia moedas a mais em seu cofrinho nem sobremesa extra nem uma folga na aula de piano. O registro não era pendurado na geladeira. Não, as notas eram avaliadas e discutidas, e Tom era lembrado de que elas eram reflexo de trabalho árduo e que ele não deveria pensar que era, de nenhuma forma, melhor ou mais inteligente que qualquer outra pessoa. Quando ele cantava na peça da escola, fazia uma jogada desleixada no jogo da liga mirim ou produzia um animal de barro pintado numa aula de artes que apenas lembrava, de leve, uma girafa – tudo o que Tom fazia era motivo para uma crítica imparcial e honesta. *Você estava um pouco desafinado no segundo refrão, Tom. Você teve um pouco de sorte conseguindo o primeiro, Tom, não pense que vai acontecer de novo, você precisa praticar mais. Bom, parece que você realmente se divertiu fazendo isso.*

Sim, exatamente. Eles estavam à frente de seu tempo, não estavam? À frente do conselho que vem sendo empurrado aos pais na última década. Não devemos nos orgulhar de nossos filhos; são eles que devem se orgulhar de si mesmos. Não devemos fazer falsos elogios porque eles vão parar de confiar em nossas opiniões. Não devemos mandá-los para o mundo pensando que são melhores do que são. Isso vai levá-los à frustração. A verdadeira autoconfiança deriva de uma criação verdadeira.

Tenho sido uma vez dissonante ao rejeitar esses absurdos.

Somos seres pequenos, inconsequentes. Apenas o lugar que ocupamos no coração dos outros é que nos preenche, que nos dá propósito, orgulho e a sensação de pertencimento. Precisamos que nossos pais nos amem sem condições, sem lógica e para além da razão. Precisamos que eles nos vejam pelas lentes distorcidas desse amor e que nos digam de todas as formas que o fato de andarmos por aí os enche de alegria. Sim, vamos aprender que nossas girafas de barro não eram perfeitas, mas, quando as tirarmos do sótão, elas devem nos fazer chorar, sabendo que, quando nossos pais viram esses pedaços feios de argila, sentiram um orgulho ridiculamente inapropriado e queriam nos abraçar até que nossos ossos doessem. É disso que precisamos, mais do que a verdade sobre quanto somos pequenos. Vamos ter pessoas mais do que o suficiente para nos lembrar disso, para nos dar avaliações desapaixonadas de nossa mediocridade.

Não é surpreendente para mim que Tom se sentisse pequeno e agisse como se de fato fosse. Tampouco que tivesse se casado com uma mulher que o fazia sentir-se pequeno e trabalhasse para um chefe que o tratava como um homem pequeno. Recriar nossa infância na vida adulta é nosso destino. Aí nos perguntamos por que não somos felizes. É por isso que tenho uma casa bonita e dirijo um bom carro.

O que passei a admirar em Tom era que ele amava os filhos incondicionalmente, além do fato de que, ainda que inconscientemente submetesse o próprio ego a degradação constante, ele não fazia o mesmo com Jenny e Lucas. O instinto de mostrar a eles quanto preenchiam seu coração não fora tirado dele nem fora machucado pelo estupro de Jenny ou pela tentativa de suicídio. Em minha cabeça, quando imagino Tom em casa, vejo-o jogando bola e vídeo game, dando risadas. Ele faz tudo isso com a mandíbula cerrada e o coração partido. Mas faz.

Ao mesmo tempo, Tom não era nem um pouco razoável quando se tratava de encontrar o estuprador da filha. Apesar da culpa depois da tentativa de suicídio e da realidade reconstruída que criou, Tom nunca afrouxou. Ele pode ter persistido com menos convicção ou se desligado emocionalmente do processo quando foi levado a acreditar que a mulher estava certa sobre a recuperação de Jenny e a necessidade de "seguir em frente", mas, ainda assim, ele persistiu. Até onde qualquer um na cidade podia detectar, Fairview continuou comprometida em encontrar o agressor de Jenny, e as informações sobre sedãs azuis chegavam quase todo mês.

Agora, as únicas coisas que resultavam dessas informações eram policiais perturbados e mães escapando por excesso de velocidade no caminho para pegar os filhos na escola. Até um ano depois.

O carro foi visto numa rua próxima à escola por duas meninas do último ano que seguiam para a cidade. Ficava a apenas oitocentos metros de caminhada, e a garotada gostava de se reunir para tomar milk-shake e criar confusão, embora não haja muito o que fazer no centro de Fairview. Ainda assim, é um caminho bem frequentado. O motorista, obviamente, não fazia ideia de que um grande grupo virtual tinha sido recrutado para assegurar sua captura.

Jenny ainda não tinha retornado à escola. E, por dois trimestres seguidos, o trauma a tinha feito abandonar sua vida. Ainda assim, meu conselho era para que ela mergulhasse na terapia e reconhecesse a gravidade do que tinha acontecido, tanto recentemente quanto na última primavera. Detesto os psicólogos sem experiência que postulam que o melhor remédio para o trauma é voltar à rotina normal. Isso não passa de história pra boi dormir, por falta de uma expressão mais politicamente correta. Em algum momento, seria a solução para Jenny. Mas não até ela ter terminado seu processo comigo. Até agora, não tinha dado certo para ela, não é? Você já tentou se concentrar no trabalho depois de receber notícias devastadoras? Ou notícias empolgantes? O que você faz? Sai para fumar um cigarro, para ligar para sua esposa, chora ou pula de alegria. Você não senta e continua o trabalho.

O policial Steve Koper recebeu a ligação. As meninas tentaram ser discretas, virando a esquina antes de pegarem o celular para ligar para a polícia. A escola tinha assustado alunos e pais depois do ocorrido. E-mails eram enviados mensalmente, lembrando a respeito do Civic azul e alertando as crianças a não se arriscarem sozinhas em áreas isoladas. Houve palestras sobre agressões sexuais e sequestros e panfletos com medidas de segurança que a garotada deveria tomar. Além disso, a notícia sobre a tentativa de suicídio de Jenny se propagou, levando a cabeça de todos de volta ao crime e ao Civic azul. Estou quase certo de que por isso as meninas notaram o carro. De novo, todo mundo estava falando de Jenny Kramer.

A cultura adolescente é engraçada. Por mais críticos que possam ser, os adolescentes ainda tomam o mundo adulto como exemplo. Se Jenny não tivesse sido violentada, sua história naquela noite teria resultado numa piada cruel. Ela fora rejeitada por Doug Hastings. Vomitara no banheiro. Saíra correndo chorando, sozinha, mata adentro. Não tenho dúvidas de que teria perdido alguns amigos por isso, seria forçada a se afastar da mídia social por meses, talvez até um ano. Eu tinha muitos pacientes adolescentes. É basicamente disso que eles falam. Mas Jenny foi violentada, e a polícia, a escola e a mídia local expuseram a seriedade do caso. De repente, Jenny era a garota com quem todos tinham de ser legais. Ela era convidada para festas, para dormir na casa das amigas, para passar fins de semana esquiando em Vermont. Ela foi chamada para fazer parte do jornal da escola, para o programa educacional que falava sobre as Nações Unidas, para o grupo de teatro. Todos queriam crédito por demonstrar gentileza. Até Doug Hastings, que (dá para acreditar?) a convidou para ir ao cinema.

Jenny seguiu o fluxo, aceitando convites, fingindo estar feliz e surrupiando comprimidos de banheiros.

Eu me senti como uma celebridade ou algo assim, como se tivesse feito algo especial, e agora todo mundo gostava de mim. O que eu tinha feito? Fui burra de correr para aquela mata. De ficar tão bêbada. De ficar tão chateada por um cara, um babaca como Doug Hastings! Todos os professores e aquelas pessoas que vieram falar comigo, todo mundo estava basicamente dizendo: "Não faça o que Jenny Kramer fez. Não seja burro como Jenny Kramer". Tive vontade de dizer a todos: "Se sou tão idiota, por que vocês querem ser meus amigos?". Devia ter sido uma via de mão dupla, sabe? E a questão é que, se eu tivesse feito algo bom, como entrado para a equipe olímpica de corrida, ninguém ia querer ser meu amigo. Todos ficariam com inveja e encontrariam razões para me odiar. Isso aconteceu com um cara alguns anos atrás. Ele ganhou um prêmio nacional de matemática. Conheceu o presidente e tudo. Teria sido igual se ele tivesse pegado ebola. Todo mundo o chamava de nerd, sacaneava as roupas dele, ouvia e repetia. Eu nem sei o que fiz ou não fiz. Não sei se lutei contra ele ou se só fiquei lá deitada e deixei acontecer. Não sei, então as pessoas também não podem saber. Exceto por uma coisa: ele ganhou e eu perdi. No fim das contas é isso, né? Eu perdi a luta.

Você consegue ver a força nessa jovem mulher, não consegue? Sua irreverência e seu senso de percepção, que estão bem além de sua idade? Ela tinha até mesmo senso de humor. Extraordinário.

O policial Koper passou de carro pelo Civic e virou a esquina em direção ao local em que as garotas estavam esperando. Tenho certeza de que seu coração bateu um pouco mais rápido depois que ele viu a traseira do carro. Elas contaram a ele o que ele já sabia, que avistaram o carro alguns minutos antes de ligar para a polícia. Koper pegou nome e telefone delas e recomendou que fossem para casa. Então, ligou para o detetive Parsons.

Não acreditei de primeira. Tivéramos mais de... o quê? Vinte e seis alarmes falsos? Alguns por mês. Você fica um pouco entorpecido depois dos primeiros. Sinceramente, eu queria pegar esse cara. De fato, eu queria. Não apenas pelos Kramer, mas por satisfação pessoal. Esse é o tipo de caso que faz uma carreira, sabe? No entanto, é preciso ser realista também. Tom Kramer não tinha escolha. Como pai, você vive com aquela culpa. Ele me dizia o tempo todo que tinha fracassado em proteger a menininha dele. Tenho certeza de que ele lhe disse isso e a todo mundo mais que quisesse ouvir. Então, sim, ele tem de fazer tudo o que pode até que supere. Ou talvez, depois de quarenta anos, ele morra tentando. Nunca disse a ele que nos deixasse em paz, que parasse de ligar. Não. Nunca. Eu sempre falei: "Sim, Tom. Sem problemas". Havia caras ligando para departamentos por todo o país. Não era o suficiente para cobrir o nordeste dos Estados Unidos. Havia anúncios e folhetos. Deixei a cargo dos novatos. Eu fiz de propósito. Aquilo virou piada no departamento. Demos um nome à lista. Nós a chamamos de "lista cachorra". Ah... acho que isso pode ser mal interpretado. Foi porque tínhamos nos tornado as cachorras de Tom Kramer. Eu sei, é uma expressão horrível. Mas esses caras são jovens. De qualquer forma, quando essa ligação apareceu, pensei: "Ah, tá bom. Provavelmente é um Ford dessa vez". Mas Koper jurou que era um Civic. Parado perto da escola, vazio e de novo na primavera. Comecei a pensar que talvez esse cara tivesse voltado para reviver o momento, talvez repetir o ritual. Dá para imaginar? Que história... Fui até lá num carro à paisana. Estava com meu parceiro. Apenas nos sentamos do outro lado da rua, um pouco para baixo do Civic, entre dois outros carros. Ficamos lá por duas horas e vinte e um minutos. Aí avistamos esse cara descendo a rua. Eu soube, só de olhar para ele, que faríamos uma prisão.

CAPÍTULO ONZE

O MOTORISTA ERA UM HOMEM jovem chamado Cruz Demarco. Ele foi preso em Fairview por vender maconha. Houve acusação extra por vender drogas a menos de 450 metros de uma escola. É claro que isso foi apenas o começo.

Tenho duas observações. Primeira, ao mesmo tempo que pode parecer absurdo que a presença de um sedã modesto numa rua residencial de Fairview despertasse tanta suspeita, isso é também lógico, e, nesse caso, foi algo decisivo. Havia um perfil. Não há discussão a esse respeito. Não discordo da decisão da comunidade de restringir o uso dele. Há consequências injustas a pessoas inocentes, e isso é inaceitável. No entanto, esse argumento não diminui as estatísticas. Por exemplo, havia uma probabilidade muito baixa de que o Civic com placa de Nova York, sob aquelas circunstâncias, pertencesse a um morador da cidade, talvez de um por cento. Isso é fato, não opinião. Verificar os veículos Civic em Fairview foi a primeira providência que Parsons tomou depois de interrogar os garotos na festa. Havia uma probabilidade maior de que ele pertencesse a uma empregada doméstica, um jardineiro, uma babá, um cuidador, um parente ou algo assim. Considere também que ninguém se apresentou para relatar algo do gênero. Dados o horário e o local em que estava estacionado, a fatia maior do gráfico de pizza indicaria alguém de fora da cidade. E por que alguém que não é da cidade estacionaria do lado de fora de uma festa de alunos do ensino médio, à noite?

A segunda observação que tenho é como todos na cidade estavam ansiosos por acreditar que Jenny fora atacada por alguém de fora se agarrando a esse Civic como a um bote salva-vidas de esperança. Parsons era o primeiro e principal entre eles. Sua empolgação em encontrar o carro me pareceu desesperada.

Meu coração estava acelerado quando nos aproximamos do carro. Rapaz, fiquei tão feliz que a gente tenha esperado por uma transação para agir. Eu estava pronto para uma busca ofensiva. Não havia chance de deixar o cara se safar sem o interrogar e dar uma busca no carro. Eu ficava pensando: "Puta merda. Pegamos ele! Pegamos ele!". Mas não tínhamos motivos suficientes até que vimos a venda acontecer. Graças a Deus meu parceiro estava lá, me segurando.

Um aluno desavisado do segundo ano, chamado John Vincent, tinha esvaziado a carteira da mãe mais cedo naquela manhã esperando Demarco aparecer em Fairview. Ele andou nervoso até o lado do carona do Civic.

Pobre garoto. Que idiota. Estava tentando ser discreto, olhando ao redor, fingindo que só estava dando uma volta. Então, curvou-se ao lado do carro. Conseguimos ver o dinheiro entrando. Um pacote pequeno saindo. Parecia um seriado policial tosco. Esperamos o bastante para deixar o garoto escapar. Sabe, fizemos um daqueles "Ei, você! Pare!", sem um esforço de verdade para persegui-lo. Meu parceiro já estava na janela do motorista. Fiz Koper parar a radiopatrulha no cruzamento. O cara não tinha para onde ir.

Essa parte da história me diverte de um jeito bobo. Policial Koper – a pronúncia tem um "o" longo, mas, ainda assim, parece "*copper*", policial. E Cruz Demarco. Esse era o verdadeiro nome dele, por mais ridículo que soe – foi escolhido pela mãe, que na época tinha dezenove anos e provavelmente achou que parecia legal. Talvez fosse um personagem de video game ou um dos homens que poderiam ter sido o pai. Cruz tinha uma história triste. Mãe solteira. Pobreza. Uma infância horrível em Buffalo. Tudo em que eu conseguia pensar quando ouvi a respeito dele é que seria comido vivo em Somers.

Sinto como se estivesse no alto de uma montanha-russa. Eu desprezo esses brinquedos, então suponho que tenho me esquivado. Tenho sido um espectador curioso até agora, um observador expressando meus julgamentos e emitindo opiniões. Tudo começou a acontecer bem no início daquela primavera. Meu envolvimento com a família Kramer, Jenny como paciente, Sean Logan e a prisão de Cruz Demarco. A colisão estava se aproximando, e eu não enxerguei. Com todos os meus maravilhosos poderes de dedução, eu não percebi.

Eles encontraram pouco mais de um quilo de maconha no Civic azul. Era mais do que o suficiente para a prisão.

Levamos o cara para a delegacia. Apreendemos o carro e chamamos a perícia de Cranston. Sem chance de eu mexer naquilo. Já pensou? Se eles achassem terra que batesse com a da mata atrás da Juniper Road? Ou a máscara negra com as mesmas fibras que foram encontradas debaixo das unhas de Jenny? Eu parecia uma criança na manhã de Natal.

Demarco era um ser humano desagradável. Ele tinha vinte e nove anos. Pouco mais de um metro e sessenta de altura. Pesava menos de cinquenta e cinco quilos. Se você é mulher, sabe como é isso. Ele era magro, e sua pele branca pálida caía flácida dos membros como a de uma senhora idosa. O cabelo preto era comprido na frente e atrás, mais curto dos lados. Era pegajoso de tanto gel. Ele tinha vários tiques nervosos, no andar e na fala, até nos olhos. E cheirava a sabonete barato. Não conheci o homem ao vivo, mas ele me foi descrito com detalhes pelo detetive Parsons. Pelas fotos no jornal local e pelo que pesquisei na internet, ele não estava bem no nível de repulsão atribuído a ele. Mas isso é normal. Queremos odiar alguém, imputar culpa ou responsabilidade, impor punição, então enxergamos a pessoa da pior forma possível e infundimos nela as características mais desagradáveis. Ou talvez ele fosse tudo isso. Não havia dúvida de que era um criminoso. No entanto, tráfico de drogas e estupro são dois crimes bem diferentes.

Ele não solicitou advogado. Cheguei a ponto de fazê-lo assinar uma renúncia. De jeito nenhum eu ia arriscar que ele tivesse o direito de ficar calado. Consegui uma câmera. Dois policiais assistiam do lado de fora. Eu e meu parceiro acompanhamos lá dentro. Demos cigarros e um refrigerante de laranja para ele. Começamos deixando-o confortável, sabe? Ver se aquilo ia funcionar antes de sequer o deixarmos saber por que realmente estava ali. Simplesmente comecei a conversa enquanto aguardávamos pela ficha dele. Eu soltei: "Pois é, que azar. Esse troço é basicamente legal agora. De repente a gente pode pensar num esquema. A gente só quer que nossas crianças não saiam da linha, sabe?". Ele deu de ombros. Disse que era o carro do irmão e que não sabia sobre drogas lá dentro. Meu parceiro interpretou o policial malvado com ele. Lembrou a ele que o vimos vender ao garoto. Ele sorriu e disse: "Que venda? Aquele garoto só estava me perguntando se eu estava perdido ou algo assim. Ele se aproximou para me ajudar a ler meu mapa". Sério? Quer dizer, sim, tinha um mapa no porta-luvas. Mas quem diabos ainda usa mapas? Aquele troço provavelmente tinha uns dez anos. Então, bateram na porta. Eles estavam com a ficha dele. Bingo.

Demarco tinha uma longa ligação com o sistema criminal de justiça. Tudo estava relacionado a drogas. A maioria era por delitos leves, porte, uso. Mas isso não significa que ele não estivesse vendendo. O que está num registro de condenação e no que a prisão original se baseava não era necessariamente a mesma coisa. Tenho certeza de que você já viu televisão o suficiente para saber o tipo de acordo que acontece entre os promotores públicos e os advogados de defesa. Julgamentos levam tempo e custam dinheiro. E ninguém dá a mínima para maconha hoje. Então, mesmo a ficha dele datando de uma década atrás, só havia uma condenação por distribuição. Junho do ano anterior. Duas semanas e quatro dias após o estupro de Jenny.

Demarco passou seis meses numa instituição de segurança máxima em Bridgeport. Imagino que não tenha sido uma boa experiência para um homem tão pequeno e com aquela pele branca macia. Isso é anormal? Temo que o tempo que passei em Somers tenha me imbuído de conhecimentos que não deveriam ser compartilhados tão casualmente com o resto do mundo. Em geral sou bem cauteloso com as suposições que faço, até com as piadas das quais rio, na companhia de pessoas, pelo medo de ser mal interpretado. Eu certamente não teria pensado em estupro na prisão apenas por uma discussão envolvendo um homem pequeno com pele branca macia. Mas, se você passasse oito horas por semana escutando sobre a vida atrás das grades numa prisão de segurança máxima, também começaria a conectar essas coisas. Minha mulher me repreendeu em mais de uma ocasião.

— Você fez de novo, querido — ela diria. Ela sempre usa esse termo carinhoso, mesmo quando está brava. — Passivo é aquele cara que agarra as bolas atrás do batedor no beisebol. É só. Ninguém acha isso interessante.

Não sei se é verdade ou não. Acho que há evidência empírica o bastante na mídia e no entretenimento para sugerir o contrário. Ainda assim, nem sempre é uma conversa apropriada para o jantar. ("Passivo" é algumas vezes usado para descrever a pessoa penetrada quando dois homens fazem sexo.) Acho que é por isso que acho jantares formais tão excruciantemente maçantes.

A boa notícia para Parsons é que agora ele tinha algo para usar a seu favor. Ele tinha duas acusações de crimes na manga. Acrescentá-las à condenação anterior fazia de Demarco um criminoso contumaz em uma situação que precipitaria uma condenação obrigatória.

Volto com a ficha criminal e fico tipo: "Ih, rapaz, dureza. Essa anterior, e agora duas acusações de crimes"; ele se contorce um pouco. "Talvez você devesse aceitar aquele defensor público", digo a ele, "arrumar um advogado." Ele mexe o pé pelo chão. Ele está com ou punhos cerrados juntos. Então, meu parceiro me puxa de lado, sussurra alguma porcaria qualquer. Era tudo teatro. Só queria que parecesse ok, sabe? Daí eu falo: "Escute... alguma chance de você ter estado na cidade em maio passado? Talvez você seja capaz de nos ajudar com algo". Ele dá de ombros como se dissesse que podia ter estado, se houver alguma vantagem para ele. Eu penso que conseguimos que ele admita que estava na cidade. Mas ele não se mexe.

Não entendi a lógica. Se Demarco era o estuprador, ele não chegaria nem perto de admitir sua presença na cena do crime. Ainda assim, Parsons voltou à pista.

Tínhamos o suficiente para trancafiá-lo. Ele arrumou um defensor público de Cranston. Um cara que tem as manhas, mas de jeito nenhum ia querer um julgamento completo com os honorários de um defensor público. Era hora de voltar àquela noite. Tínhamos um rosto. Primeiro, Teddy

Duncan. Aquele garoto que estava atrás do cachorro dele. Segundo, agora tínhamos algo para usar para sacudir aquela garotada, podíamos voltar a eles. Nenhum deles, nenhum garoto da festa, admitiu ver um Civic azul. Mas, se era Demarco, ele provavelmente estava lá vendendo drogas. Vê Jenny tropeçando até a mata. Presa fácil. Aqueles garotos, nenhum deles reconheceria que comprou drogas. Mas, agora que sabíamos, tínhamos o carro, tínhamos o motorista, tínhamos uma chance de enquadrar um deles e descobrir a identidade.

Parsons estava otimista, alegre até. Assim como os Kramer. Eu não compartilhava das conclusões de Parsons em relação a Demarco, mas não era meu papel dissuadi-lo de seu plano de ação. Ele tinha sido gentil o bastante para me manter informado a fim de que eu pudesse ser útil a Jenny e à família dela. O que eu ia dizer? Esse não é o homem. Não volte a interrogar aqueles garotos nem Teddy Duncan. Não vá por esse caminho. Desejei boa sorte e aguardei o próximo relatório. Meu arrependimento é profundo.

CAPÍTULO DOZE

O REAPARECIMENTO DO CIVIC AZUL teve duas repercussões imediatas. A primeira era a interferência em meu tratamento da família Kramer. A segunda envolvia meu filho.

Jenny e os pais estavam se consultando comigo de forma individual havia semanas. Meu trabalho com Charlotte e com Tom não era complicado. A intenção principal era que eles preenchessem as lacunas relacionadas a Jenny e ao ano que conduziu à tentativa de suicídio. Mas o foco das sessões logo mudou: passou a ser cuidar de suas próprias dores derivadas desse capítulo horrível. Isso, é claro, nos levou aos problemas no casamento deles, encobertos, e mais à frente à infância de cada um, época em que todos os problemas de relacionamento começam.

Já expus minha crítica à terapia de casais, especificamente por ver os dois juntos numa situação em que são ditas muitas verdades que não podem ser desditas. As coisas podem precisar ser ditas, mas não necessariamente ouvidas pelo outro cônjuge. As questões dos Kramer desabaram diante de mim como um castelo de cartas, e eu trabalhava para resolvê-las. Mas fazia isso com cada um deles, individualmente.

Tom era quase um estudo de caso. Clássico. Ele precisava entrar em contato com a raiva que sentia pela mulher por dominar as decisões com Jenny e controlar o casamento deles. Depois precisava entrar em contato com a raiva de si mesmo por permitir que isso acontecesse, reconhecer que Charlotte estava apenas preenchendo a brecha gigante de indecisão que resultava de sua própria autoconfiança diminuída. Por fim, ele poderia chegar aos pais e à causa de sua baixa autoestima. Compreensão, aceitação, perdão, e aí um percurso para a mudança.

Não se trata de choramingar ou não assumir a responsabilidade. Sei o que muitas pessoas dizem da terapia. Elas estão erradas. Tom teve de treinar para reconhecer quando estava criando uma brecha, reconhecer por que estava fazendo aquilo e, então, tomar a frente e ser decisivo, confrontar a esposa caso sentisse que ela estava errada. Ele precisava tomar as rédeas de sua força e de sua inteligência. Ele precisava ser firme de novo, por si e pela esposa, que não queria mais tocá-lo. Não seria fácil. Chamamos esse tipo de "retreinamento" de terapia cognitivo-comportamental. Tive uma paciente uma vez que me pediu para explicar o que estávamos fazendo. Ela reclamou que parecia desonesto, que ela não queria deixar de dizer ao marido quanto ela desgostava da irmã dele. Quando contei a ela nossa meta, ela disse: *Ah, você quer dizer fingir até sentir*. Isso é o resumo da terapia cognitivo-comportamental. Diferentemente do processo de recuperação da memória, que é altamente controverso, essa linha é o básico da psicoterapia.

Charlotte era mais complicada. Eu soube imediatamente por que ela tinha se casado com Tom. Acho que já elucidei esses fatos. Tom era parte do retrato da família perfeita, aquela pela qual ela ansiou quando criança. Bob era a viga que impedia que a casa desmoronasse. Agora você vai ver por que apresentei os detalhes das experiências sexuais deles e a conclusão de que Bob era a droga dela. Tudo isso é como os fios de açúcar na máquina de algodão-doce, girando rápido para que não grudem um no outro, até que seja a hora de enroscá-los em um palito, um palito perfeitamente formado de filetes de açúcar.

Bob era a droga de Charlotte. Sean era a droga de Tammy. E Jenny seria a de Sean. Há uma razão pela qual as pessoas são atraídas às outras dessa forma que as faz se sentirem como viciadas. Não é saudável. Na verdade, por definição, do ponto de vista emocional, é doentio. Sinto muito por desapontar, mas um relacionamento saudável em geral é bem enfadonho. Eu tinha feito grande progresso com Charlotte nesse tópico até acontecer a prisão de Cruz Demarco.

Charlotte não foi para casa quando saiu do hospital na segunda vez. Depois de falar com o detetive Parsons, as roupas empapadas de sangue, o sangue grudado na testa conforme descrito por Parsons, ela dirigiu duas quadras e ligou para Bob. Ele concordou em encontrá-la.

Não sei por que não fui para casa. Lucas estava com a vizinha, então eu não podia dormir no quarto dele. Mas não é isso. Talvez seja mais certeiro dizer que não fui para casa porque não conseguia suportar estar lá, e a parte que não sei é por que eu não conseguia suportar. Quando Jenny foi violentada, eu fui para casa. Eu queria abraçar meu filho e me arrastar para a cama no quarto dele e observá-lo dormir até que o comprimido fizesse efeito. Por mais perturbadora que fosse a situação, senti que poderia lidar, que estava lidando. Eles estavam dando o tratamento a ela. Eles a estavam consertando. E ela não estava sofrendo. Ela adormecera, ia dormir durante o tempo do tratamento e acordar como se aquilo nunca tivesse acontecido. O senhor já esteve num quase acidente, quando escorrega no gelo ou não vê um carro no ponto cego? Há aquele instante de pânico e, então, um de alívio; aí você pensa: "Tá, desviei de uma bala hoje. Da próxima vez serei mais cuidadosa". Foi assim que me senti. Assustada, mas aliviada. No controle. Dessa vez, porém, foi diferente.

Naquele dia, Charlotte falou a sessão inteira sobre seu encontro com Bob. Ela estava perturbada pela decisão de telefonar para ele em vez de ir para casa ficar com o filho. Ela estava perturbada por seu comportamento quando estava com ele. E estava perturbada por como se sentiu quando o deixou.

Nós nos encontramos num estacionamento entre Fairview e Cranston. O da Home Depot e da Costco na Route 7. Conhece? É enorme. Ele entrou em meu carro e fomos para a parte de trás, onde são feitas as entregas. Só íamos conversar. Ele tinha trocado de roupa, e acho que ficou um pouco chocado por eu ainda não ter passado em casa, que minhas roupas ainda estivessem tão sujas. Ele perguntou como estava Jenny, e eu contei a ele. Ele apoiou a cabeça nas mãos e esfregou a testa tão forte...

Charlotte demonstrou como Bob tinha esfregado a testa. Ela disse que teve a impressão de que ele queria apagar a memória do que acontecera naquela tarde, como se tentasse apagar uma marca de caneta com uma borracha. A pele dele ficou vermelha.

Era tarde. Bob tinha parado em uma de suas lojas para trocar de roupa. Ninguém o tinha visto entrar pela porta dos fundos. Ele disse que não sabia o que fazer com as roupas ensanguentadas, se deveria jogá-las fora, queimá-las ou tentar lavá-las. Ele contou que ficou paranoico com a ideia de alguém encontrá-las e eles serem pegos.

Eu estava tão alterada por dentro. Como disse, dessa vez foi diferente. Estávamos parados entre dois caminhões. Devia ser quase dez e meia. Estava escuro. Eu me lembro de não ver o rosto dele direito. Ele continuou falando de coisas logísticas, as roupas dele, as minhas roupas, o que eu ia fazer com as minhas. Deu sugestões sobre como limpar o banheiro, dizendo que eu não deveria voltar lá de novo. "Apenas chame um serviço de limpeza. Diga a eles que houve um acidente e dê a chave. Existem agências que fazem isso..." Blá, blá, blá. Eu podia me sentir desfiando. Não consigo descrever de outra maneira. Como um fio que tivesse sido puxado e agora estava se descosturando, centímetro por centímetro.

Perguntei o que ela queria que ele dissesse. Ela encarava fixamente a pequena tulipa na mesa no canto da minha sala. Eu a comprei num supermercado e não tinha retirado a etiqueta branca do vaso, a qual indicava o preço e a descrição. "TULIPA MONTREUX." Eu não tinha preferência. Essas eram as únicas que eles tinham, e minha esposa insistira que eu tivesse uma planta da estação no consultório. Charlotte estava encarando a etiqueta. Era a única coisa que ela conseguia achar que estava fora do lugar, e subconscientemente fixara-se naquilo. Naturalmente, tirei minhas conclusões. Fiz uma nota mental para deixar a etiqueta.

— O que você queria que ele dissesse? O que você precisava dele?

Silêncio. Pensando.

— Se você voltasse no tempo e reescrevesse a cena no carro, o que Bob teria feito? Comece do princípio, ele entra no carro e...

Ele olha para meu rosto e então para minhas roupas, para o sangue ainda em mim. Não olha em volta nervosamente para ver se alguém nos viu. Ele não liga.

— Ele apenas vê você e sabe do que você precisa. Você nem precisa dizer a ele. Então o que ele faz?

Ele... ele pega meu rosto nas mãos e... Charlotte fechou os olhos, colocando as próprias mãos no rosto. Ela ficou emotiva.

— O quê, Charlotte? O que ele diz?

Ele me diz que está tudo bem. Que minha menininha vai vencer isso.

— Não. Não é isso o que ele diz. O dr. Baird disse isso no hospital. Concentre-se, Charlotte. O que ele fala quando olha para você, vê você e segura seu rosto nas mãos?

Não sei.

— Sabe, sim. Você ligou para ele por um motivo. Respire e livre-se disso. Volte àquela noite. Só estamos nós dois aqui. Ninguém mais jamais saberá o que Bob diz a você naquele carro. Você está segura, Charlotte. Apenas libere isso. Ele está segurando seu rosto, olhando em seus olhos. O que ele diz?

Ele diz "eu te amo".

— Não, Charlotte. Ele fala isso o tempo todo. Você não está sendo honesta. Você sabe o que ele lhe diz.

Charlotte estava chorando. Você provavelmente está surpreso com isso. Não era a primeira vez que ela tinha se soltado durante uma sessão. Lembre-se de que eu era a única pessoa que sabia do caso dela com Bob. Lutei bastante pela confiança dela, e tinha me tornado um porto seguro de seus segredos e suas lágrimas.

— Você sabe o que ele diz, não sabe?

Ela concordou com a cabeça. Então, inspirou e abriu os olhos. As lágrimas pararam, e ela falou calmamente.

Ele pega meu rosto. Ele não liga para quem pode nos ver. Ele me olha nos olhos e fala: "Isso não é culpa sua".

— Sim, isso mesmo. Bob é a pessoa que lhe dá o que você precisa quando os outros não podem dar. Ele preenche as lacunas. Ele não julga seu passado. Ele não tem interesse no fato de você ser uma

Charlotte e não a outra. Você não cria os filhos dele. Não é a esposa dele. Seu passado nunca vai se refletir sobre ele de um modo ruim.

Sempre senti como se pudesse contar tudo a ele, que ele só me amaria mais. Ele me dizia que eu era apenas uma vítima de meu padrasto. Que minha mãe era uma garota desesperada e egoísta que não amadurecera. Ela fez o que tinha que fazer para sobreviver.

— E isso fazia você se sentir melhor a respeito de si mesma?

Sim, então ele me comia, ia embora e eu tomava banho antes de meu marido voltar para casa.

— E aí você se sentia mal por estar com ele.

É claro. O que quer que ele fizesse para me fazer sentir melhor em relação ao passado sempre era substituído por me sentir mal em relação ao presente. E aí eu sentia falta dele até ele voltar.

É isso que fazemos. Não queremos mudar. Em nossa essência, nossas entranhas, queremos nos sentir como nos sentíamos quando criança. Mais fios de açúcar que precisam ser entrelaçados.

Mas naquela noite no carro ele não fez eu me sentir melhor. Ele não sabia do que eu precisava. Falamos sobre todas aquelas coisas, sobre a logística. Talvez ele tenha dito que me amava, quanto estava aliviado por Jenny estar bem. Nem sei. Eu tinha parado de escutá-lo enquanto a costura continuava se desmanchando. Dava para sentir, sabe? Aquele fio apenas abrindo passagem, e então no fim eu só me desfiz. Sei que comecei a chorar e a puxá-lo, pelo casaco, pela camisa. Coloquei a mão entre as coxas dele. Eu precisava que ele fizesse algo... Nem sei exatamente o que eu queria.

— Parecia que você queria algum tipo de contato sexual com ele.

Sim, talvez. Qualquer coisa.

— Para que você pudesse se sentir diferente do que estava sentindo.

Sim.

— Como uma droga. Você disse isso antes. Que ele era como uma droga para você.

Sim. Eu queria que ele mudasse o jeito como eu me sentia. Como uma droga. É isso. Mas ele só empurrou minha mão e olhou para mim como se eu fosse algum tipo de aberração. Como se eu fosse depravada. "O que você está fazendo?", disse ele. "Precisamos ter algum respeito pela situação." Ele continuou. Como eu podia querer sexo horas depois do que tínhamos testemunhado? Eu senti como se uma parede tivesse tido colocada entre nós. Nossa conexão foi quebrada, e ele estava olhando para mim do jeito que eu me via quando pensava no passado. Era humilhante.

Foi um tremendo progresso. Continuamos discutindo a cena que se passou no carro e como Charlotte vinha usando Bob para se sentir melhor em relação ao passado, mas depois se sentia pior de novo. Um alto, depois um baixo, sempre a deixando no mesmo lugar. O alto perdeu a potência, enquanto o baixo se intensificou. Ela começou a precisar mais do alto, trocando o sexo pelo amor dele, pela aceitação. Ela pedia a ele coisas que a mulher dele não fazia ou coisas que ele vira na internet. Bob tinha um grande apetite. Charlotte não atingia o clímax com Bob, só para lembrar. Ainda assim, ela estava preocupada em fazer sexo com ele. Com o sexo, ela conseguia as palavras, essa era a peça que ela não entendera em semanas de terapia. Como os cachorros de Pavlov salivando ao som de uma campainha. Eles não tinham nenhuma satisfação com a campainha. Mas o som significava que haveria comida, e eles tinham muita fome.

Naquela noite, porém, Bob não tinha as palavras certas. Pela primeira vez, a droga foi ineficaz, e Charlotte foi para casa empapada não apenas no sangue da filha mas também em sua autoaversão e sua humilhação. Nessa etapa da terapia, fomos interrompidos pela chegada do Civic azul.

Eu me lembro bem do momento em que soube que o Civic azul tinha reaparecido em Fairview e que uma prisão fora feita. Eu havia passado o dia todo em Somers e estava dirigindo de volta para casa. Não gosto de ouvir música enquanto dirijo. Acho que ela provoca respostas emocionais que me distraem dos meus pensamentos, e dirigir é um momento excelente para pensar nos assuntos com os quais frequentemente nos enganamos. Por outro lado, acontecimentos esportivos, em especial os que se movem rápido, basquete, hóquei, estimulam esses pensamentos. A ação e o caos entram e saem de meu cérebro, promovendo um ruído de fundo que me ajuda a me concentrar.

Eu estava pensando num paciente que tinha visto naquele dia. Ele estava cumprindo o segundo ano de uma sentença de três a cinco anos por invasão de domicílio em Lyme. O paciente veio me ver por causa de ansiedade e depressão. Segundo minha experiência em Somers, trata-se, invariavelmente, de uma tentativa de conseguir remédios. Às vezes os prescrevo por compaixão. Estar na prisão é uma experiência desgraçada. Em Fairview, indico essas drogas a pacientes em processo de divórcio, mudança de emprego, luto, acontecimentos da vida que podem ser perturbadores. Com certeza, por esse critério, uma pessoa confinada durante dez anos na prisão deveria justificar o mesmo grau de compaixão. Mas, nesse âmbito, tenho de ser extremamente prudente. Pacientes vendiam seus remédios, depois de fingir engoli-los no momento da administração, algumas vezes até regurgitando-os. Eles os secam e os vendem. Outros pacientes, bem, é melhor deixar se ajustarem à nova vida. Eles não podem tomar esses remédios por dez anos. A prisão não permitiria, por um bom motivo: eles se tornam viciados. Não precisamos criar esse problema no sistema prisional.

Não encarei esse dilema com o paciente que atendi no dia em que soube de Cruz Demarco. Não havia dúvida de que ele pretendia vender os comprimidos e que, por conseguinte, eu me recusaria a prescrevê-los. Conforme a sessão fluiu, e ele sentiu minha hesitação, passou a brincar comigo. É algo extremamente comum, e, ainda que refute quaisquer alegações de transtornos químicos como depressão, transtorno bipolar, esquizofrenia (transtornos de eixo I), serve para confirmar meu diagnóstico dos outros tipos, os transtornos de eixo II. (Os transtornos de eixo I são, de forma simplista, mau funcionamento químico do cérebro. Os transtornos de eixo II são distúrbios de personalidade. São causados pela falta, ou pela malformação, de traços normais de personalidade humana, como empatia e capacidade de criar laços saudáveis. Eles caem num espectro que começa com o transtorno de personalidade e termina com os sociopatas. As definições, em minha opinião, são, de certa forma, amorfas. Muitos deles são imunes a tratamento.) Esse paciente era um sociopata.

Minhas histórias de Somers encheriam vários volumes de livros, e devo confessar humildemente que eu nem sempre era tão eficiente em detectar os verdadeiros pacientes dotados de transtornos de eixo II. Eles não andam pelas ruas de lugares como Fairview. Na verdade, raramente procuram tratamento. Eles não acreditam que estejam doentes, mas percebem que os outros os consideram diferentes. Podem ser muito hábeis ao esconder o comportamento para se misturar e, mais importante, para conseguir aquilo de que precisam desesperadamente. É apenas em instituições correcionais, prisões e unidades psiquiátricas que um médico os encontra em quantidade suficiente para afiar as habilidades necessárias tanto para identificá-los quanto para tratá-los.

Quando comecei meu trabalho em Somers, eu não estava à altura da tarefa. É difícil aceitar os erros que cometi ao longo do primeiro ano. Talvez por um pouco mais de tempo. Minha pior transgressão foi com um paciente chamado Glenn Shelby. Eu o tratei por cerca de seis meses, e a finalização foi no outono antes do estupro de Jenny. Glenn estava cumprindo uma pena curta por roubo. Ele sofria de duas condições mentais primárias, nenhuma muito perceptível para leigos. Cruzando com ele no dia a dia, ele se revelaria carinhoso e curioso. Demonstraria um profundo interesse pelo interlocutor e em qualquer assunto que compartilhasse com ele. Em mais de uma ocasião, até mesmo eu me vi indo além do que pretendera com Glenn. Ele fazia perguntas como uma menina adolescente fofocando com as amigas, perguntas detalhadas que o levavam a se abrir mais do que era razoável dadas as circunstâncias. Ele o adotava como um amigo, e, apesar de ser desconfortável às vezes, como se ele estivesse desesperado para ficar mais próximo de você, ele também percebia isso antes que você o cortasse. Então, ele ajustava o comportamento apenas o suficiente para manter você preso. No fim, seu desconforto ultrapassaria a capacidade dele de fazer os ajustes, porque a necessidade que ele tinha de criar intimidade com você, como um amigo ou um amante, era guiada pela personalidade borderline. Essa era a primeira condição de saúde.

Glenn também tinha uma forma de autismo. Digo "forma" porque ele nunca foi avaliado por um profissional treinado antes de os sintomas borderline virem à tona. O autismo também tem um espectro. Detectei as características a partir de seus maneirismos. Ele era um homem brilhante, muito competente em imitar o comportamento normal. Mas eu estava, felizmente, habilitado a fazer o diagnóstico. A inteligência, aliás, é vista com frequência em pacientes com uma ou outra das condições.

Os pais dele tinham um relacionamento abusivo, explosivo. Ele mesmo, além de presenciar as brigas agressivas dos pais, apanhou. A mãe dele era alta e forte, assim como Glenn. Os pais não tinham tempo nem inclinação para notar como ele era diferente das outras crianças. Seu comportamento aberrante era o gatilho para a punição que os pais lhe infligiam.

Antes de parar na prisão, Glenn medicara a superestimulação causada pelo autismo com uma variedade de drogas ilícitas. Quando ficou sem dinheiro, usou uma arma de brinquedo para assaltar um caixa numa lojinha de conveniência em Watertown. Glenn não conseguia trabalhar fixo em um lugar por muito tempo. No início, havia apelo em sua inteligência, mas ele deixava as pessoas desconfortáveis e, em geral, era despedido em poucos meses.

Eu fiz meu melhor por Glenn. Tudo o que pude. Ele se recusou a aceitar medicação. Não achava que estava doente. O que ele queria era terapia, uma chance de ter uma conexão segura com outro ser humano, o que pode ser um esforço perigoso na prisão. Eu desejava ajudá-lo com isso. Ele era alvo de abuso de outros prisioneiros por causa de seu temperamento esquisito e por procurar intimidade emocional num ambiente onde algo assim é interpretado como ambíguo. Imagino que alguns dos prisioneiros tenham sucumbido aos talentos dele, confidenciando mais do que deveriam a respeito de seus crimes. Ele era frequentemente acusado de ser "X9". Acredito que seu tamanho físico e sua força o impediram de ser assassinado.

Glenn Shelby foi o paciente que não consegui salvar. Ele se suicidou. Certamente por isso me estendi falando sobre o caso. Porque eu falo bastante dele, ponto. Os vários meses em que tratei dele não foram tempo suficiente para que eu, com minha inaptidão, entendesse a profundidade de suas condições médicas.

Eu pensava no paciente que tinha acabado de ver na volta para casa naquele dia e tentava desviar meu pensamento do desapontamento profundo que aquilo me causava. Desapontamento comigo. Como era fácil para mim agora enxergar através desse sociopata. Ele estava além de qualquer ajuda. Mas Glenn... Acredito que a situação dele fosse outra. Se ele entrasse pela porta do meu consultório naquele mesmo dia, eu teria sido capaz de ajudá-lo. Salvá-lo. O mundo não é um lugar justo.

Você pode se perguntar por que escolho mergulhar em tamanha imundície toda semana. Minha mulher acha que tem a ver com minha criação. Meus pais me levavam a abrigos de crianças. Acho que era porque eles só tinham dois filhos – e por dez anos só eu. Minha irmã foi um milagre, disseram. Os médicos acreditaram que o útero de minha mãe fora danificado durante meu parto difícil e não poderia mais acolher um feto. Ela sofreu muitos abortos. Conversamos bastante sobre isso para entendermos por que abriram nossa casa a estranhos. Eu nem me lembro o nome de todos eles – nem mesmo do rosto. Eu não gostava de dividir meu espaço com esses estranhos. Eu me ressentia deles por pegarem recursos que deveriam ter sido meus, o amor de meus pais, dinheiro, comida. Mas eu era apenas uma criança, e as crianças são egoístas. Ainda assim, minha mulher me diz, tal como meus pais quando os encontramos em nossa visita anual, que é o espírito generoso deles que vive em mim. Penso nisso toda vez que dirijo para o norte em direção a Somers.

O rádio estava ligado. O jogo do Knicks terminara havia pouco e estavam transmitindo o noticiário. Escutei o nome, mas sem prestar atenção. Então, ouvi a descrição do carro e a referência ao estupro em Fairview na última primavera. Não mencionaram os Kramer, já que essa é a política da mídia em relação a vítimas desse tipo de crime. Mas todos sabiam. Só houvera um estupro. Só havia um Civic azul. E agora tinham o motorista.

Meu pesar por Glenn Shelby e pelas injustiças do mundo fugiu de minha cabeça instantaneamente, e eu passei a ouvir cada palavra. Acessei minhas mensagens de voz. Eu tinha várias mensagens aguardando, o que é comum; em geral, espero até a noite para escutá-las, já que algumas vezes tenho de anotar informações. Mudanças em horários de consulta e coisas assim. Hoje elas eram todas a respeito da prisão – Tom Kramer, Charlotte Kramer, detetive Parsons, todos me ligaram para contar o que havia acontecido. Os Kramer disseram que estavam ansiosos por me encontrar e discutir o que isso significaria para Jenny, se podíamos usar o rosto ou as roupas de Demarco para tentar recuperar as memórias dela. A ideia daquilo era horripilante, e escutei impacientemente porque queria ligar de volta para eles e rogar que mantivessem Jenny longe de imagens desse homem. O poder da sugestão era a maldição de nosso trabalho. Arruinaria tudo. Foi então que ouvi a última mensagem, e meus pensamentos se desviaram uma última vez. Era de minha mulher.

CAPÍTULO TREZE

Minha mulher se chama Julie Marin Forrester. Eu a amo. Parece falso dizer isso depois de eu ter pregado tanto sobre como o amor é nebuloso. Como não significa nada, exceto no contexto da pessoa que está "sentindo". Como significa algo diferente para cada um de nós e, por conseguinte, é sem sentido em alguns aspectos. De que forma a mais posso descrevê-la? Não a admiro. Ela não é particularmente habilidosa em algo específico, embora seja bastante competente em administrar nossa família. Fez faculdade (não direi qual para não ofender qualquer um que eventualmente seja aluno), mas não acho que aprendeu muito. Ela era bastante sociável. Morava numa residência para moças. Formou-se em inglês, o que significa basicamente que ela leu uma porção de romances. Foi, na maior parte, um exercício passivo para ela.

É estranho pensar tanto em meus sentimentos por minha mulher. Se eu me fizer as mesmas perguntas que faço aos pacientes, certamente não soa como amor. Sinto-me intelectualmente superior a ela. Não há por que esconder essa sensação. Raramente tenho pacientes que não sabem como se sentem sobre esse assunto. Tomo todas as decisões que envolvem raciocínio e ponderação de custos e benefícios. Quanto de nossa aposentadoria investir em ações. Quando rever nossa hipoteca. Que empreiteiro usar para consertar o telhado. Ela toma as decisões que envolvem aquilo de que nossa família gosta. Que tipo de flores enviar a minha mãe no aniversário dela. Que cor de casaco de esqui nossa filha prefere ganhar no Natal. Que filme nosso filho poderia ver no aniversário dele. Eu tomo as decisões que envolvem a disciplina e a motivação de nossos filhos. Isso fica sob minha responsabilidade.

Ela é muito atraente. Nós nos conhecemos em Nova York quando eu fazia residência. Ela trabalhava como garçonete enquanto estagiava numa editora de livros. Ela lia manuscritos o dia inteiro em um escritório sem janelas e depois servia homens de negócio ricos num restaurante especializado em cortes de carne, em Midtown, até duas da manhã. Julie vivia muito bem para uma jovem universitária. Ela não se constrangia em usar seu visual para incrementar as gorjetas. Às vezes ela não escapava de uma mão boba apertando seu traseiro enquanto passava por uma mesa nem de um carinho no braço quando se inclinava para pegar um prato. Não fico enojado por sua atitude maquiavélica. Acredito que esteja relacionada à forma simplista com que ela lida com quase todos os aspectos da vida. Ela nunca pensou duas vezes nos toques não solicitados dos autointitulados babacas que têm aliança, mas consciência insuficiente. Era um dinheiro fácil para ela.

Talvez seja isso o que quero dizer quando falo que a amo. Ela é simples. Ela enxerga as coisas de forma simples. Nunca me pergunto se ela está escondendo um plano secreto ou me manipulando de um modo que não vou entender por vários meses. O dia inteiro escuto a respeito de mentiras, segredos, conspirações e falta de confiança. Esses são meus dias em Fairview. Quando passo pela porta me sentindo orgulhoso por um dia de trabalho árduo, me sentindo satisfeito de ser um provedor para essa casa e para todas essas coisas para minha família, Julie está lá, tomando conta de nossos filhos, tomando conta de nossa casa, tomando conta de mim. Ela em geral me ignora até que as crianças estejam alimentadas, o dever de casa esteja feito e tenhamos lavado a louça. Depois, senta-se comigo para tomar uma taça de vinho e me conta sobre seu dia simples; vejo que ela está feliz. O conforto que isso me dá é indescritível. E eu me sinto feliz na companhia dela. Eu me sinto valorizado e cuidado. Por isso, eu a amo.

Antes que você ache que parei nos anos 1950, vale dizer que minha mulher dá aula na faculdade comunitária de Cranston, encontra as amigas para jogar tênis ou almoça e mima a si mesma com algumas horas de leitura, uma pedicure ou outra coisa que ela ache aprazível. Ela não é uma empregada da família. Ela é livre para fazer o que quiser. Na verdade, encorajei-a a correr atrás de mestrado para podermos ter conversas mais sofisticadas.

Há um aspecto da vida que não é simples para ela. Mencionei antes o medo que Julie tem de coisas ruins acontecerem a nossos filhos. Como ela imagina os piores desfechos possíveis antes que consiga vencer o medo. Minha esposa perdeu os pais quando tinha trinta e poucos anos. Eles a tiveram com quarenta e poucos, então não foram mortes prematuras. Um morreu de enfarte. O outro, de derrame. Considerei a possibilidade de fraquezas genéticas, já que isso afetaria meus próprios filhos e poderia ser motivo de algumas precauções. Mas concluí que essas doenças foram mais resultado do tempo e de um estilo de vida sedentário que os pais dela levavam. A perda, ainda que normal de um ponto de vista estatístico, foi difícil para Julie. Seu único irmão mora no Arizona com a esposa. Eles não têm filhos. Nosso núcleo familiar é tudo o que ela tem, e a morte dos pais a deixou bastante consciente de que as pessoas que amamos de fato morrem. É incrível como perdemos isso de vista. Talvez a vida fosse insuportável se não o fizéssemos.

Eu percebi a preocupação de Julie pelo seu tom de voz. Estava ofegante e um pouco mais aguda que o normal. Ela tentou, sem sucesso, esconder o pânico.

Oi, querido. Espero que seu dia esteja indo bem. Só queria saber se você escutou as notícias sobre a prisão. Tenho certeza de que sim, está passando na televisão o tempo todo. Provavelmente no rádio também. Bom, aparentemente eles querem falar com toda a garotada de novo, com os que estavam na festa naquela noite. Tenho certeza de que eles só querem ver se algum deles consegue confirmar que o homem que prenderam era o mesmo parado na Juniper Road. Nada de mais, certo? Mas me ligue. Laura Lyman falou que eles devem contratar um advogado para ir com o Steven. O nome dele é Mark Brandino. Talvez devêssemos pensar nisso para o Jason? Bom... Aguardo, tá, querido? Eu te amo. Dirija com cuidado. Me dê uma ligada, tá? Tchau.

As palavras dela foram como um banho de água fria. Eu não havia pensado muito a respeito de Jason estar na festa naquela noite. Havia mais de cem estudantes lá, quase metade da escola, incluindo a maioria da equipe de natação do colégio dele.

Jason é nadador. Ele é um excelente nadador, na verdade. Houve boatos de uma oferta precoce da faculdade de Michigan, talvez até Penn. Ele vai precisar da natação, pois tem notas medianas. Ele trabalha duro, então esse realmente é o diferencial acadêmico dele. Eu sabia que isso podia ser uma questão quando me casei com Julie. Eu colocaria o QI dela em torno de cem a cento e dez. Encontrei uma correlação negativa entre níveis de QI excepcionais e estabilidade emocional. O mesmo serve para instintos de criação. Não parecia haver sentido em ter filhos brilhantes se a mãe não pudesse dar a eles uma quantidade apropriada de afeição. E, de fato, meus filhos são bem ajustados, cativantes, populares, atléticos e bastante competentes intelectualmente. Acredito que isso vai dar a eles um tipo de felicidade que sempre me faltou.

Jason é um jovem maravilhoso. Você pode acreditar em mim ou não. É a verdade objetiva. Se eu lhe dissesse que ele é o melhor garoto de dezessete anos do mundo, então você poderia questionar minha objetividade. E estaria certo. Não acredito que ele seja o melhor garoto da idade dele, apenas sinto que ele e tudo o que ele diz e faz (quase tudo, afinal, ele é adolescente) têm valor, e me vejo desde já aproveitando sua presença ao máximo antes de ele ir para a faculdade, o que deve ser daqui a um ano, como minha filha fez há dois anos. Esse é meu lado paterno, uma pessoa objetiva em mim vê que ele é um jovem maravilhoso.

Ele é gentil. Senta-se conosco para jantar e conversa sobre o mundo com compaixão e compreensão. Discutimos tudo, de Oriente Médio e terrorismo a economia. Às vezes, por ele ser tão jovem e ainda ter tanto a aprender, dou risada das conclusões a que chega. Ao menos ele se importa o bastante para pensar e esboçar raciocínios. Toda manhã ele acorda com um sorriso, conta piadas no café, canta baixinho alguma música nova. Ele vai para o colégio, vai para a natação, volta para casa na hora do jantar, depois estuda e dorme; no dia seguinte, tudo de novo. Sim, às vezes ele fica grudado no celular conferindo mídias sociais ou vídeo games, mas isso não me alarma tanto quanto a algumas pessoas. Esse é o mundo dos jovens, que podem muito bem se adaptar à realidade. Tratar a relação deles com a tecnologia como um vício e limitar a exposição não é a solução. Eles vão acabar sem as habilidades que já estão se tornando necessárias para o ambiente de trabalho e sem a desenvoltura social da própria geração.

Eu sei que insisto nessa analogia, mas passei a enxergar esses anos de adolescência como um projeto em construção. Digo aos jovens pacientes e a meus próprios filhos que essa não é a vida deles. Ainda não. O que eles estão fazendo agora é a construção de uma casa. É a casa onde morarão pelo resto da vida, então é melhor fazerem com cuidado. Eles serão capazes de remodelar, redecorar e reparar, mas não de reconstruir. Tudo o que colocarem nessa casa – cada cicatriz emocional de um relacionamento ruim, cada perversão sexual a que cederem, cada oportunidade que assegurarem para si, cada droga que permitirem interromper o amadurecimento de seu cérebro em crescimento – estará para sempre na base daquela casa. Os neurocientistas vivem mudando a conclusão, mas o cérebro humano cessa seu desenvolvimento em torno dos vinte e cinco anos. O que acontece no cérebro entre a puberdade e a metade dos vinte anos, enquanto ele está amadurecendo, a formação, envolve correr um risco maior e sofrer influência de outros. O centro de recompensa tenta entender que comportamentos levam a recompensas para que possa assentar alguns fios, alguns tijolos. Esses tijolos se tornam parte da base e estão lá para ficar. Se esses tijolos lhe dizem para gostar de álcool, cocaína ou atos sexuais pervertidos, você vai lutar com esses desejos pelo resto da vida. E, é claro, uma criança que detona suas notas e acaba numa faculdade inferior vai para o fim da fila no momento de procurar um emprego. Tudo importa.

Se um paciente não consegue ter ereção com a esposa, minha primeira pergunta é se ele usa pornografia. Minha segunda pergunta é quando ele começou. Invariavelmente, quando era adolescente. Se tenho um paciente viciado, minha primeira pergunta é quando ele começou. Resposta: quando era adolescente. Se tenho um paciente que sofre abuso do cônjuge, minha primeira pergunta é quando foi abusado por um dos pais. Resposta: antes de sair de casa, aos dezoito anos.

Meu filho está construindo uma casa sólida. Sei que ele bebe aos fins de semana. Tenho certeza de que é de forma moderada. Ele não usa drogas. Sei disso porque conheço usuários de drogas. Sei identificar em trinta segundos quando alguém está doidão. Tenho contato suficiente para saber. Não é nenhuma ciência dificílima, apenas experiência. Minha filha, que também amo profundamente, construiu uma boa casa para si, apesar de ela ser mais como a mãe. Ela não quer ser incomodada com assuntos que não têm impacto imediato em sua vida. Mas é engraçada, adora diversão e proporcionou leveza à família antes de ir para a faculdade.

Minha esposa fica de olho em nosso filho. Ela é mais desconfiada do que eu. Se ele fizer algo para minar a construção da casa, ela vai descobrir. Até agora, suas operações encobertas não revelaram nada além de pornografia na internet. Ela estabeleceu várias restrições virtuais. Tive uma longa conversa com Jason. Foi isso. O zelo de Julie me gera grande conforto. E, quando ela está preocupada, sei que não é em vão.

Desliguei o rádio e deixei que os medos dela tomassem conta de mim. Senti-os escorrendo para dentro e, então, se multiplicando, até que minha mente cambaleasse. Jason já fora interrogado pela polícia. Também tínhamos falado com ele sobre aquela noite, o que ela significava e como ele precisava ficar seguro, tanto de ser ferido quanto de ferir os outros. Conversamos sobre consentimento e sobre estar com garotas embriagadas. Quando aquilo aconteceu, quando soubemos do estupro de Jenny Kramer, minha esposa pensou sobre nossa filha na faculdade e sobre o que faríamos se tivesse acontecido com ela. Eu não tinha pensado nisso, até Julie colocar a ideia em minha cabeça; depois, esse pensamento horrendo ficou lá por três semanas, foi insuportável. Também foi Julie que ficou pensando sobre Jason: e se ele soubesse quem foi, mas não quisesse dizer? E se fosse acusado falsamente? Esse pensamento fora menos perturbador. Eu conhecia meu filho. Ele seria a última pessoa na lista de suspeitos de qualquer um. Ainda assim, os medos de minha esposa eram contagiosos.

Há um tipo de amor que é incondicional: o amor pelo próprio filho. Falei sobre isso quando discuti a infância de Tom Kramer, lembra? Tanto pelo ponto de vista experimental quanto pelo clínico, sei que – e não é apenas uma crença – somos geneticamente moldados para morrer por nossos filhos. Se estamos dispostos a morrer por eles, precisamos sentir lá no fundo que eles são merecedores de nossa morte. Por isso, devemos vê-los como mais dignos do que todos os outros pelos quais não estamos dispostos a morrer. Para a maioria de nós, à exceção dos soldados, que são treinados para morrer pelos outros, "todos os outros" são realmente todos os outros no mundo. Dizemos que morreríamos pela esposa ou pelo marido, ao menos as pessoas dizem isso, mas não acredito que seja real. Não acredito, naquele momento crucial, que haja um marido que se jogaria na frente de um ônibus para salvar a esposa. Nem há mulher que faria isso para poupar o marido. Apenas por um filho.

Apenas por um filho.

Era nisso que eu estava pensando quando os medos de Julie cresciam dentro de mim. Jason. Tenho de proteger meu filho. Eu só ainda não sabia do quê.

CAPÍTULO CATORZE

Não telefonei para minha mulher. Em vez disso, liguei para o detetive Parsons. Tenho o celular dele, e ele sempre atende quando vê meu número. Pela primeira vez, menti para ele.

— Ouvi dizer que vocês fizeram uma prisão. Que notícia maravilhosa! — falei. Ele confirmou as informações. Estava extremamente empolgado e aliviado.

— Depois queria que você me deixasse por dentro. Você sabe como seria importante para Jenny.

Não era mentira. A mentira estava na motivação que minhas palavras implicavam. Não que eu não me preocupasse com Jenny, mas o medo de minha mulher estava me devastando.

Parsons me contou sobre a prisão e sobre Cruz Demarco, que tinha ficado de bico calado até que tivesse um advogado. Eles esperavam que ele conseguisse uma indicação da defensoria pública. Eu lhe disse que não queria que nenhum dos Kramer visse o rosto dele, nem ao vivo nem por foto. Ele falou que não haveria liberação do nome nem da imagem de Demarco. Prometeu falar com os Kramer antes de soltar qualquer informação à imprensa. Concordei em ligar para eles assim que desligássemos para tomar mais precauções. Jenny não podia ter a memória comprometida por influências sugestivas.

Então ele me contou sobre o novo encontro com o filho do vizinho, Teddy Duncan, que avistara o Civic azul na noite do ataque.

Teddy. Que peça rara. Mas aí você conhece a mãe dele e entende, sabe? Na última vez em que o vi, ele era um fedelho chato; agora que é um adolescente, que babaquinha. Acha que é algum tipo de celebridade porque viu um carro enquanto perseguia o cachorro. Ficou lá sentado como se eu o estivesse entrevistando para a revista People *ou algo assim. Enfim, o garoto me conta a mesma história. Os pais dele lhe deram um filhote de cachorro de presente de Natal. Um beagle. A mãe conta que era como um pesadelo, o cachorro mastigava todos os móveis, mijava e cagava pela casa inteira. O acordo era que Teddy deveria cuidar dele. Esse era o ponto. O moleque estava em apuros na escola, notas ruins, matava aula. Durante todo o nono ano. O orientador sugeriu dar um animal de estimação pelo qual ele fosse responsável. Convenceu-os de que funcionaria. Mas o pequeno Teddy não dava a mínima, sabe? Eles colocaram uma cerca em volta da casa. A mãe preferia que não fosse elétrica; diz que cria campos de força que causam câncer. Não tive coragem de dizer a ela que os vinte e cinco quilos extras dela tinham mais chance de matá-la do que uma cerca para o cachorro. Então, o animal passou a cavar buracos por baixo da cerca a fim de sair para desvendar novos territórios, perseguir esquilos e tal. No dia da festa, o jardineiro apareceu e preencheu os buracos, então eles acharam que estava resolvido. A mãe deixou o cachorro no quintal, e uma hora depois ele escapou de novo. Acho que tinha um buraco camuflado por algumas folhas secas e outros objetos. Na sequência, a mãe gritou para Teddy ir ao encontro do cachorro. Foi aí que ele saiu procurando.*

Aquilo foi por volta de oito e quarenta e cinco da noite. O garoto ficou na mata por alguns minutos chamando o cachorro, que não apareceu. Ele prestou atenção para escutar o farfalhar das folhas. Acho que às vezes isso funciona, sabe, ele pode ouvir o cachorro correndo. Mas naquela noite ele não ouviu nada porque havia o barulho da festa na casa ao lado. Música, risadas e palmas. Eles estavam brincando de jogos com bebidas, então tudo isso fez sentido. Teddy desistiu e voltou para a Juniper Road. Ele andou ao lado da faixa divisória de pistas, no meio da rua, na direção da festa. Foi quando ele viu o Civic. Disse que chamou atenção porque era "gueto".

Dá para acreditar nisso? Que metidinho a besta. Perguntei se ele olhou dentro do carro. Ele jura que não havia ninguém. Disse que conseguia ver bem porque havia um casal "dando uns amassos" no banco de trás de um Suburban que também estava parado na Juniper. Havia postes de luz na rua. Todos estavam acesos naquela noite. Então, mostramos fotos da traseira de alguns tipos de Civic, com placas diferentes e tons de azul ligeiramente diferentes. Ele escolheu o de Demarco. Disse que se lembrou de alguns números da placa.

— O que ele não conseguia antes, certo? — perguntei.

Sim, mas acho que vê-los ativou a memória dele. Mostramos dez carros, dez placas.

— Todos eram azuis? Os carros? Se os outros tivessem a cor errada, certamente pode ter sido por que...

Cacete, doutor. Deixe o defensor público fazer a defesa. Temos um garoto que viu o carro dele e ninguém dentro, bem próximo da hora do estupro. O carro estava lá, mas vazio.

— Ainda que tenha sido esse cara, Demarco, ele podia estar lá dentro, vendendo drogas. Tenho certeza de que é isso que ele vai afirmar.

Parece que o senhor não acha que esse seja o cara. Jenny lembrou-se de algo?

Parsons estava muito na defensiva, como se tivesse algo pessoal em jogo para enquadrar Demarco. Eu nunca o vira como um homem ambicioso. Imagino que ele quisesse que o dilema acabasse, Tom atormentando sem trégua, as suspeitas prolongadas de que o agressor andava livremente por Fairview. No entanto, essa avidez parecia afetar sua atenção aos detalhes. Eu queria que as acusações colassem. Eu queria que tudo acabasse. Mas até eu sabia quantos buracos essa história tinha.

Tive de me segurar para não responder à pergunta sobre Jenny. Ela tinha se lembrado de algumas coisas, mas não era por causa disso que eu telefonara.

— Não, e não tenho opinião sobre o suspeito, exceto prever os próximos passos da investigação. Você vai ter de verificar onde ele estava, dentro ou fora da casa, imagino.

Já começamos. Os garotos e as garotas da festa estão dando um novo depoimento. Mesmo que ele nunca tenha botado os pés dentro daquela casa, alguém falou para ele da festa e que ele devia dar uma passada para vender aquela merda para eles. É o único jeito de esse cara saber onde estar e quando. E eu apostaria que ele fez algumas vendas antes de ver Jenny na mata. Essa é a outra coisa. Teddy nos mostrou mais ou menos onde o Civic estava parado. Não dá para ver a mata de lá. Há uma fileira de arbustos. Ele estaria indo à casa ou saindo de lá – ou, pior, olhando de dentro da casa para vê-la indo pelo gramado. Mas não estou desistindo dele. De jeito nenhum! A última coisa que quero é perder essa pista.

— Sei. — Àquela altura, eu estava perdido em meus pensamentos e nos medos da minha mulher.

Alan? Está me ouvindo?

— Sim, desculpe. Estou na estrada. Obrigado pela atenção. Preciso ligar para os Kramer agora.

Parsons se despediu e desligou. Tirei o número dele da tela e fiz uma ligação. Não era para os Kramer.

O telefone tocou. Uma mulher atendeu.

— Escritório de advocacia de Mark Brandino. Posso ajudar?

Quase desliguei. Meu coração batia acelerado. Os pensamentos eram absurdos. Os medos, irracionais. Nada disso importava. Era o meu filho.

CAPÍTULO QUINZE

VOCÊ QUER SABER O QUE tem o meu filho. Mas não daria para entender nada sem antes saber sobre a terapia de Jenny, e para isso é preciso retomar a história de Sean Logan.

Comecei a trabalhar com Sean alguns meses antes do estupro de Jenny. Era quase fim do inverno. Sean nunca usava casaco. Ele dizia que estava sempre com calor. Apesar disso, quando entrou pela porta de meu consultório na primeira vez em que nos vimos, ele estava tremendo. Eu me lembro da cena com excepcional clareza.

Sean me procurou porque estava desesperado. Como já foi dito, ele tinha perdido o braço direito numa explosão de bomba no Iraque. Um companheiro morreu ao lado dele. Depois, Sean recebeu o tratamento e, então, quase não tinha lembranças do acontecimento. Sofria de depressão e ansiedade severas, as quais eram exacerbadas por sua angústia oculta. Ele não teve o transtorno de estresse pós-traumático de que a maioria das pessoas tem conhecimento por filmes e artigos em revistas, aquela reação exagerada ao estímulo remanescente do combate. Você se lembra de como expliquei o sistema de arquivamento do cérebro? Como respostas emocionais a acontecimentos levam a mente a categorizar as memórias? De forma simples, a experiência emocional extrema do combate leva as memórias daquele acontecimento a serem arquivadas no armário de metal, com luzes de neon e alarmes. É a forma de o cérebro dizer: *Não se esqueça de que, quando essas coisas acontecem, você pode morrer!*. Assim, qualquer estímulo que lembre remotamente o combate dispara a resposta química de luta ou fuga, o dilúvio de cortisol e adrenalina que faz você reagir ou reagir ao extremo. Quando você se encontra num estado constante de pânico químico, seus "nervos ficam em frangalhos". Essa é uma expressão coloquial. Seu corpo é alterado fisicamente, seu coração bate mais rápido para levar sangue aos músculos, suas pupilas se dilatam para focar a atenção, açúcar é produzido para consumo imediato de energia. É estresse físico. Não precisamos complicar mais do que isso.

O processo da terapia não é um passeio no parque, mas tem uma metodologia e um caminho envolvendo dessensibilização – em certo sentido, rearquivando a memória. Toda vez que recordamos algo, essa lembrança é alterada e, então, retorna ao arquivamento no estado alterado. É a chamada reconsolidação. Os soldados são expostos a estímulos de combate num cenário seguro e confortável. Com o tempo, eles conseguem fazer o cérebro desligar as luzes de neon e os alarmes e reconhecer a diferença entre um balão estourando e um tiro. O cérebro do paciente começa a funcionar sem associar os fatos da lembrança à dor ou ao medo.

Isso não era possível para Sean porque ele não estava lidando com uma resposta a uma memória factual arquivada. Tratava-se de uma resposta física e emocional que não tinha fatos ao quais se associar. Tive pacientes que acreditavam em reencarnação. Eles me diziam sentir coisas que não deveriam sentir, dado o curso da vida. Eles me diziam que a única explicação é que experimentaram coisas em vidas anteriores que deixaram esses sentimentos.

Não vou me estender divagando para comentar minhas opiniões a respeito do sobrenatural. Desenvolvi uma tolerância em relação aos pontos de vista dos outros para que eu não os deprecie inadvertidamente. É preciso um tremendo esforço. No entanto, creio que esses pacientes servem como uma boa comparação ao que Sean e Jenny experimentaram. Sentimentos poderosos não arquivados. *Por que tenho tanto medo da água? Por que gaguejo quando sinto cheiro de grama? Por que tive um* déjà-vu *quando fui a Nova York pela primeira vez?* São algumas das perguntas de meus pacientes. É claro que em geral chego à resposta sem me valer do absurdo, mas não precisamos nos preocupar com isso.

Sean tinha questões diferentes: *Por que quero socar a parede quando pego meu filho no colo? Por que tenho vontade de jogar minha mulher do outro lado da sala quando ela toca em mim? Por que tenho vontade de gritar o tempo todo, sem razão e para ninguém?* Os gatilhos eram benignos e não se pareciam com nada que ele tivesse visto em sua missão. Ele os chamava de fantasmas, sentimentos que vagavam dentro dele, procurando um lugar para descansar.

E Jenny: *Por que sinto como se minha pele estivesse formigando, como se eu quisesse arrancá-la do meu corpo? Por que esfrego a cicatriz do entalhe que ele fez na minha pele com aquele graveto? Por que meu estômago sempre está queimando?* Como o de Sean, o corpo de Jenny produzia substâncias químicas em reação à resposta emocional que não tinha um gatilho particular, tampouco um gatilho que remetesse ao ataque.

Há um mundo de controvérsias ao redor da recuperação da memória. Alguns pesquisadores (e uso esse termo vagamente porque as pessoas que se inseriram nessa arena variam de neurocientistas celebrados a agressores sexuais condenados) afirmam que memórias não podem ser recuperadas e que as chamadas memórias recuperadas são necessariamente falsas. De fato, tenho certeza de que você ouviu falar em adultos emocionalmente feridos recebendo tratamento de terapeutas e, de repente, "lembrando" que foram molestados por um parente, um professor ou um treinador. Existe até uma organização dedicada a parar a terapia de recuperação da memória.

Há, também, histórias interessantes sobre memórias recuperadas com sucesso, que mais tarde são verificadas por confissões e evidências físicas.

Li muitos estudos, artigos de revista, histórias anedóticas e depoimentos legais publicados ao longo dos anos e estou confortável com minhas conclusões. Há duas questões: a primeira é que memórias são arquivadas. A segunda é que memórias arquivadas devem ser recuperadas para ser "lembradas". Ambos os processos envolvem a estrutura física e as substâncias químicas do cérebro. As memórias podem ser arquivadas e, subsequentemente, perdidas ou apagadas. Elas também podem ser guardadas, mas mal arquivadas e, por isso, difíceis de recuperar. Esses dois acontecimentos são formas de "esquecer". Eu acreditava, e ainda acredito, que o tratamento dado a Sean e Jenny e agora a outras incontáveis vítimas de trauma não "apaga" todas as memórias do ocorrido. Algumas são guardadas, mas mal arquivadas – e, por isso, são capazes de ser encontradas e recuperadas. E lembradas.

Eu não presumi quais memórias se escondiam no cérebro de Sean nem no de Jenny. Era uma missão de descoberta, a ser feita de forma cuidadosa. Aludi a minhas preocupações sobre sugestões se tornarem memórias durante a reconsolidação e como isso pode corromper o processo de recuperação de memória verdadeira. Dá para ver como isso poderia se dar, não? E se eu dissesse a Sean que o amigo dele morreu em seus braços antes de ele mesmo perder a consciência e contasse como o sangue jorrava de sua boca enquanto ele tentava falar e como o terror inundava seus olhos? Uma mão se estendeu e agarrou seu braço esquerdo e talvez um grito de dor o tenha feito tremer com seus próprios medos da morte. Então ele olhou para baixo e viu o braço direito destroçado, carne entre ossos estilhaçados e ligamentos. Ele soube que nunca mais estaria inteiro. Veja como ele poderia ter pensado que isso era verdade e, então, passado a se perguntar se testemunhou aquilo e no fim sentir e enxergar essas memórias como reais.

Sean e eu juntamos os fatos. Acumulamos relatórios do campo, entrevistas com outros soldados que serviram naquela área e estiveram naquela cidade. Sean falou com os fuzileiros que o salvaram e com os interrogadores que no fim capturaram alguns dos insurgentes e podiam descrever a aparência deles. Tínhamos até fotos de alguns, os que foram mortos. Sean tinha pouco acesso às informações de segurança, mas os soldados estavam dispostos a burlar as regras por ele. Acredito que o processo de falar com esses soldados, de se reconectar com "sua gente", foi terapêutico em si mesmo. Ele sentiu que os tinha a seu lado. Ele também tinha a mulher, o filho e a família. Agora ele tinha a mim.

Logo ele teria Jenny.

Fomos capazes de reconstruir a missão desde o plano original. Sean se lembrava bem desse início, e presumimos que, em campo, ele seguira as ordens. Usamos um programa de computador para construir uma imagem virtual da cidade, quase como num video game. É incrível como essas imagens são realistas hoje. Então, trabalhamos, algumas vezes por horas seguidas, conduzindo Sean pela vila virtual, com o colega ao lado. Tocávamos o áudio retirado de documentários, o som da lama nas botas, as mensagens concisas obtidas pelo rádio. O áudio recriava o que fora ouvido durante sua missão de verdade. Sean preenchia os vazios com ações que sabia que teria tomado. Eu lia um roteiro que recriáramos usando cada informação que recolhêramos. Nada além foi acrescentado.

— Você vira na próxima esquina. Houve um tiro a distância.

O áudio faria o barulho do tiro disparado.

— Médico! Médico! Ah, cacete! Cacete! Miller ferido! O Miller está ferido, cara! Médico! Ah, cacete, não! Não! — Eu lia o roteiro.

Meu coração salta do peito, mas me mantenho firme. Parado, como morto, contra o muro. Olho para cima, para os telhados, olho para as janelas. O atirador não poderia estar tão perto, mas pode haver outro. Eles sabem que estamos aqui. Talvez soubessem o tempo todo e estivessem só esperando. Esse pensamento deve ter vindo. Valancia devia estar cagando de medo. Essa era sua primeira missão de verdade, e ele era meio frouxo. Continuamos andando.

A sessão prosseguia assim até que chegássemos ao lugar onde a bomba explodiu. Tínhamos uma imagem real da rua e da entrada vermelha onde ele e Hector Valancia foram encontrados. Os fuzileiros não acharam escombros indicando o ponto em que a bomba tinha sido escondida. Especulou-se que fora retirada antes de eles chegarem. Levou cerca de vinte minutos para verificarem a área. Pensaram que ambos estavam mortos.

— Há pessoas na rua. Você está chegando perto da porta vermelha. Este é o local onde está o rebelde que você veio capturar ou matar. São apenas você e Valancia agora. Seis homens morreram. Os fuzileiros estão a caminho.

Valancia está me dizendo para recuar. Sei que está. Posso vê-lo em minha mente, seu rosto. Ele puxa minha manga, dizendo algo tipo: "Não é uma boa ideia, cara. Não é".

— Sejamos claros, no entanto. Você não se lembra dele dizendo isso, mas é provável que ele quisesse ir embora.

Sim. Mais do que provável. Estávamos lá fazia cinco minutos, e havia seis homens mortos. Valancia ia partir e correr. Eu sei o que eu estaria pensando.

— O quê?

Mate esse filho da mãe ou morra tentando.

— E Valancia seguiria você?

Nesse momento Sean fez uma pausa, fechou os olhos e engoliu em seco. *Sim. Ele me seguiria. E aí teria a porra da cabeça explodida.*

Ele repassaria os dados que tínhamos, revivendo cada momento o melhor que podia. Procurar essas memórias, esses arquivos, às vezes podia ser enlouquecedor. Era como procurar chaves perdidas em uma casa entulhada. Você refaz seus passos, tenta lembrar a última vez que as usou. Você revira o lugar, procurando debaixo das almofadas e do tapete e nos bolsos de cada casaco e cada calça. Às vezes encontramos pistas, o equivalente a moedas perdidas. Ele se lembrou de Valancia rastejando num buraco pequeno ao longo da estrada suja. E do cheiro de carne cozinhando, embora não conseguisse se lembrar de procurar a fonte, algo que ele certamente teria feito. Uma janela aberta, talvez. Mas o grande acontecimento lhe tinha escapado. Escapado de nós. As chaves de carro, você sabe que não "desaparecem no ar". Para as memórias de Sean, e mais tarde as de Jenny, sempre havia essa possibilidade, então nunca sabíamos quando era hora de parar e desistir da busca. Só vou dizer que o processo de procura parecia ajudar a ambos, e isso fez com que fosse mais fácil continuar o trabalho.

Havia um intervalo de quinze segundos entre o relatório de Sean por rádio, informando que tinham avistado a porta vermelha, e a comunicação seguinte. Aquele segundo relatório, o último, indicava a presença de sete civis na rua, mulheres, crianças, idosos. Sean disse que isso o teria deixado extremamente nervoso. Que ele teria ficado tentado a dar meia-volta.

Eu teria pensado que havia algo estranho, sabe? Todas as outras ruas vazias depois do som de tiros. Mas nessa rua, a rua em que nosso alvo supostamente se escondia, ninguém está com medo? As mães não levam os filhos para dentro? Mesmo depois de nos verem, eles não fogem e se escondem? Reportei o fato, então devo ter visto isso. E, se vi, devo ter pensado em ir embora.

— Você teria ido? Ou teria morrido tentando matar aquele filho da mãe?

Essa era a pergunta a que ele não conseguia responder. Seu lado racional queria acreditar que ele tentara bater em retirada; que não deixara o ego nem a raiva de saber que aquelas pessoas tinham matado seis homens de sua unidade prejudicarem seu julgamento e colocarem a vida de Valancia em jogo. Que ele teria considerado a mulher e o filho e até mesmo a guerra, porque certamente não ia entrar e completar a missão se eles soubessem que ele estava vindo. Ele seria outro soldado morto a ser arrastado pela rua. Um soldado morto não pode lutar. Ainda assim, ele podia sentir a si mesmo se dirigindo àquela porta, gritando e disparando a arma e não se importando com quantas daquelas pessoas ele matasse. Ele podia sentir a raiva. Além disso, ele tinha sido encontrado lá, na frente da porta, não a vários metros dela.

Estávamos presos naquele lugar, e eu me convenci de que era lá que tínhamos que ficar até que ele se lembrasse o bastante do que acontecera. Ele teria que aprender a se perdoar por conduzir Valancia a uma armadilha mortal? Ou a viver com sua decisão de bater em retirada e não capturar alguns dos rebeldes que mataram seus amigos? Passei a acreditar que sua fúria, seu ódio com a mulher e o filho, estava enraizada na culpa. Ele não se sentia merecedor de ser amado, de ter esses confortos; assim, estar com eles deflagrava uma autoaversão. Sem saber, sem lembrar, os "fantasmas" continuariam vagando.

Para mim, profissionalmente, a expressão no rosto de Jenny quando ela o escutou falar de fantasmas foi mais que satisfatória.

Eles se conheceram em um grupo de terapia que eu organizo para vítimas de trauma. Nós nos encontramos toda semana. Havia meses que Sean aparecia nos encontros, e o tratamento dele já durava mais ou menos um ano. Ele estivera muito volátil antes. A decisão de permitir que Jenny participasse não tinha sido fácil, mas eu soube desde o começo de sua terapia que eu seguiria esse caminho. Sim, suas circunstâncias eram complicadas, mas ela era uma vítima de trauma, e minha experiência mostra que toda vítima de trauma precisa de apoio coletivo.

Tom era contra. Ele tinha receio de que ela fosse exposta a linguagem e conteúdo "adultos". Ele não estava errado. As conversas às vezes podem ser explícitas e cruas. Mas é um grupo heterogêneo, e isso tende a manter o tom mais civilizado. Charlotte achava que ajudaria. Ela disse a Tom que ele simplesmente não entendia que as mulheres precisam falar, contar suas histórias e ouvir os outros contando as deles. Duas das pacientes no grupo eram sobreviventes de estupro. Esse desacordo deles aconteceu antes de eu começar a trabalhar com os problemas do casal, antes de Tom encontrar sua voz dentro do casamento, então Charlotte levou a melhor. Essa foi uma vez que fiquei grato por seu domínio.

Eu tinha falado de Sean para Jenny e de Jenny para Sean. Eles estavam ansiosos por se conhecerem nesse ambiente. Como Jenny era novata, ela falou primeiro. Ela não estava com medo, embora tivesse metade da idade da maioria dos pacientes na sala. Ela falou, de forma simples e concisa: *Estou aqui porque fui estuprada. Sou a garota a respeito de quem todos vocês provavelmente leram. Tomei umas drogas para me esquecer do que aconteceu e, de fato, agora não lembro. É difícil não lembrar. Muito difícil. Tentei me matar.*

Não a pressionei para dizer mais. Em vez disso, deixei cada paciente se apresentar, que é a política quando temos um integrante novo. Sean estava em algum lugar no meio. Ele estava ansioso por contar sua história a ela. Depois de relatar os fatos, admitiu os próprios pensamentos suicidas. Então, explicou a respeito dos fantasmas vagando dentro dele.

Sei que não posso viver com eles. O único motivo de eu ainda estar aqui é porque escolho acreditar que posso me livrar deles. Matá-los, assustá-los ou satisfazê-los de alguma forma. Se eu não acreditasse nisso, estaria morto.

Jenny levou a mão lentamente à boca e arregalou os olhos. Conforme Sean explicava a respeito dos fantasmas, sobre como ele precisava se lembrar do que tinha acontecido em frente àquela porta vermelha, vi a esperança se precipitar em Jenny, quase bombeando suas veias, enchendo-a com o sangue que ela tinha derramado no chão daquele banheiro.

Não tenho uma política rigorosa contra pacientes se encontrarem fora do grupo, mas aconselho que limites sejam estabelecidos. Suspeitei que Sean e Jenny se conectariam de alguma forma para compartilhar histórias com mais detalhes. Podemos ficar de lado em grupo, com tantas pessoas e tantos desejos urgentes. O que não previ foi a profundidade da conexão e a série de eventos que se desenrolaria. Jenny e Sean compartilhavam de algo único, algo que ninguém mais nesse grupo tinha em comum. O tratamento não era amplamente utilizado na época. Não havia fórum aberto para encontrar outras pessoas que o tinham recebido, que poderiam sofrer suas consequências. Eles trocavam algo que me escapava; que escapava à família de cada um; que escapava ao grupo.

— E as histórias de outras sobreviventes de estupro? — perguntei a Jenny. — As histórias, os sentimentos delas, ressoam em você de alguma forma?

Jenny deu de ombros. *Sei lá. Acho que sim. Um pouco. Mas não entendo muito daquilo. Quer dizer, entendo, mas não acho que eu tenha os mesmos problemas. Na verdade, não sinto de fato medo de caras. Não me sinto envergonhada. Nem mesmo por me cortar. Sinto raiva disso. Sinto raiva de me sentir tão mal o tempo todo a ponto de querer morrer. Mas não do jeito que elas se sentem. Sei lá. É diferente.*

— Mas não é diferente com Sean?

Ela sorriu e olhou para o chão. Tive receio de que estivesse com vergonha. Tive receio porque significava que ela estava desenvolvendo uma paixonite por ele.

É como se a gente entendesse um ao outro. E ele me faz rir.

— Ele é muito dinâmico. Muito expressivo, não é?

Sim.

— Como vocês se comunicam?

Basicamente por mensagens de texto. Algumas vezes por Skype. Ele não tem iChat. Ele é muito velho.

— Ai.

Desculpe, eu não quis dizer... Sabe, é uma coisa de adolescente.

— Estou brincando, Jenny. Eu sei o que você quis dizer. Com que frequência vocês mandam mensagem e se falam por Skype?

Na maioria dos dias eu acordo e leio algo que ele escreveu no meio da noite. Ele tem problemas para dormir. Em geral, é algo bem triste. Respondo a ele antes de sair da cama. Digo a ele para voltar desse lugar escuro. É uma piada interna que nós temos. Temos muitas. A maioria sobre o tratamento e sobre não ser capaz de lembrar. Ele me chama de Vovó. Coisas assim. Então só depende do que estamos fazendo. É meio que normal, como com Violet. Só que Violet não entende muito do que digo.

— Mas Sean entende.

Sim. Ele entende tudo. Tipo, cada coisinha.

— Você parece aliviada quando diz isso.

Ela não respondeu, só concordou com a cabeça. Eu podia ver que estava com vontade de chorar, mas se segurou. *Quero começar a sessão. Podemos?*

O desejo humano de não estar sozinho no mundo é poderoso. Talvez mais poderoso do que a razão ou a consciência ou o medo.

Eu deveria querer voltar atrás, apoiar Tom Kramer em suas objeções e reconsiderar meu plano de colocar Sean e Jenny na mesma sala. Eu deveria querer isso. Mas não quero. Aquela imagem de Jenny, da esperança, a vida a invadindo novamente, é algo que eu jamais gostaria que fosse embora.

Iniciei o processo de recuperação da memória com Jenny logo depois de ela conhecer Sean. Ele contara para ela o pequeno progresso que fizera e dissera como acreditava que ela se lembraria de mais. Jenny entrou no processo com grandes expectativas, o que tentei, em alguma medida, abrandar. Eu não fazia ideia do que encontraríamos.

Ainda assim, seguimos. Primeiro, focamos em nosso plano, em como coletar os dados de cada fonte que encontrássemos. Os amigos dela. A garotada que a viu na festa, que falou com ela. O casal que a achou na mata. E, é claro, o relatório da perícia. Discutimos como nos conduziríamos pela noite, começando com as partes de que ela se lembrava. Pegaríamos a playlist do garoto que deu a festa e tocaríamos as músicas. Eu a deixaria cheirar os drinques que consumiu, com os mesmos ingredientes. Sabíamos que todos eram à base de vodca. Ela levaria o perfume que usou naquela noite, os cosméticos e até as roupas. Então seguiríamos por cada estágio. Da festa para o gramado. Do gramado para a mata. Depois, a parte mais difícil, cada fase da agressão. O relatório era bem detalhado. E havia um rasto de sangue e roupas.

Sei que soa mórbido, mas você tem que superar. O processo não é diferente do que fiz com Sean. Não é diferente de procurar as chaves do carro.

Jenny estava com medo, mas ansiosa. Os pais dela estavam aterrorizados. No entanto, no dia em que conseguimos a primeira memória, todos viram que eu estava certo.

CAPÍTULO DEZESSEIS

Foi assim que aquele dia se desenrolou.

O detetive Parsons me ligou naquela manhã. Finalmente haviam designado um defensor público a Cruz Demarco, e ele, então, fora acusado. A fiança era de cinquenta mil dólares, e ele estava no processo de conseguir o dinheiro. Demarco não tinha nada a oferecer como caução, e a mãe não falava mais com ele. Duas prisões em dois anos. Ela não encontrava forças para voltar àquela vida. Muito ajuizada. É claro que teria sido mais ajuizado considerar isso vinte anos antes, quando injetava heroína na frente de um menino de sete anos.

Quarenta e oito horas haviam se passado desde a minha volta de Somers. Minha mulher e eu tínhamos nos encontrado com o advogado Brandino. Demos a ele um adiantamento de cinco mil dólares, e em troca ele concordou em falar com Jason e estar presente em qualquer interrogatório que a polícia lhe solicitasse. Ele disse que instruiria Jason sobre o que dizer ou não dizer e o interromperia se ele cruzasse algum limite que não deveria ser transposto. Ele estava representando dois outros garotos que estiveram na festa, e por isso assinamos uma declaração de conflito de interesses. Um deles já tinha sido interrogado. Eles procuravam uma confirmação de que Demarco estivera lá naquela noite, nada além disso. Eu me senti aliviado. Brandino foi muito tranquilizador.

Algo mais tinha acontecido nesses dois dias. O garoto que comprara as drogas de Demarco logo antes de ele ser preso (John Vincent, se você se lembra) fora levado para um interrogatório. Parsons usara a vantagem daquele dia para conseguir que o garoto identificasse Demarco na noite do estupro. Quando ele conseguiu essa identificação, voltou ao suspeito.

Demarco tinha uma história e não se importava de contá-la até certo ponto. Depois que Vincent o entregou pela noite da festa, ele admitiu estar lá. Disse que foi "convidado" por um estudante do último ano que conhecera em alguma boate em New Haven. Disse que foi para "ficar de bobeira". Não admitiria vender drogas, mas havia certo indício de que poderia estar disposto a entregar alguns dos autointitulados punks de Fairview em troca de um acordo. Eu ainda não tinha dito a ele que não era o que estávamos procurando. Não tinha dito a ele que estava sendo investigado por estupro. E o idiota do defensor público só juntou as peças tarde demais.

Parsons rodeou o assunto. Disse que precisava verificar se Demarco estava mesmo lá para, então, pegar Vincent; fez parecer um favor que poderia ser o início de alguma compensação nas acusações de Demarco. Pediu que ele descrevesse a festa, onde estava estacionado, o que viu e ouviu. Disse que precisavam ter certeza de que ele não estava enrolando sobre estar lá naquela noite.

Ele olha para o defensor, que assente com a cabeça. Isso, vá em frente e cave um buraco mais fundo. Que idiota. Não importa o que lhe custe, contrate um advogado decente. Você não ouviu isso de mim.

Demarco descreveu alguns dos estudantes que vira passando. Seu relato incluía o casal que foi para o Suburban fazer sexo, o que era condizente com a história de Teddy Duncan. Ele também viu um garoto adolescente passar pelo carro dele e desaparecer na mata.

Então ele fala isso, e eu penso: "Que merda é essa? Isso é pra valer? Fiquei até zonzo. Ele está brincando com a gente?". Se ele foi o autor do estupro, não havia chance de admitir estar lá apenas para vender drogas. Sem chance. Aquilo me fez começar a pensar que ele só estava lá para vender o bagulho, e que talvez aquele garoto que ele viu tivesse cometido o estupro. Depois pensei: "E se ele quiser que a gente conclua isso? E se ele inventou todo esse negócio de ver esse garoto entrando na mata porque sabe que temos testemunhas que vão colocá-lo na festa, sabe sobre o estupro, talvez seja o estuprador, então por que não sair na frente?". Talvez o defensor seja mesmo um bem-sucedido de Yale nos passando a perna. Merda.

Demarco contou a Parsons que o garoto estava usando um casaco com capuz e um pássaro vermelho estampado. Ele não conseguia se lembrar que tipo de pássaro ou se havia algo escrito também. O garoto tinha cabelo curto, castanho-claro, altura mediana, constituição mediana, um visual atlético. Isso descrevia cerca de cinquenta por cento dos meninos da Fairview High School.

Não sei o que fazer com isso. Não falei nada com os Kramer, mas você sabe o que Tom vai fazer quando descobrir.

— Ele vai querer perguntar a Jenny.

Sim. Eu também.

Eu disse a Parsons que tentaria encontrar uma forma de perguntar isso a Jenny sem comprometer nosso trabalho. Mas, sinceramente, eu não via como. Desde o início de meu trabalho com Sean e Jenny, eu imergira na pesquisa de recuperação de memória, e havia novos relatórios toda semana. Houve um que causara alarme. Um neurocientista em Nova York contou ser capaz de reconsolidar memórias para torná-las falsas, apenas fornecendo fatos detalhados misturados a fios de realidade. Ele dizia às pessoas que elas tinham se perdido no shopping quando criancinhas, algo que nunca acontecera. Tratava-se de um shopping que elas conheciam bem, e a história incluía detalhes, como o jeito que as mães gritaram com o gerente, o que eles estavam usando, o que comeram no almoço. Todos os detalhes eram de histórias verdadeiras. Apenas o último, o fato de que eles tinham se perdido, fora acrescentado. O cérebro acrescentava esse último detalhe às memórias reais de ir ao shopping e, *voilà*, criava-se uma nova memória falsa reconsolidada que eles não conseguiam discernir da verdade. Alguns choravam quando se "lembravam" do medo ao não encontrar a mãe.

Uma coisa é reconsolidar memórias a fim de reduzir o apego emocional. Não vejo nenhum mal nisso, na verdade só vejo o lado positivo. Mas alterar os fatos é completamente diferente.

Você pode imaginar as implicações em meu trabalho.

Jenny teve uma sessão mais tarde naquele dia. Começamos como sempre fazemos, falando sobre quaisquer novos sentimentos que ela tivera, seu estado, sua disposição geral. Sempre me certifico de que ela não esteja voltando à escuridão que a levou ao gesto suicida e de que não esteja usando quaisquer substâncias além dos remédios para ansiedade que prescrevi e que são leves. Nos últimos tempos, eu incluíra perguntas sobre Sean em nossas sessões porque o relacionamento florescente deles passou a ter um impacto profundo nela e porque estava começando a preocupar seus pais. Mudamos de assunto com uma pausa significativa e reconfirmamos que ela se sentia preparada para o trabalho de memória. Ela sempre estava, sem hesitar e com entusiasmo visível. Eu podia ver seu humor melhorando quando ela puxava da bolsa os lembretes que usávamos para voltar àquela noite horrível.

— Como você quer começar hoje? — perguntei.

Com aquele cheiro.

Quão boa é sua memória? Sei que mencionei que uma das poucas coisas de que Jenny se lembrava era de um odor forte. Consegui amostras com um centro de reabilitação física, uma variedade de pedaços de emplastro do tipo "arranhe e cheire" que são usados para pacientes com anosmia (perda do olfato devido a lesão cerebral). Eles os usam basicamente para testar, para ver se há odores particulares que são reconhecidos pelo paciente. Qualquer reconhecimento incita esperança, porque, se não houver nenhum em seis meses, a condição é considerada permanente. É uma condição terrível, que não tem a ver com a terapia com Jenny. De qualquer maneira, os emplastros foram de extrema utilidade para nós.

Jenny mantinha as roupas no colo durante a sessão. Não os artigos rasgados e manchados de sangue daquela noite, mas peças novas que a mãe tinha comprado, réplicas exatas. A saia preta curta, as sapatilhas de balé, o suéter cortado, a calcinha. Tudo exatamente igual. Ela passou um pouco de maquiagem no rosto e nos lábios, os mesmos produtos que sempre usou, inclusive naquela noite. O cheiro era de fruta. Agora sabemos quais músicas estavam tocando durante a festa e naquela hora durante a qual ocorreu o estupro. Não vou entediar você com a lista. É o que qualquer um imaginaria. Demi Lovato, Nicki Minaj, One Direction,

Maroon 5 etc. Com os olhos fechados e a sala escura, tocamos as músicas e a levamos de volta para aquela noite. Soltei os lembretes iniciais até que ela mesma continuasse.

Estou tão feliz de chegar. Eu me sinto bonita. Empolgada. Só consigo pensar em Doug Hastings. Ando com Violet pela cozinha. Procuramos o pessoal do nosso ano. As pessoas nos cumprimentam. Pegamos uma bebida. Olho para cada porta à procura de um sinal de Doug. Violet me cutuca. Ela fala para eu parar de ser tão óbvia. Tento conversar com uma garota que conhecemos e que já está bêbada. Ela parece uma idiota.

Coloquei a tira de papel que cheira a vodca debaixo do nariz dela. Ela inspirou e deixou o aroma se espalhar pelo cérebro. A música estava tocando. Sabemos que canção era: "I knew you were trouble", de Taylor Swift. Jenny se lembrava disso tudo muito bem. Ela me explicou que essa música é sobre um garoto que parte o coração de uma garota e como ela reconhece que deveria ter sido mais esperta. Essa música ainda estava tocando quando Jenny e Violet entraram na sala e ela viu Doug com outra menina. Eles definitivamente estavam "juntos". Falamos brevemente da ironia da canção.

Eu me senti tonta, e não era a bebida, porque eu só tinha tomado alguns goles. Senti como se o mundo tivesse explodido, meu mundo. Meu mundo inteiro.

Jenny e eu conversamos sobre isso muitas vezes. Sou um "homem velho" para os padrões dela, mas posso me lembrar da sensação de ser rejeitado por uma garota quando eu tinha quinze anos. Todos conhecemos esse sentimento, não?

Violet olha para mim, depois para Doug, depois de volta para mim. Ela tenta me fazer rir, dizendo que vai lá chutar o traseiro dele. Ela conta que ouviu que ele tem um pau pequeno. Ela zoa o cabelo dele, como está grudento com gel. Ela o chama de metrossexual. Nada disso importa. Eu não conseguia lidar com o que estava sentindo, então fui à cozinha e comecei a virar doses de vodca.

Jenny começara a adotar o "vocabulário da terapia". É muito comum. Falamos sobre lidar com sentimentos. Sermos capazes de processá-los e redirecioná-los com pensamentos para que percam o poder sobre nosso corpo. É só assim que conseguimos levar a vida.

Jenny continuou com os trechos de que se lembrava. A última cena era ela vomitando no banheiro.

Violet segurou meu cabelo. Eu podia ouvir as pessoas falando de mim, rindo de mim. Alguém batia na porta do banheiro. Violet gritou que fossem embora. Ela falou para caírem fora. Essa música estava tocando, e detesto essa música.

"Moves like Jagger" era a trilha sonora de quando elas estavam no banheiro. Tocou em meu consultório durante a narração desse episódio. Foi aqui que paramos de sentir o cheiro das tiras. Minha suspeita era de que o odor forte de que ela se lembrava era de algo naquele cômodo, o vômito ou o desinfetante ou algum daqueles pedaços redondos de produto de limpeza que deixam a água do vaso sanitário azul. Eu tinha tiras para vômito (sim, existem) e para o desinfetante. Eu tinha um daqueles discos azuis de verdade, da mesma marca usada pela família daquela casa na Juniper Road. Nenhum deles teve uma reação maior do que a esperada (a tira de vômito a fez se encolher de nojo).

Nesse dia, no entanto, eu acrescentei uma. Cloro.

Não pensei nisso originalmente. Não limpo o banheiro. Foi minha mulher, Julie, que teve essa ideia quando confidenciei a ela nosso fracasso com a memória do odor. Repassei a lista de coisas com as quais tínhamos trabalhado. A família me dera uma lista do que se recordavam. Mas, lembre-se, nove meses tinham se passado. Minha mulher pensou a respeito por alguns segundos e aí soltou:

Cloro!

Logo você perceberá a ironia disso.

Testei as tiras e o disco azul com Jenny. Então, apresentei o cheiro de cloro. O cloro tem sempre o mesmo cheiro (a não ser que tenha perfume), em todas as formas, líquido, em pó, granulado, em discos. Ela pareceu surpresa e abriu os olhos.

— É algo novo. Apenas deixe entrar — falei.

Ela fechou os olhos, então inspirou profundamente. A reação veio em questão de segundos, mas posso me lembrar da progressão como se estivesse acontecendo agora, em câmera lenta.

Começou nos ombros dela, que se levantaram até quase tocar as orelhas. Aquilo me lembrou de um gato quando fica com medo, como as costas dele se arqueiam e o pelo fica eriçado. O rosto dela se contorceu, a testa desabando para as sobrancelhas, os lábios se franzindo juntos; os olhos se abriram, arregalados de terror. Ela pulou da cadeira. Os braços se agitaram, punhos cerrados, brandindo para minha mão que segurava o cloro e depois para mim. Ela me acertou no rosto, arremessando meus óculos no chão. Minha bochecha inchou de imediato. O machucado durou vários dias.

E é do grito que mais me lembro.

Jenny ficou de pé no meio do consultório, segurando o estômago, curvada no meio. Suas costas se erguiam e caíam com o ritmo de sua respiração conforme ela gritava de agonia, algo que transbordava de seu corpo.

Tratei centenas de pacientes e vi colapsos de todos os tipos. Homens abriram buracos nas paredes do consultório de tanto socá-las. Mulheres soluçaram. Homens soluçaram. Adolescentes gritaram obscenidades que se equiparavam às de meus pacientes em Somers. Aquilo ia além de qualquer coisa que eu tivesse testemunhado. E eu soube que Jenny estava de volta à mata.

Não a segurei, pois não teria sido apropriado, mas agarrei seus braços para acalmá-la. Ela me empurrou; os braços ainda estavam balançando descontroladamente.

Pare!

Ela gritava sem parar. Ela estava olhando para mim, mas sem me ver. Continuei tentando segurá-la, até que ela cedeu. Conduzi-a ao sofá e a ajudei a se deitar em posição fetal. Mandei uma mensagem de texto para a mãe dela, avisando que encerraríamos cedo e pedindo para ela, por favor, retornar.

— Jenny — falei com cautela. — Onde você estava? Pode me contar?

Ela se abraçou, ainda chorando, mas mais calma. Sua mão estava nas costas, esfregando a cicatriz.

— Feche os olhos. Respire fundo. Não vamos perder esse momento. O que você está sentindo? Pode me dizer? Você quer parar ou continuar?

Ela respirou. Fechou os olhos. As lágrimas corriam. Ela era forte. Incrivelmente determinada. Quando por fim falou, a forma como pronunciou as palavras, e as emoções cruas que escapavam de seu âmago e enchiam a sala... Eu não senti apenas que a entendia. Senti como se eu *fosse* ela naquela noite.

Eu o sinto. Sinto a mão dele em meu ombro, me empurrando para o chão. Sinto outra mão em meu pescoço, como se eu fosse um animal e ele montasse em mim. Ah, meu Deus!

— Certo, Jenny. — Eu mal conseguia pronunciar as palavras. — O que mais você sente? O que mais você vê? Você sente o cheiro do cloro?

Ela balançou a cabeça. *Não tem mais nada! Pra onde ele foi? Quero vê-lo. Quem fez isso? Quem fez isso comigo?*

O ódio parecia ter tomado conta do corpo dela. Ela levantou do sofá e olhou pela sala, freneticamente.

— Do que você precisa, Jenny? O que houve?

Então, ela encontrou. O disco de cloro. Ela o pegou e o apertou contra o rosto. Aquilo a fez se engasgar, é muito forte para ficar tão perto.

— Jenny, pare! Isso pode queimar você, suas narinas e sua garganta...

Ela inspirou o cheiro novamente e, então, caiu ajoelhada. Deu para ver no rosto dela. Era lindo, mas também profundamente devastador. Tínhamos encontrado. Ela tinha encontrado. Uma pequena lembrança daquela noite.

— O que é, Jenny? Do que você se lembrou?

Dói tanto. Posso sentir, ele está me machucando, empurrando mais e mais forte. Posso sentir o cheiro dele. Sinto o cheiro nele. Ele está em cima de mim como se eu fosse um animal. Ai, meu Deus! Eu posso sentir! Não consigo impedir! Não consigo impedir que aconteça! Sinto-o dentro de mim. Não posso ouvi-lo, mas do jeito que ele está... Não sei! O jeito como ele se move. Sou um bicho e ele monta em mim e isso o está deixando... Não sei!

— Você sabe. O que você sabe a respeito dele agora, no momento em que ele está dentro de você?

Ah, meu Deus! Ah, meu Deus! Não posso dizer!

— Apenas diga. Eu já sei, Jenny. Então apenas diga.

Sei que ele se sente satisfeito.

Eu não tinha mais o que dizer.

CAPÍTULO DEZESSETE

Quando Charlotte chegou para buscar Jenny, ela nos encontrou emocionalmente exaustos. Eu disse que havia sido uma sessão produtiva, mas difícil, e que falaríamos a respeito depois. Sugeri que Jenny tomasse um comprimido e dormisse.

Tom e Charlotte apareceram para conversar comigo no dia seguinte. Nas onze semanas de consultas com a família Kramer, eu só tinha conduzido uma sessão com os dois juntos, e apenas para discutir o tratamento de Jenny. Vê-los separadamente havia se provado útil para a família e para cada um deles individualmente, e eu tinha a intenção de continuar nesse caminho. Já disse como me sinto a respeito de terapia de casal. Entretanto, abri uma exceção, dado o extraordinário progresso que Jenny e eu fizéramos na recuperação da memória em relação ao estupro.

A principal preocupação de Tom era encontrar o estuprador e como podíamos usar essa nova informação na investigação. Ele também queria saber por que eu não tinha perguntado a Jenny sobre o casaco azul com o pássaro vermelho. Charlotte estava mais preocupada com o que a memória implicava para Jenny. Depois de seu colapso no encontro com Bob e a aceitação da culpa que carregava por não ver o encaminhamento de Jenny para a morte durante os meses após o estupro, ela focou nisso.

Expliquei a Tom, a ambos, que não apresentaria o casaco azul no processo de recuperação da memória com Jenny depois do que tinha acontecido. Eu passara a acreditar em três coisas após sua súbita recordação do momento que o estuprador a penetrou. A primeira era que nem todas as memórias tinham sido apagadas. Dos diferentes cenários para "esquecimento", era claro que o "esquecimento" de Jenny tinha a ver com a incapacidade de *recordar* as memórias daquela noite. O tratamento, a combinação de drogas, fizera com que as lembranças fossem arquivadas em um lugar desconectado de qualquer emoção e das outras cenas da festa. Sem ter esse caminho de migalhas para guiá-la de volta, as memórias da agressão ficaram perdidas no cérebro. As chaves perdidas do carro.

A segunda coisa em que eu acreditava era na dedução de que, se a memória desse momento específico não tinha sido apagada, nenhuma delas fora. Os acontecimentos daquela uma hora estavam tão perto em termos espaciais e significado emocional que não havia razão para acreditar que apenas alguns foram poupados do tratamento. Eu mesmo tinha ficado zonzo naquele dia, avaliando o que isso significava para Jenny – e também para Sean. Eu queria dizer-lhes para cancelar todos os compromissos, para trabalharmos dia e noite, até descobrirmos cada detalhe do que tinha acontecido a eles. Mas sou um homem paciente e respeito o processo da terapia. Muito avanço muito rápido poderia causar mais dano do que melhora. É como inserir dados num computador. Eu não queria que o disco rígido desse pau.

A terceira coisa, e a mais importante para transmitir a Tom, era que Jenny era como uma paciente em cirurgia. Ela estava, metaforicamente, na mesa, aberta, exposta. Dadas a busca pela reconsolidação e a incerteza a respeito da recuperação da memória, tínhamos de manter a sala de operações perfeitamente estéril para que a paciente não se infectasse com germes. O cérebro dela estava encontrando os arquivos que faltavam e colocando-os no lugar certo, o lugar com a história daquela noite, as músicas, as roupas, as bebidas e Doug com a outra garota. Seria muito fácil permitir que um fato falso fosse acrescentado à história nesse momento. Como as cobaias que foram levadas a "lembrar" de estarem perdidas no shopping.

— Você entende, Tom? Se eu perguntar a ela ou apenas sugerir que um homem de casaco azul seria suspeito, ela poderia colocar isso com outras memórias daquela noite e acreditar ser verdade, mesmo que não seja, e aí nunca vamos saber. Se pudermos ter paciência...

Charlotte entendeu.

Ela pode se lembrar disso sozinha, e aí teríamos certeza. Meu Deus. Já faz quase um ano. A não ser que ela se recorde do rosto dele, não vejo como nada disso vai ajudar.

— Bem, mesmo nesse caso, por favor, não esqueçam que o tratamento comprometeu a capacidade dela de testemunhar. E todo o trabalho que estou fazendo aqui, bem... é muito fora dos padrões convencionais.

Tom esfregou a testa com a palma da mão.

Não ligo para nada disso. Só quero saber quem é.

— Mesmo que o modo como você o encontre signifique que ele não possa ser punido?

Ah, ele vai ser punido. Não duvide disso. Nunca duvide disso.

Charlotte olhou para ele e depois para mim. Imagino que nós dois tivemos o mesmo pensamento. Tom parecia indicar que faria justiça com as próprias mãos caso não houvesse condenação. Mas estávamos tão longe daquele ponto que não dei muita importância. Nem Charlotte. Isso não a impediu de usar a bravata falsa de Tom para censurá-lo de forma severa.

Sério, Tom. Não podemos simplesmente parar com essa farsa? Você colocou a vida de todos nós em modo de espera enquanto faz o quê? Olha fotos de garotos de casaco? Por que você não supera? Por que, pelo amor de Deus, você não pode ser homem o bastante para deixar isso para lá?

— Charlotte... — falei, tentando parar o trem desgovernado.

Em modo de espera? Quem diabos tem ficado em modo de espera? Hein? Eu treinei o time de lacrosse do Lucas. Tive comissões que bateram recordes. Estou em casa todas as porcarias das noites e todos os fins de semana brincando com nosso filho e estudando com nossa filha para que ela volte ao normal. O que eu deveria fazer? Jogar golfe? Por algum acaso me faria mais homem jogar mais golfe e passar menos tempo procurando esse monstro?

É por isso que não acredito em terapia de casal.

— Charlotte, Tom... vamos parar por aqui. Todos estão emocionais hoje. Dizer algo que não pode ser desdito não vai ajudar ninguém. Jenny menos ainda.

Certo, disse Charlotte. Ela não conseguia mais olhar para o marido. *Podemos, por favor, discutir o que isso significa para Jenny? Você disse que ela encontrou uma memória da mata. O homem cheirava a cloro...*

— Ou ela podia sentir o cheiro de cloro na mata de alguma forma.

Certo, ela sentiu o cheiro de cloro. Ela deve ter sentido o cheiro o tempo todo. Pela hora toda que estava acontecendo. E ainda assim a única memória é o momento em que ele...

— Penetrou-a. Sim, correto.

Mas ele fez isso o tempo todo. E de diferentes maneiras...

— Acredito que a memória foi do início. Imagino que aquele momento tenha sido o mais chocante para Jenny. Quando ela percebeu o que ele queria fazer. O que ele ia fazer.

Charlotte soltou o ar de forma audível e afundou o corpo nas almofadas do sofá. Seus olhos estavam na etiqueta daquela tulipa.

Então ela vai se lembrar de como é ser estuprada. E então? Isso vai fazê-la se sentir melhor?

Segui, com cuidado. Conhecendo a primeira experiência sexual de Charlotte, senti que precisava ser respeitoso com o segredo dela. Sugeri algumas vezes a ela que contasse ao marido. Era a única forma de quebrar o laço que ela tinha com Bob Sullivan – e, a não ser que aquele laço fosse quebrado, o casamento dos Kramer fracassaria. Charlotte não queria isso. Ela só não via o que estava fazendo.

— Sei que soa estranho. Mas, sim, vai fazê-la se sentir melhor. Ela será capaz de ligar as emoções a essa lembrança. Mesmo que essa seja a única que resgatemos, pode ser suficiente.

Tom não estava prestando atenção. Eu podia vê-lo obcecado por aquele casaco. E eu sabia que ele voltaria para casa e perguntaria à filha a respeito.

— Tom? — falei, chamando a atenção dele. — Precisamos de consenso. Todos nós devemos concordar.

Não sei. Tudo isso me soa como um monte de baboseira. Você a deixou cheirar cloro e ela se lembrou de ser estuprada. E se mostrarmos um casaco a ela e ela se lembrar de algo mais a respeito daquela noite? Como pode dizer que o cloro não foi sugestivo? Hein? Você não sabia se havia cloro.

Você achou que ela estava se lembrando de um cheiro do banheiro. Como vamos saber onde ela sentiu o cheiro do cloro?

— Não sei ao certo. Mas ela tinha uma memória orgânica de um odor forte. Ela sentiu o cheiro de mais de sessenta odores durante nosso trabalho, e esse foi o único que desencadeou aquela resposta. Ela não tem nenhuma lembrança de cores nem de roupas ou pássaro vermelho. Se eu apresentar algo assim, ela vai saber que deve haver uma razão, que temos algumas suspeitas, e esse conhecimento poderia suscitar uma memória falsa. O cérebro dela vai mandar essa informação para o lugar onde guarda a história daquela noite, e ela vai chegar ao local com um selo de aprovação. Já expliquei isso a você.

Então mostre a ela sessenta camisas, casacos e casacos de moletom. É óbvio dizer que o cara estava usando algo no corpo. Ela não pode presumir nada a partir daí. Certo?

Tom era incansável. E ele tinha Parsons também me pressionando em relação a esse casaco. Se todos ao menos me dessem mais tempo para trabalhar com o cloro e essa pequena memória... Era como um pintinho recém-saído do ovo. Eu só queria mantê-lo seguro e quente e ver como ele progredia. No fim, concordei que ela olhasse catálogos de roupas masculinas, de ternos a camisetas, enquanto fazíamos nosso trabalho. Prometi fazê-lo ainda naquela semana.

No entanto, eu não manteria a promessa.

CAPÍTULO DEZOITO

Os Kramer voltaram para casa a fim de encontrar Jenny. Eu voltei para casa e vi minha mulher, que estava chorando em nossa cama segurando um casaco azul com um pássaro vermelho.

Os Kramer não conversaram no carro nem em casa, em parte porque estavam zangados um com o outro, em parte porque cada um estava perdido na nova realidade que a lembrança recordada de Jenny tinha criado. Eles eram dois trens saindo da mesma estação, mas indo em direções opostas.

Tom foi para o computador e levantou fotos da escola. Ele estava procurando imagens de estudantes. Casacos azuis. Charlotte foi para o quarto de Jenny. A filha lia um livro de história. O professor particular acabara de sair, e Jenny parecia calmamente concentrada em uma tarefa.

Era o tipo de momento que teria passado batido por mim antes do estupro. Meu olho estava treinado para comportamento anormal, mau comportamento. Se eu a via no laptop, mas não enxergasse a tela, por exemplo. Eu entraria e fingiria abrir a cortina ou guardar roupa lavada para espiar o que ela estava olhando. Ou, se ela estivesse falando muito baixinho ao telefone, eu verificaria a conta para checar para qual número ela tinha ligado. Coisas assim. Acho que você pode chamar isso de espionar, tudo bem. Todas nós fazemos isso, as mães. Falamos sobre isso no almoço às vezes, compartilhamos histórias. Agora, porém, é o comportamento normal que me faz parar no corredor.

Charlotte entrou no quarto de Jenny. Jenny levantou o olhar e sorriu para a mãe. Não era um sorriso feliz, mas não era falso. Jenny perguntou se eu contara a eles. Charlotte assentiu. Ela não pressionou Jenny para saber detalhes nem ofereceu opiniões ou conselhos.

Andei até a cama dela e sentei-me a seu lado. Ela olhou para mim de maneira estranha a princípio, mas depois foi como se lembrasse de como eu fazia isso com ela, como eu me sentava na cama e ela repousava a cabeça em meu peito e eu fazia cafuné nas suas costas. Quando ela era pequena, eu lia para ela. Às vezes só conversávamos. Isso provavelmente surpreende você.

— Por que você acha que isso me surpreende? — perguntei.

Por como a relação mudou. Como ela cresceu e ficou mais próxima de Tom e mais distante de mim. Foi natural. Acho que foi. Ela precisava se distanciar de mim para amadurecer. Não é o que as meninas fazem?

— Sim, pode ser bem normal. Você não chegou a experimentar isso, não é?

Como assim? Eu não poderia ter sido mais distante da minha mãe.

— Mas você não se afastou num ambiente seguro. Onde você sabia que podia voltar a ser uma menininha se precisasse.

Charlotte pensou a respeito e assentiu com ambivalência.

Bom, de qualquer forma, sentei na cama dela e ela encostou a cabeça em meu peito. Beijei seu cabelo e passei a mão em suas costas. Fiquei pensando na cicatriz dela e em como eu queria colocar a mão por baixo da blusa e tocá-la.

— Por quê? — perguntei, embora já soubesse a resposta.

Acho que eu queria que ela soubesse que eu sabia que estava lá. Bom, é claro que ela sabia disso. Mas que eu realmente sabia que estava lá. Que eu sabia... ou que eu sentia.

Charlotte não conseguia encontrar as palavras para se explicar.

— O que você sentiu?

Ela levou um longo intervalo para responder.

Quando você nos contou o que ela disse, como ela se sentiu... como se ela fosse um animal sendo montado e como ela conseguia saber que aquilo o satisfez quando ele finalmente, você sabe... A primeira vez não é fácil. Ele teve de se empenhar, não teve? Teve de fazer algum esforço e ouvir os gritos dela, não teve?

— Sim, imagino que sim.

Talvez ela pensasse que ele não ia ser capaz, que não fosse possível acontecer dessa forma. Que talvez a luta que ela estivesse travando... cada músculo trabalhando para mantê-lo fora, para impedi-lo de conseguir... Há esse momento em que ele abre caminho e encontra o jeito de entrar, tudo para dentro de você, e aí o corpo dele apenas treme em êxtase, e o seu, em dor; e esse sentimento de, meu Deus, o que é? O que é isso mais do que a dor?

— É a vontade, Charlotte. Sua vontade é destruída.

Charlotte olhou para mim com os olhos arregalados, o rosto repleto de alívio. Eu não deveria ter facilitado tanto para ela. Eu a devia ter conduzido a isso, mas a deixado descobrir sozinha. Ela teria conseguido. E aí aquilo seria mais dela do que meu. No entanto, a verdade é que era meu. Minha agressão na infância tivera o mesmo sentimento. Acredito que seja assim para qualquer um que é atacado fisicamente. Eu não estava em meus melhores dias quando ela me contou sobre a conversa com Jenny. Eu estava impaciente, mesmo nesse momento profundo para Charlotte Kramer. Minha cabeça não estava em Charlotte e Jenny, mas em minha mulher e em meu filho.

Sim!, disse ela. *Sim. Sua vontade é destruída.*

Suspirei de frustração com minha incompetência. Sou melhor que isso. Ainda assim, era válido que ela tivesse a resposta, não importava a maneira esdrúxula de chegar a ela.

É por isso que você se sente como um bicho. Você não tem poder, sua voz não é ouvida, seu corpo não é seu. Sim, é isso! Como se você não acreditasse que perdeu o poder sobre o próprio corpo, sobre seus movimentos e sua... sua integridade... sua integridade física. Fazemos isso com os animais, não fazemos? Pegamos cavalos selvagens e os cavalgamos submissos. Eles, eles superam, não? Eles ficam nos estábulos, comem o feno seco, cagam nos próprios pés e aproveitam o carinho de uma escova segurada pela mesma criatura que dobrou seu espírito.

— Sim — concordei. — Alguns animais florescem num ambiente submisso. Outros, não. Humanos, não. A história mostra, certo? Guerra? Rebelião? O que você fez depois? Tocou a cicatriz dela?

Charlotte balançou a cabeça.

Não. Eu a abracei e falei que nunca mais seria daquele jeito. Que ela tinha de pensar naquilo como uma onda no mar que pega você de surpresa e lhe dá um caldo. Você já passou por isso alguma vez? Meus filhos adoram pegar jacaré na praia. E, mesmo depois de tomarem um caldo e suas roupas de banho se encherem de areia e até mesmo de eles se arranharem às vezes, fazem de novo, porque é divertido pegar uma onda e sentir que você está por cima daquele poder. Aí você e a onda apenas correm em segurança para o raso. Não consegui pensar numa analogia melhor. Não acho que ela tenha entendido totalmente. Mas foi um começo.

— Acho um excelente começo. Imagino que a diferença entre uma onda e um estuprador é que a onda tem poder para derrubar você ou para levá-la para o raso. Você apenas colocou dessa maneira. O estuprador tem poder apenas quando está machucando a vítima. Estupro não é sexo. Ainda assim, foi um bom começo.

Sei que é diferente, óbvio. Mas a parte mecânica é a mesma. Todo mundo usa essa expressão para descrever o que acabou de fazer, sobre o poder e tudo o mais. Não sei. Chame do que quiser, estupro, sexo, o que for, há penetração.

— Sim. Isso é verdade. Talvez estejamos dizendo a mesma coisa com palavras diferentes. A parte importante é que você falou com sua filha a respeito.

Foi a primeira vez, desde o estupro, em que me senti reconectada a ela. Talvez fizesse até mais tempo. Eu senti, senti essa conexão, esse laço que eu não conseguia compartilhar com ela, mas estava lá para mim. Sei que é diferente do que aconteceu comigo na primeira vez. Mas algo, aquele momento que ela descreveu para você, de ser um animal e ter alguém, como disse, destruindo sua vontade daquele jeito... Essa parte, essa única parte, pareceu muito semelhante.

— Então você percebe o que significa, não percebe?

Não tenho certeza.

— Bem, você me contou que se lembra de *querer* sexo com o marido de sua mãe. Isso não pode ser verdade se você tinha esse sentimento, esse mesmo sentimento que Jenny teve. Talvez você não resistisse fisicamente a ele. Talvez ele tivesse parado, se você tivesse pedido. Mas você não queria que isso acontecesse. Sua vontade foi destruída por um desejo de afeto que deveria ter sido preenchido por sua mãe.

Ela ficou em silêncio. Não estava pronta para aceitar aquilo, para se libertar. Ela se acostumara a uma vida dupla. A Charlotte má era uma parte dela que queria permanecer.

— E como Tom lidou com tudo?

Minha pergunta não era honesta, era antiética. Pode parecer benigna para você, mas eu também estava vivendo uma vida dupla. O médico tentando ajudar essa família. E o pai tentando proteger a sua própria.

Na verdade, não sei. Não sei mais o que ele está sentindo. Ele pegou no sono na cama com o computador no colo. Não sei por que fiz o que fiz, mas tirei o computador, tirei a roupa e puxei a manta. Tom acordou. Ele olhou para mim quase em choque. Não transávamos havia quase um ano. Na única vez que tentamos, dava para ver que parecia errado para ele. Como se ele não conseguisse ter prazer até que Jenny estivesse bem e o agressor se encontrasse atrás das grades. Eu, na verdade, também não queria. Só achei que estava na hora. Na noite passada, não me importei. Fiquei por cima dele e fizemos sexo. Não sei se ele gostou. Tampouco me importo. Ele não pareceu gostar, mas não fez nada para me deter. É como tudo em nosso casamento. Ele só cedeu. Me sinto uma merda. Não sei por que fiz isso. Você acha que eu estava tentando fazer a mesma coisa com ele? Destruir sua vontade?

— Não, não acho.

Então o quê?

— Acho que você queria sentir a onda levá-la em segurança para o raso.

Essa sessão foi um dia depois de eu prometer a Tom tentar rastrear alguma memória do casaco azul. E um dia depois de minha mulher encontrar o casaco azul no canto do armário do meu filho.

Mas eu me precipitei de novo. Vamos voltar à tarde anterior ao meu encontro com os Kramer, o encontro em que contei a eles sobre a memória que Jenny recuperara.

Eu estava profundamente satisfeito no caminho para casa. Jenny e eu tínhamos recuperado a memória dela, e eu compartilhara a notícia com seus pais. Eu tinha esperança de que as lembranças voltariam. Cada vez mais, até que ela se lembrasse de cada detalhe daquela noite, o momento em que ela sentiu a mão dele pela primeira vez; o momento em que ela percebeu que ele a machucaria; o instinto de lutar; os gritos por ajuda, ainda com esperanças, ainda não acreditando que aquilo estava acontecendo; o ar gelado em sua pele quando a roupa foi rasgada; a memória que ela tinha: a penetração, o roubo de sua inocência, de sua vontade e de sua humanidade. O que mais havia para ser encontrado? Dor; aceitação; o graveto arranhando sua pele, alcançando os nervos debaixo da primeira camada e os nervos de cada camada depois daquela, que enviaram mais sinais de dor ao cérebro. Agonia. Desespero. Ruína. Eu fazia isso havia tempo o suficiente para saber.

Início da tarde. Os Kramer tinham sido meus últimos pacientes do dia. Tento não marcar consultas depois de Jenny ou de seus pais para o caso de precisarmos nos estender. Faço o mesmo com Sean. As sessões deles são imprevisíveis, como você viu. Nesse dia, eu estava ansioso por compartilhar com minha mulher a notícia sobre o cloro e a recordação que ele provocara. Eu ainda não tinha contado a ela porque não decidira se era apropriado. Decidi, a caminho de casa, fazê-lo. Eu simplesmente não podia guardar isso para mim.

— Julie? — chamei-a da cozinha. As luzes estavam acesas. O carro dela estava na garagem. Não houve resposta. — Querida? — chamei de novo. Dessa vez, escutei-a. Ela gritou para mim do andar de cima.

Alan! Alan! A voz dela soava surpresa, aliviada e em pânico, tudo de uma vez. Ela não estava me esperando, mas agora precisava imediatamente de meu auxílio.

É claro que larguei a pasta e as chaves e subi a escada, correndo.

— Julie? Cadê você?

Aqui! Estou aqui!

Segui a voz dela até nosso quarto.

Seria muito fácil dizer, simplesmente, que a vi sentada na cama, o rosto contorcido pelo medo, e que eu soube que nosso filho estava em apuros. Não sei se você já experimentou algo assim. A maioria de nós experimentou, em diversos níveis. Não é totalmente diferente do que Jenny descreveu, a lenta ligação dos fatos e, então, a percepção horrenda do que está acontecendo. Você tem um momento de rebelião mental, durante o qual o cérebro rejeita a informação. É muito tóxica, como um vírus, e vai exigir o realinhamento massivo de emoções e conexões que lhe dão prazer ou apenas paz de espírito. Vai provocar destruição.

A informação entrou em meu cérebro. O casaco. O medo da minha mulher de nosso filho estar envolvido de alguma forma. O medo dela me infectou, me fez contratar aquele advogado. E então era real, o risco à nossa família. Os novos fatos entraram em meu cérebro; em segundos, a rebelião se desfez e o realinhamento tomou lugar. Foram segundos dolorosos. Como um dente arrancado.

Achei isto no armário de Jason.

Ela se levantou e andou até onde eu estava. Chegou perto de mim e apertou o casaco em meu peito.

O advogado ligou nesta manhã. Ele me contou que um dos outros garotos foi interrogado hoje e perguntaram sobre um casaco azul com um pássaro vermelho. Ele me falou que fariam a mesma pergunta a Jason e se eu sabia como ele responderia. Eu comprei um casaco com capuz para ele de aniversário naquele ano, lembra?

Eu não me lembrava. Não tinha importância para mim na época.

Compramos em Atlanta. Para aquela conferência a que você foi, lembra? Tínhamos de ir àquele jogo dos Hawks e demos isso a ele. O pássaro vermelho é um falcão! Veja.

Ela levantou o casaco. Havia um falcão vermelho na frente e um atrás. O nome do time estava escrito em branco, mas as letras eram pequenas. Atrás só havia um falcão. Segurei os braços dela e a olhei com seriedade.

— O que você disse a ele?

Falei a verdade. Que Jason tinha um casaco azul com um falcão vermelho.

— Puta merda! — Soltei-a e me virei, pensando, pensando.

Você sabia disso? Sabia que eles estavam procurando um garoto com um casaco azul? Ela se lembrou? Você me diria, não?

— Eu não sabia a respeito do casaco.

Sim, eu sei. A mentira continuou.

Ela tagarelou sem parar.

O que eu deveria fazer? Ele é nosso advogado! Não podemos deixar Jason mentir. E se alguém lembrar? Ele vestiu aquele troço a primavera inteira. Se ele mentir e descobrirem que mentiu, vai parecer culpado.

— De quê? — perguntei. — Ninguém acreditaria que Jason estuprou Jenny Kramer.

Pense nisso, Alan! Ele é um nadador. Ele depila as pernas e os braços... Talvez ele depile tudo... E se ele fizer isso? E se perguntarem a ele e ele tiver que admitir que depila todos os lugares?

Eu rejeitei o argumento dela.

— O time inteiro se depila! Metade deles estava na festa. Isso não significa nada!

Mas agora isso! Ela segurou o casaco azul. *Quando desliguei o telefone, corri e comecei a revirar as coisas dele. Eu não conseguia me lembrar de ele usar o casaco desde aquela primavera. Não estava em lugar nenhum. Nem para lavar nem nas gavetas. Aí eu simplesmente comecei a desmontar o quarto dele. Pensei: "Talvez tenha desaparecido. Talvez ele tenha perdido, talvez ele tenha perdido antes da festa! Aí ele não estaria usando-o naquela noite". E aí... Deus! Comecei a vasculhar por todas as porcarias no chão do armário. E havia esse saco plástico com o casaco dentro!*

— Por que estava no saco? Era tudo o que havia? — Eu já estava pensando no controle de danos.

Tinha uma calça de moletom, meias e um par de cuecas. Às vezes ele faz isso quando se troca na piscina. Ele coloca as roupas da escola num saco e depois se troca com o que estava vestindo para sair.

— Onde estão? Onde está o resto das roupas?

Fui com ela à lavanderia, onde ela colocara o resto das roupas na máquina. Mas ainda não tinha lavado.

Eu não sabia o que fazer. Se devia lavar tudo ou jogar fora. Tudo cheira a piscina.

Ela me passou a calça de moletom e, sem pensar, apertei-a junto ao nariz. Estava cheirando à piscina onde Jason passa boa parte de seu tempo livre. Cheirava a cloro. Você já pode imaginar no que isso vai dar.

Eu me apoiei contra a parede e fechei os olhos. Raciocinei por que deveria contar a ela, apesar de o motivo real não ter nada a ver com a razão. Era meu desejo puramente egoísta de não ficar sozinho com minha agonia.

— Jenny Kramer teve uma lembrança ontem. Uma lembrança da noite do estupro.

Julie olhou alerta para mim.

— Foi o cloro, Julie. Ele cheirava a cloro.

Ela arregalou os olhos enquanto lentamente cobria a boca.

São três coisas. Três coisas que eles podem usar contra ele!

— Havia muitos nadadores naquela festa. Metade do time, você disse.

Nós dois olhamos para a calça de moletom.

— Ele não fez isso — falei.

Eu sei disso.

— Sabe? Você sabe disso da forma que sei? Eu sei! Em minhas entranhas e em meu coração. O estuprador era um sociopata. Você entende?

É claro que sim!

— Ele segurou o rosto dela no chão. Ele apertou o pescoço dela e a violou várias vezes, por uma hora!

Eu sei... eu sei.

— Então ele pegou um graveto, um graveto afiado, e esculpiu a carne dela, cada camada de pele!

Ok! Apenas pare! Pare com isso. Eu sei o que ele fez àquela pobre garota.

— Então você não pode estar preocupada, de jeito nenhum, que nosso filho tenha feito isso.

Ela inspirou longamente e esperou que eu me acalmasse. Eu estava indignado, e era errado de minha parte dirigir isso a ela. Não importava o que achássemos, o que sabíamos sobre nosso filho. O mundo ia acusá-lo, ia duvidar dele. O mundo ia querer acreditar. Tom Kramer ia querer acreditar. Charlotte ia querer acreditar. Jenny ia querer acreditar. Algo passou por minha mente, e eu estava muito sobrecarregado para impedir tal pensamento.

— Eles não vão mais me deixar tratá-la, se isso for adiante. Estarei fora do caso. Não serei capaz de ajudá-la a recuperar a memória.

Julie olhou para mim com desprezo.

É nisso que você está pensando? Nosso filho prestes a ser acusado de um estupro brutal. A vida dele pode ser arruinada, e é nisso que você está pensando?

— Não foi ele.

Não importa, Alan. Você sabe o que vai acontecer. O caso nunca será resolvido, e a suspeita vai pairar sobre ele para sempre!

Ela estava totalmente certa. Não sei por que minha cabeça foi para o caso e para o tratamento de Jenny. Meu egoísmo era mais poderoso do que eu imaginava.

— Você está certa. Sinto muito.

O que a gente faz?

Eu não tinha todas as respostas.

— Ligue para o advogado. Diga a ele que estava enganada. O casaco era branco com o falcão vermelho. Qualquer coisa. Apenas diga a ele que você estava errada e que está muito aliviada. Não confio nele. Ele poderia ajudar os outros clientes ferrando com Jason. Trata-se de um grande conflito. Nós mesmos vamos falar com Jason. Vamos pensar numa resposta que funcione. Não uma mentira, mas um tipo de resposta.

Julie concordou. Ela me perguntou:

O quê, então?

Certamente alguém ia se lembrar do casaco. E com o cloro e a depilação, isso seria um indício, não? Parsons e Tom Kramer seguiriam aquela trilha, a trilha de um nadador. Fazia todo o sentido. Cada garoto daquele time que estivera na festa ia lutar para sair do alvo.

Como falei, eu não tinha todas as respostas.

Ainda.

CAPÍTULO DEZENOVE

LEMBRAR-ME DESSES DIAS e recontá-los é extremamente difícil. Eles foram carregados de emoções. De medo, na maior parte. E não estão bem organizados em minha mente.

Jenny tinha sessão numa quarta. Ela retomou aquela memória única. Ela se lembrou do cloro. No dia seguinte, atendi os Kramer juntos para discutir esse achado. Cruz Demarco já tinha admitido estar na festa e disse que vira um garoto com um casaco azul com capuz e um pássaro vermelho entrar na mata. Discuti isso também. Tom me fez prometer que eu trabalharia na recuperação daquela memória do casaco azul, agora que tínhamos encontrado uma lembrança daquela noite. Os Kramer foram para casa naquela tarde. A tarde de quinta-feira. Tom passou o resto do dia ao computador, procurando casacos azuis com pássaro vermelho. Charlotte começou a ver a conexão entre sua experiência com o padrasto e o que aconteceu à filha. Ela reviveu aquela noite no sofá de novo por meio da memória recordada de Jenny, abraçou a filha e tentou dar a ela conforto e esperança. Então, fez amor com o marido. Eu fui para casa encontrar minha mulher e o casaco azul com o falcão vermelho.

No dia seguinte, sexta-feira, Charlotte compareceu à sessão. Tom viria mais tarde no mesmo dia. Já lhe contei um pouco sobre como ela falou da conversa com Jenny e como fiz o desserviço de alimentar suas conclusões. Agora você entende por que fui tão incompetente.

Depois de receber Charlotte às oito e meia naquela sexta-feira, eu fiquei uma pilha de nervos. Dois pacientes entraram e foram embora, e fingi interesse nos problemas deles. Foi uma manhã de frivolidade. A sra. C estava em meio a uma disputa com o vizinho por causa de uma cerca. Ela era cronicamente deprimida, mas era isso que queria discutir. O vizinho. A cerca. O sr. P tivera insônia de novo. Ele não queria tomar sedativo. Passei uma hora cuidando de suas preocupações idiotas. Você quer ou não quer dormir? Era o que eu queria perguntar a ele. Mas não. Exercitei um autocontrole miraculoso esperando minha mulher telefonar.

Julie ligou às onze e quinze. Atendi, ainda que o sr. P estivesse em minha sala. Disse a ele que era uma emergência com outro paciente. Mentiras, mentiras, mentiras.

Eu disse ao advogado que o casaco era roxo escuro e que tinha letras vermelhas, não um pássaro vermelho. Fiz o que você falou. Disse a ele que fiquei muito aliviada.

— Ele acreditou em você?

Acho que sim. Pareceu acreditar. Ele comentou que estavam interrogando mais três garotos hoje e que Jason ainda não estava na lista. Ele falou diretamente com o detetive Parsons.

— Ele informou quanto tempo temos?

Ele disse que seria no mínimo uma semana, mas acho que, se dissermos a eles que ele tem uma reunião da equipe de natação no próximo sábado e provas finais, talvez possamos adiar um pouco mais.

— Certo, querida. Isso é bom.

Ela fez uma pausa. Eu podia ouvi-la suspirar. Ela estava cansada, pois passara a noite inteira preocupada.

Você vai falar com ele hoje à noite?

— Sim. Assim que eu chegar em casa. Certifique-se de que ele não saia, ok?

Vou fazer isso. E as roupas?

— Que roupas?

As roupas... as... ah, certo.

— Está vendo?

Sim. Vou vasculhar as fotos no computador. Você vai pegar o telefone dele?

— Sim. Hoje à noite, quando conversarmos. E as mídias sociais. Vou fazê-lo verificar tudo.

Certo. Eu te amo.

— Também te amo. Tchau.

Isso era tudo o que eu tinha no momento. Livrar-me das roupas, daquela porcaria de casaco azul. Livrar-me de todas as fotos de Jason com o casaco. Ele teria que ser informado, e então, com base no que havia acontecido naquela noite, precisaríamos ter uma história. O mundo não é um lugar justo. Eu já disse isso muitas vezes. Lembro-me disso toda semana quando vou a Somers. Quando penso em meu paciente, Glenn Shelby. Acredito que também mencionei que Shelby terminaria cometendo suicídio.

Isso não é para dizer que nunca há justiça, equidade ou retidão. É para dizer, sim, que não se pode contar com essas coisas, por isso você deve proteger a si mesmo de todas as formas que puder. Eu sabia que teria de me sentar com meu filho e abrir os olhos dele. Eu teria de explicar-lhe que ele não se lembra do que vestiu para a festa, que ele não chegou nem perto da mata e que não viu o carro azul nem Cruz Demarco. Eu avisaria que ele não se lembra do que aconteceu com seu casaco azul nem se ele algum dia já teve um. Ele tem dúzias de casacos. Eu falaria que essas pequenas transgressões contra a lei e sua própria integridade eram necessárias para a sobrevivência nesse mundo injusto. Eu disse a mim mesmo que era uma boa coisa. Estava me dando a chance de educar meu filho antes que algo ruim acontecesse. Eu começara a me acalmar. Jason não cometeu esse crime e não seria acusado por um vagabundo traficante de drogas qualquer.

Telefonei para o detetive Parsons. Não foi prudente. Não foi em meu melhor estado mental. Mas eu tinha acesso a ele, à informação, com uma história de fachada, e eu não conseguia me deter. Saber como a mente funciona, mesmo sua própria mente, não inclui o poder de controlá-la.

Foi esse telefonema que me levou ao limite.

Oi, Alan. Bom ter notícias suas. Mais alguma coisa? Ela se lembra do casaco azul?

— Não a vi desde a última sessão. Isso foi na quarta. Ela vem nesta tarde. Imagino que Tom tenha lhe contado sobre a última sessão?

Ela teve algum tipo de memória repentina. Ela sentiu o cheiro de cloro.

— Não foi uma memória repentina. Foi uma memória. Uma memória real de um acontecimento real.

Certo. Como quiser. É útil. Uma pena que ela não viu um rosto. Ela não viu, certo? Então eu estava pensando que deveríamos olhar para a equipe de natação de novo. Muitos nadadores estavam na festa naquela noite. Tenho um de meus homens lendo os interrogatórios do ano passado. Ainda estou aguardando uma lista da escola...

— Bom, muito bom. Mas precisamos ter muito cuidado. Eu realmente gostaria de trabalhar um pouco mais com ela antes de tirarmos conclusões precipitadas. As memórias tendem a se agrupar, cada peça de um evento. Como capítulos de um livro. É possível que o cheiro de cloro seja do capítulo quatro, no banheiro, e o estupro, do capítulo dez. Se eu conseguir os outros capítulos, podemos colocá-los na ordem certa e...

Faça o que tiver que fazer, Alan. Não há mal em voltar à equipe de natação e a qualquer um que interagiu com eles naquela noite. Atacar pelos dois lados, certo? Não gosto disso. Acredite em mim. Não estou ganhando nenhum concurso de popularidade em Fairview olhando para nossos garotos. Mas devo fazer meu trabalho.

— Sim, claro.

Meu coração estava na boca. Quase comecei a falar com ele sobre Jason, não sobre o casaco, mas que Jason era da equipe de natação e que estivera na festa. Eu não conhecia Parsons no ano anterior. Quando Jason foi interrogado, eu estivera com meu filho durante o depoimento, mas foi uma policial jovem que falou conosco. Em nossa casa. Bem informal. Ela não fez mais do que uma linha de anotações porque Jason não tinha visto nada de útil. Quanto mais eu segurasse a informação, mais surpreendente seria. Em certo ponto, a surpresa se torna suspeita.

Então, Parsons falou.

Escute. Tom disse que vai ver você hoje. Talvez você possa contar a novidade a ele. É sobre Demarco.

— O que é?

Ele saiu sob fiança. Mas não é isso. Fizemos pressão sobre aquele garoto. John Vincent, o menino que comprou drogas dele fora da escola, sabe? Ameaçamos acusá-lo. O advogado dele nos trouxe uma declaração. Livra Demarco do estupro. Coloca-o em outro lugar, com John Vincent.

— Outro lugar? Como é possível? Ele disse a você que viu o homem com o casaco azul entrar na mata por volta das nove da noite. O filho do vizinho viu o carro dele, o carro vazio dele, por volta das quinze para as nove. E o garoto? Você perguntou a ele sobre o homem de casaco? Demarco está inventando tudo isso. Vocês não percebem? — Devo admitir que, a essa altura, pensei tolamente ver uma saída. Eu estava certo, por um breve momento.

Sim, sim... é claro que percebemos. Ele não viu nenhum garoto andando para a mata. Mas escute. Demarco estava na porta dos fundos da casa por volta das oito e meia, falando com alguns garotos. Dois admitem que ele lhes ofereceu maconha. Tenho certeza de que os metidinhos compraram, mas deixa para lá. Temos histórias independentes corroborantes que colocam Demarco na casa às oito e meia. John Vincent afirma que encontrou Demarco de volta no carro dele às *nove e quinze e foi com ele até Cranston comprar cocaína. Acho que Vincent podia vender para Demarco. Deveríamos tê-lo pegado naquele dia fora da escola. Aposto que naquele pacote havia mais do que alguns baseados.*

— Espere. Como é?

Estou dizendo que Demarco deve ter voltado ao carro dele por volta das nove, depois que Teddy Duncan passou e bem quando ele viu o garoto com o casaco azul entrar na mata. Então, alguns minutos depois, conforme planejaram, John Vincent saiu da casa e entrou no carro. Eles foram comprar a coca em Cranston. Eles ficaram fora por uma hora.

— Isso... isso é só uma história. Parece muito conveniente para mim. Eles encaixam tudo nos fatos apresentados a eles. Pense a respeito! Vocês não podem acreditar em qualquer coisa que eles estão dizendo.

Não... escute. O garoto Vincent disse que eles pararam para abastecer e comprar cigarro. Ele usou o cartão de débito. Temos o registro do banco, os dez dólares cobrados às nove e trinta e sete da noite do estupro. E temos a fita da câmera de segurança. Mostra o Civic, Demarco e Vincent no posto de gasolina. Eles estavam a quase dez quilômetros daquela mata. Demarco não queria nos contar a respeito de levar um adolescente para comprar cocaína. É mais uma acusação de crime. Pôr um menor em risco. Agora, pegamos ele por isso. O departamento de narcóticos deve soltar Vincent por testemunhar. Demarco vai cumprir pena.

— Não pelo estupro.

Não, não pelo estupro. Mas temos o casaco, certo? E agora temos o cloro e as memórias que estão voltando. Também estou desapontado. Acredite em mim. Achei que encontrar aquele Civic seria o fim disso.

— Sim. Tom também achou.

Parece que, de novo, é só o começo. Vou dar uma boa olhada na equipe de natação. Porra, nunca achei que um de nossos meninos poderia ter feito isso. A brutalidade. O entalhe. Merda. Quero encontrar esse cara, quero mesmo. Só não quero encontrá-lo aqui. E não está parecendo que ela vai se lembrar de um rosto, certo? Tudo vai ser circunstancial.

Eu estava à beira de um ataque de ansiedade. Não era o estado mental para tomar decisões. Eu me convenci a não falar nada a respeito de Jason a Parsons. Felizmente, tive a autodisciplina de não dizer nada, exceto um tchau apropriado. Desliguei o telefone e abri a gaveta da escrivaninha. Tirei meio miligrama de Lorazepam, bem brando, e engoli. Eu precisava de calma para pensar.

Eu tinha duas chances entrando em meu consultório mais tarde, naquele mesmo dia: Tom e, depois, Jenny. Deixei o comprimido fazer efeito, então me acalmei com uma respiração lenta e constante. Olhei para a etiqueta na tulipa. Foi a primeira coisa que me veio à cabeça. Na sequência, avaliei mentalmente tudo com que precisava lidar.

Primeiro, Tom. Fizéramos um progresso significativo nos três meses em que estivéramos juntos. Você já sabe sobre a questão que ele tinha com o ego, como isso afetava o casamento e o emprego e como tinha se originado em sua infância. Também descrevi meu plano para o tratamento dele. De forma surpreendente, ele já começara a canalizar um pouco da raiva direcionada aos pais. Ele se lembrava de algumas das coisas que eles disseram a ele quando era um garoto. Como o pai diria, "Como *você* se sente a respeito do que fez?"; como a mãe diria, "Nem todo mundo é bom em tudo" ou "Aceitemos quem somos e aprendamos a amar a nós mesmos, inclusive com nossas limitações". Ainda assim, nenhum dos dois aceitara as próprias falhas. Quando o pai foi preterido não uma vez, mas três vezes, para assumir uma cadeira no departamento, eles passaram a falar mal dos membros do comitê, até mesmo zombando a respeito de uma peruca grotesca ou do hálito podre, dos dentes estragados, da mulher feia. A mãe de Tom tinha palavras duras para os parceiros de tênis: eram preguiçosos, gordos e sempre idiotas. Todos eram idiotas comparados a eles. Tom se lembrava, aos poucos, de todo tipo de mau comportamento dos pais, o que contradizia as palavras e a filosofia intelectual que eles pregavam.

Vão à merda! Tom chegou a dizer um dia, cerca de três semanas antes. *Sério. Vão à merda. Você tem filhos, Alan. Você algum dia diria a eles que são limitados em suas capacidades? Não existe maneira melhor de direcionar uma criança ao sucesso? Sempre senti como se qualquer coisa que eu alcançasse – notas, salários, promoções, até minha mulher e meus filhos – fosse um erro. Como se eu, de alguma forma, tivesse enganado todos ao levá-los a pensar que eu merecia o que tinham me dado. Ainda me sinto desse jeito.*

Tom não se sentia digno de sua linda mulher. Não se sentia digno de seus lindos filhos. Tampouco se sentia digno do sucesso, não importa quão pequeno pareça a você. Tom conseguiu o bastante para morar em Fairview e ser sócio de um clube de campo. Ele tinha dinheiro guardado para pagar a faculdade dos filhos, uma cabeça cheia de cabelo e um corpo em forma. Era querido e saudável. Amava carros, os que vendia e os que dirigia. Gostava de ir ao trabalho. Pelo menos era assim antes do estupro da filha.

Enfim achei que ele estava pronto para ouvir o que precisava ser dito.

— Tom... — Falei em nossa sessão da semana anterior. — Deixe-me fazer uma pergunta.

Certo...

— Você sente que mereceu o estupro de Jenny?

Que tipo de pergunta é esta? Tom estava chocado. "Horrorizado" pode ser uma palavra forte, mas chegava perto do estado em que ele se encontrava.

— Você não a merece, tampouco Lucas ou Charlotte. Você não merece seu trabalho. Então talvez seja o Universo ficando quite com você por todas essas coisas que você não merece. Talvez você seja a razão pela qual isso aconteceu.

Meu Deus! Que coisa cruel de se dizer! Como pode dizer isso para mim?

— Tom, você sabe que não é isso que penso. Mas algo assim ressoou em você?

É claro que sim. Eu não estava distraído naquela época, oito dias atrás? Minha capacidade ainda não tinha sido comprometida pela vulnerabilidade de minha própria família. Tom se acomodou na cadeira e deixou o pensamento se entranhar em seus ossos. Ele arregalou os olhos, e seu rosto desabou, como de costume. Manchas vermelhas, depois algumas lágrimas e soluços altos. Tom chorou quase todas as vezes em que nos encontramos.

Então este era o ponto em que Tom e eu estávamos em sua jornada pessoal. Tom se sentia culpado. Um pouco disso era normal, culpa por não ter protegido sua menininha. Mas a maior parte era abstrata, uma culpa por sentir que ele tinha causado aquilo. Não é racional. Ignore-a se quiser, se não acreditar no subconsciente. Não tenho tempo nem disposição para educar ou convencer você. Há muito terreno a ser coberto agora.

A culpa é poderosa, e no estado mau e maníaco em que eu estava naquela tarde de sexta-feira eu sabia que seria capaz de usá-la de alguma forma.

Eu estava prestes a migrar meus pensamentos para Jenny, mas o tempo tinha passado muito rapidamente. Tom estava chegando para a nova sessão, nesse novo dia, e eu tinha em mente tudo o que havíamos discutido desde o início de sua terapia, tudo o que acabei de descrever. Ouvi as batidas na porta. Era hora da sessão. Eu estava abatido por não ter pensado num plano para salvar meu filho, mas Tom estava prestes a mudar a situação.

CAPÍTULO VINTE

Tom estava visivelmente agitado. Não tinha dormido bem. Sua mente estava obcecada pelo casaco azul; seu ego, em conflito pelos súbitos avanços sexuais com a mulher; seu coração, partido de ver a filha no quarto no fim do corredor, com a memória de ser estuprada agora libertada para torturar todos eles.

Sentou-se na ponta do sofá, com as pernas abertas e as mãos nos joelhos, que se mexiam nervosamente. Os ombros estavam tensos, e ele inspirava de forma curta e depois exalava bufando.

Eu estava levemente sedado.

— Você não parece muito bem hoje. Aconteceu algo? — perguntei.

Não. Nada. Aí é que está o problema.

— Sei.

Sabe? Você sabe? Sinto como se eu fosse o único que dá a mínima para encontrar o estuprador da minha filha. Fiquei acordado metade da noite, olhando fotos de Fairview. Procurando catálogos de roupas...

— Do casaco azul com o pássaro vermelho?

Sim. Sim! O que você acha? Meu Deus, vocês não entendem que essa é a chave para encontrar esse monstro?

— Você parece muito frustrado.

Tom começou a se acalmar. Ele se desculpou pelo acesso de raiva.

— Você encontrou algo útil em sua pesquisa? — Por Charlotte, eu já sabia a resposta.

Você faz ideia de quantos casacos azuis existem? E o pássaro vermelho pode ser qualquer coisa. Um cardeal. Força Aérea. Um falcão...

— Nada em Fairview? — Eu o detive quando ouvi a palavra "falcão". — Nenhum time de esporte ou clube... nada assim na cidade?

Nada. E nenhuma foto de ninguém usando um. Vasculhei todas as fotos da escola no site, olhei centenas de artigos da Weekly Advertiser... *mas há outras centenas. Por que a polícia não está fazendo isso? É demais para uma pessoa, com trabalho, as crianças e Charlotte... é demais!*

As lágrimas chegaram mais cedo nessa sessão, e fiz o que sempre faço. Deixo-as rolar. Tom afundou nas almofadas. Os joelhos se juntaram e as mãos cobriram o rosto. Ele se sentia envergonhado quando chorava. Sim, isso também remonta aos pais dele. Eles não sabiam que deveriam deixar as crianças terem sentimentos. E chorarem. Esses livros de criação de filhos só sairiam nos anos 1980.

— Tom... o que vai acontecer se esse homem não for encontrado?

Passei a usar o termo "homem" com todo mundo desde que encontrei minha mulher na cama agarrada ao casaco de Jason. "Homem", não "rapaz" nem "garoto", tampouco "cara". A palavra "homem" provocava imagens de alguém mais velho que meu filho.

Tom balançou a cabeça.

Isso não é uma opção. Apenas não é.

— Certo. — Passei uma caixa de lenços para ele.

Venho lendo sobre recuperação de estupro — não por médicos, mas por vítimas. Sem ofensa, quero dizer, não diminuo o que você fez por nós. Mas a voz da minha filha foi roubada por essas malditas drogas. Ela não consegue nos dizer o que precisa para se sentir melhor, então venho tentando entender.

— Isso é ótimo. É bom se instruir.

O que elas passam, o sentimento de ser dominada e depois... ainda não consigo dizer isso...

— Penetrada. Penetrada à força.

Sim. Isso fica com elas. Algumas descrevem como a tomada de sua dignidade. É isso que está na minha cabeça desde que você nos contou a respeito da sessão. A respeito da memória. Como ela disse que se sentiu como um animal, como se ele a estivesse cavalgando, violando-a como um animal.

Tom tinha parado de chorar. Eu já disse isso antes, mas parecia que as lágrimas tinham secado, que ele estava desidratado de tanto chorar. Certamente não é porque tinha parado de sentir desespero.

E aí é que está. Não saio daqui e esqueço o que conversamos. Não escuto Charlotte e então descarto o que ela fala. Entendo que a justiça não é um tipo de bala mágica para consertar Jenny. Eu sei. Mas essas mulheres, quase todas, descrevem a cura que advém de ver os agressores punidos. Algumas delas falam de olho por olho, de saber que esse filho da mãe, na prisão, vai sentir o que elas sentiram – e cem vezes mais intenso. Elas não falam assim, e me desculpe pelo meu linguajar...

— Está tudo bem. Diga o que quiser. Estamos aqui para isso, Tom.

Quer dizer, elas não declaram de fato que se sentem melhor em saber que o agressor vai ser estuprado na prisão. Mas ele vai perder os direitos, a liberdade e a dignidade. E, quando sair, vai ser rotulado para sempre pelo que fez. A vida dele nunca mais vai ser a mesma. A vida delas nunca mais será a mesma. Elas estão num tipo próprio de prisão. É o que elas dizem, que é como se fosse uma prisão estar dentro de sua própria cabeça. Imagino que você escute tudo isso de seus pacientes.

— Escuto.

Acho que eu mesmo precisava ouvir isso das vítimas. Outras falam sobre serem ouvidas, sobre o mundo ouvir o que aconteceu e acreditar nelas, porque no momento em que ocorre a voz delas não tem força. A vontade delas não é respeitada. Quando o estuprador vai para a cadeia, elas sentem como se tivessem alguma força. Parece ajudar mais algumas que outras. Mas ninguém disse que não ajudava de jeito nenhum. Então, sim, você tem habilidades para ajudar Jenny a recuperar a memória para que ela possa, como é...

— Vincular suas emoções aos acontecimentos.

Certo, para que ela possa começar a processá-las e colocá-las nos lugares corretos. Para que ela não sinta que quer morrer novamente. Nunca mais. Isso nunca mais pode acontecer. Nunca.

— Estou esperançoso a esse respeito, Tom. Ela não lhe parece melhor?

Não sei. Às vezes. Ela parece melhor quando volta do grupo para casa. Eu estava errado a respeito. Eu estava preocupado que ela fosse para lá e ficasse com todas aquelas outras pessoas.

— E agora?

Agora consigo ver que ela precisa ouvir as histórias deles. Da mesma forma que eu precisava ouvi-las dos livros. Ela quase parece viva de novo, sabe? Está nos olhos dela. Posso ver um brilho de vida.

Escondi muito bem minha preocupação. O sedativo ajudou. Não tive tempo de contar-lhe sobre aquela vida nos olhos de Jenny, sobre como tinha tudo a ver com um fuzileiro da Marinha. Casado.

É isso que você pode fazer por ela. E eu? Sou pai dela. Tenho de fazer algo. E o que posso fazer é ajudar a encontrar o agressor e vê-lo punido. Mesmo que isso só dê a ela uma pequena fração de resolução, paz ou como queira chamar. Pelo menos terei feito algo.

— Você pensou no que discutimos? Em seus sentimentos de não a merecer? Em sua culpa?

É claro! Isso não é algo que a pessoa esqueça. Não sei. De fato, sinto-me culpado por não a ter protegido. O resto, sobre o Universo me punindo... basicamente me sinto impotente.

— Explique.

Tom revirou os olhos. Fez uma cara de exasperação.

Não sei. Charlotte quis fazer amor na noite passada. Não sei por quê. Eu senti como se não tivesse nada a ver comigo. E no trabalho há uma secretária na revendedora Jaguar. Aquela na Route 26.

— Sei. — Eu não sabia onde aquilo ia parar, mas sabia que Tom não tinha dormido com uma jovem secretária. Se eu estivesse errado a esse respeito, rasgaria meu diploma de médico.

Recebi uma ligação de um cliente. Esse cara comprou quatro carros comigo nos últimos anos. Ele não é alguém para quem se nega algo. Eu estava indo para casa quando ele me ligou e disse que queria testar um novo conversível F-Type. Eu já tinha encerrado o expediente. Estava quase escuro, então deve ter sido depois das oito. Eu precisava entregar meus relatórios no dia seguinte, então fui o último a sair. Voltei por esse cara. Em vinte minutos, estava de novo na concessionária. O cliente ainda demoraria dez minutos para chegar. Entrei e escutei algo. Saquei na hora, sabe? Pessoas transando. Eu devia ter feito um barulho alto, acendido as luzes. Fingido não ter escutado nada e dado a eles a chance de escapar ou de se vestir. Qualquer coisa.

— Mas você não o fez. Entendo. É da natureza humana essa curiosidade.

Bem, não tenho orgulho disso. Mas fiz assim mesmo. Entrei silenciosamente na concessionária. Fiquei encostado contra a parede. E aí os vi. Havia luz da rua entrando pela janela. Brilhando bem em cima deles.

Tom espantou a memória do que viu. Dei a ele um momento para deixá-la passar.

Era meu chefe, o dono. Bob Sullivan. Ele estava com Lila, essa jovem. Uma garota, na verdade. Ela tem vinte anos, pelo amor de Deus! Ele tem cinquenta e três. Não sei por que razão, mas acho a parte mais perturbadora: Bob joga golfe todo fim de semana com o pai dela. Eles são amigos há décadas. Criaram os filhos na mesma cidade, no mesmo clube. Ela estava curvada sobre o capô de um Jaguar XK prateado. A saia estava levantada até a cintura, e ele estava com as mãos segurando-a para baixo. Uma das mãos no ombro dela e a outra atrás da cabeça. Foi perturbador, na verdade. Ele a estava penetrando por trás, e ela estava fingindo gostar. Gemendo e tal. Mas eu podia ver o rosto dela. Eu via como toda vez que ele se forçava para dentro dela empurrava-a no capô de metal daquele carro, usando o rosto e os peitos dela para se apoiar. Eu podia vê-la se retrair cada vez que ele fazia isso. Deus, você deve achar que os observei por um longo tempo. Sinceramente, foram poucos segundos. Mas foi suficiente. Não acho que eu vá esquecer aquela imagem por um bom tempo. Ele conheceu aquela menina quando ela era de fato apenas uma criança. De tranças, brincando de Barbie. Agora que ela tem um corpo de mulher, ele pode fazê-la se curvar em cima de um carro.

Foi ali que tudo parou. Meu coração. Minha alma. Minha integridade profissional. A única coisa se movendo era minha mente, e ela estava a mil.

— E o que você fez?

Saí. Voltei para o carro. Eu o estacionara na entrada dos fundos, mas dei a volta e dirigi direto para a entrada de forma que os faróis brilhassem na concessionária.

— Para dar a eles tempo de escapar.

Exatamente. Fiz o que deveria ter feito da primeira vez. Fiz barulho com as chaves na porta. Acendi as luzes e tossi. Bob saiu do salão com o rosto todo afogueado. Tive vontade de dar um soco nele.

— Ele deu alguma desculpa por estar lá tão tarde?

É claro. E eu fingi acreditar. Nem pensei naquilo. Disfarcei com mais facilidade do que achei que conseguiria. Ele não questionou. Discutimos o preço para o cliente que estava chegando, quanto de desconto eu poderia oferecer. Tenho certeza de que Lila escapou pela porta lateral. Não a vi sair.

— Quando foi isso?

Tom deu de ombros.

Na última terça-feira.

— Você falou disso com alguém? Com Charlotte?

Não. Ninguém. E eu preferiria manter isso entre nós dois. É o meu emprego. Minha carreira. Eu gerencio todas as concessionárias. Sou o braço-direito de Bob. De jeito nenhum vou colocar isso em perigo.

— Nem mesmo por essa jovem garota? É por isso que se sente impotente? Por que me contou essa história?

Tom considerou.

Sim, acho que sim. Não é que me sinta... eu sou impotente. Ela é adulta. Jovem, mas ainda assim adulta. Ela provavelmente acha que pode conseguir algo dele. Sei que ela precisa de dinheiro. Talvez pense que vai ganhar um belo bônus no próximo contracheque. O pai dela passou por momentos difíceis, e ela quer ir para a faculdade. O que devo fazer? Ameaçar contar para a mulher dele? Não é da minha conta.

— E se você não trabalhasse para Bob Sullivan? Se fosse um cliente, por exemplo?

Acho que... bem, não sei. Talvez eu me sentisse da mesma forma. Talvez não.

— Mas você teria uma escolha. A decisão seria sua, não ditada por seu empregador?

Sim. É isso. É exatamente isso.

Assenti. Eu estava satisfeito comigo mesmo por dizer o que teria dito sob circunstâncias normais.

Ainda assim, eu era uma criança com uma caixa de fósforos.

— Tom. Só preciso me certificar. Você disse que ele estava segurando o ombro dela com uma das mãos e a parte de trás da cabeça com a outra. E você viu o rosto dela.

Sim. Bem, eu disse que a mão dele estava no cabelo dela, não? Ele estava tocando ou talvez puxando o cabelo dela, mas não de maneira forçada...

— Você tem certeza de que era consensual?

Claro! Meu Deus. Depois de tudo que aconteceu... eu o teria jogado pela janela se achasse que não era consensual. Por que está perguntando isso?

Inspirei para acalmar a mente e pensar num plano. Eu não tinha contado a Tom cada detalhe a respeito da memória recuperada de Jenny, a respeito do posicionamento das mãos do agressor, uma no ombro dela e uma ao redor da nuca. Considerei contar nesse momento, mas não era a hora certa. Isso não é incomum quando as pessoas transam dessa forma. Os homens gostam de puxar cabelo ou passar os dedos por ele. E precisam se apoiar em algo. Não é absolutamente incomum. Ainda assim, nessa situação, era uma informação tão útil. Muito, muito útil. Eu estava prestes a estourar.

— Desculpe, Tom. Só queria me certificar. Esse incidente não deve, de forma nenhuma, fazer parte do trabalho aqui e de sua dor emocional pelo que aconteceu a Jenny. Você está certo, essa mulher é adulta. Parece que ela sabia o que estava fazendo, que ela tem suas razões, não importa quão tristes elas sejam. E Bob achou que ela estava gostando da experiência.

Tom parecia levemente confuso a respeito de suas impressões. Eu não disse mais nada. Seguimos discutindo sobre Charlotte e o trabalho que eu faria com Jenny, questões com os pais dele novamente, mais histórias de dor de sua infância. Deixei-o levar enquanto pensava implacavelmente em meu próximo movimento. Meu trabalho com Tom estava acabado. Por enquanto.

CAPÍTULO VINTE E UM

Eu tinha um intervalo de uma hora e meia entre Tom ir embora e Jenny chegar. Eu não a vira desde que recuperamos aquela memória, aquela única peça do quebra-cabeça, a qual eu acreditava que nos levaria às outras peças até que tivéssemos a história completa perfeitamente remontada. Relembrada.

Mas eu não estava pensando em Jenny.

Bob Sullivan. Era com ele que eu me importava. Não me surpreendia que estivesse transando com outra mulher. Quando Charlotte e eu discutimos o caso "de amor" deles, ela me disse acreditar de verdade que ele a amava. Que ela era a única. Que ele era torturado pelo amor que sentia por ela. Mas eu não acreditei. Nem por um momento. O ego dele era tão grande quanto os *outdoors* na estrada. Homens assim não amam uma só mulher.

Não voltamos a esse assunto desde que contei sobre aquela noite no estacionamento, quando Charlotte ainda estava coberta com o sangue da filha. Há mais a contar. Três meses tinham se passado – três meses de terapia e três meses de encontros semanais entre Bob e Charlotte. Tínhamos discutido aquilo de novo naquela exata manhã, logo após ela me contar que fizera sexo com o marido.

— Como estão as coisas com Bob?

Passamos a debater seu caso com a mesma aceitação e indiferença de seu jogo de tênis. De minha parte, era intencional. Seu caso era qualquer coisa, menos normal. No entanto, ela devia chegar a essa conclusão por conta própria. E não precisava de minha opinião sobre seu comportamento para deixar a situação mais confusa. Eu mantive uma neutralidade meticulosa.

Ah, não sei. Ela disse isso com um suspiro pesado. *Tem estado diferente desde aquela tarde. Sabe, quando encontramos Jenny na edícula. A gente se encontra numa casa do lado oeste de Cranston. Um amigo de Bob pediu para ele tomar conta enquanto viaja pela Europa. Eu só vou quando a faxineira vai lá em casa. Às segundas-feiras. Não deixo Jenny sozinha. Não por mais de uma hora, talvez, se preciso ir ao mercado ou à lavanderia. Não vejo amigas. Não jogo tênis. Quando entro no carro e saio da garagem, tudo em que penso é em Jenny caída naquele chão...*

Charlotte se recompôs: a típica longa inspiração. Olhos fechados, apenas por um segundo. Um leve estremecimento para espantar os demônios.

Então, às segundas, quando a faxineira chega, dirijo quarenta minutos para ver Bob por uma hora. Na verdade, não conversamos mais. Dizemos "oi". Ele pergunta de Jenny. Eu o atualizo. Pergunto como vai. Pergunto dos meninos. Aí transamos.

— Você conta isso com falta de algo. Entusiasmo? Interesse?

Eu sinto falta de algo. Na verdade, na semana passada, eu de fato me senti irritada. Ele estava levando mais tempo do que o normal. Fingi ter um orgasmo para que pudéssemos acabar. Não sei direito o porquê, mas não gostei da sensação das mãos dele em mim naquele dia. Isso tem sido mais constante desde aquela noite em que nos encontramos no estacionamento. Aquela noite horrível. Parece que a relação está num processo de morte lenta.

— Você acha que é por sua causa ou por causa dele?

Ela balançou a cabeça de um lado ao outro. *Realmente não sei. Quero dizer, ele fala as mesmas coisas para mim. E ele faz as mesmas coisas para mim. Ele ainda me manda mensagens de texto.*

— As sugestivas?

Elas são mais que sugestivas. Algumas delas eu apago imediatamente. São pornográficas. Fotos da ereção dele. Descrições de coisas que ele quer fazer.

Charlotte parecia ofendida enquanto falava a respeito. No passado, ela ficaria constrangida. E excitada.

Ele sempre diz que me ama. Mas não é a mesma coisa.

— Isso deve ser muito difícil. Bob tem sido uma peça importante para sua estrutura.

Ele me fazia sentir completa. Como conversamos. Ele sabe do meu passado e ainda me ama. Ainda me quer.

— Então, o que mudou? Por que não está mais funcionando?

Charlotte deu de ombros. Ela não sabia. Olhei para ela e suspirei. Ela me perguntou se eu estava chateado com ela e assegurei que não. Disse que estava apenas muito cansado. Nunca compartilho meus sentimentos com os pacientes, mas estava um pouco impaciente – eu ainda não tinha tomado o Lorazepam. Eu estava me arrastando para a melhor parte da sessão.

Deixei para Charlotte a análise de por que as coisas com Bob tinham mudado. É claro que eu sabia a resposta. Bob não tinha sussurrado aquelas palavras naquela noite perto da Dumpsters e da Home Depot. Ele não disse "não é culpa sua". O suprimento de aceitação e perdão fora interrompido, e ela agora tinha um pressentimento da verdade, de que todo esse tempo, enquanto Bob a abraçava e dizia que a amava, mesmo que ela tivesse dormido com o marido da mãe, mesmo que ela tivesse sido mandada para morar com a tia, ele estava mentindo. Bob era um mentiroso que queria fodê-la. Ele era imperioso. Esperto. Eu tinha que admitir que uma pequena parte de mim se impressionava com ele. De alguma forma, ele sabia o que seria atrativo para ela, o lado malvado de Charlotte se alimentaria de sua aceitação como a criança faminta que ela era e ia abrir as pernas sem se importar com a própria satisfação enquanto ele comparecesse. Mas agora suas palavras eram vazias. A comida que ele servia a ela estava rançosa, e ela estava com problemas para engoli-la.

Eu me perguntei o que ele estava servindo a Lila na concessionária da Jaguar. Do que ela precisava tão desesperadamente para se curvar sobre um XK prateado e deixar que ele empurrasse a cara dela contra o capô enquanto a montava como um bicho? Dinheiro, talvez, como disse Tom. Ou talvez ela precisasse do amor do papai. Poderia ter sido um milhão de coisas. Bob, aquele cão astuto, tinha compreendido. Sim, eu estava impressionado.

Quando Tom saiu do meu consultório mais tarde naquele dia, minha mente estava frenética. Continuei pensando sem parar: "Isso é muito bom para ser verdade". Era. Era muito perfeito.

Você provavelmente não consegue imaginar a cena, mas eu de fato me levantei e andei pela sala, para lá e para cá, como um doido. Eu tinha atendido Charlotte. Depois, dois outros pacientes. Então, houve a sessão de Tom, durante a qual eu soube de Bob e daquela vadiazinha na concessionária da Jaguar. Espero que você esteja acompanhando. Esse dia, essa sexta-feira, foi absolutamente essencial. Eu tinha ficado obcecado pela missão de salvar meu filho de uma acusação. Minha mulher estava certa. Só a acusação já mudaria a vida dele para sempre. As mídias sociais deixariam sua sórdida pegada indelével. E tenho de admitir – para você, não para Julie, porque continuaria a chateá-la – que a consequência de não poder tratar Jenny também pesava fortemente sobre mim. Nenhum pai nem nenhuma mãe em sã consciência permitiriam que isso continuasse sob tamanha nuvem de suspeita. Eu precisava terminar meu trabalho com ela. Sou um canalha egoísta, não sou? Nossa, eu fiquei paralisado naquele dia!

Mas não tanto a ponto de não continuar com meu plano.

Jenny chegou logo depois das quatro da tarde. Três Kramer em um dia. Eu estava imerso nas histórias deles, e aquilo me ajudava imensamente a juntar os detalhes. Escutei-os chegar à sala de espera. Charlotte sempre acompanhava Jenny. Lucas estava com elas. Não importava. Eles iriam embora assim que eu abrisse a porta, e eu ficaria sozinho com Jenny por uma hora. Mais, se precisasse.

Terminei meu trabalho no computador. Então, abri a porta.

Estou começando a sentir como se morasse aqui. Charlotte brincou. Ela parecia triste. Imagino que tivesse começado a perceber por que Bob perdera a magia.

Sorri, mas não falei nada. Jenny passou por mim e sentou-se no sofá.

— Já volto, Jenny. Só vou falar com sua mãe por um instante.

Tudo bem, disse Jenny. Ela pegou o celular, como todo adolescente. Não é possível para eles sentarem-se em silêncio. É claro que a sala não estava em silêncio hoje.

Fechei a porta, deixando Jenny do lado de dentro. Sozinha. Falei com Charlotte sobre os horários e fingi precisar de uma atualização a respeito de Jenny desde aquela manhã. Ela não pensou duas vezes. Tirou o telefone da bolsa e verificou datas e horários. Lembrei-a que vou a Somers às terças-feiras.

— Oi, Lucas — cumprimentei. Apertei a mão dele e encontrei seu olhar. Ele não era meu paciente e ainda me olhava como as crianças olham para os médicos. Elas têm razão em ficar apreensivas. Médicos significam que há, ou pode haver, algo errado com você. Médicos fazem coisas que às vezes doem ou o deixam desconfortável. Eu não me ofendia.

Isso não levou mais que três minutos, mas era tudo de que eu precisava. Eu me despedi e, então, entrei no consultório.

Meu computador estava ligado, tocando repetidamente um comercial das concessionárias de Bob Sullivan. Era tudo Bob, a voz dele, sem parar. Jenny não estava incomodada com aquilo. Ela sorriu para mim quando passei e andei até a mesa.

— Desculpe. Não percebi que deixei ligado.

Tudo bem, disse ela.

Desliguei o comercial, andei até a cadeira ao lado do sofá e tomei meu lugar.

— Gosto de ver as notícias às vezes, mas odeio esses comerciais. Sei que seu pai trabalha lá. Acho que apenas odeio comerciais, ponto.

Ela sorriu, e eu me ajeitei na cadeira. Eu estava satisfeito comigo mesmo por completar essa parte do plano, da missão. Então, mirei o rosto dela. Seus olhos. Perdi o fôlego.

Eu descrevi minhas impressões de Jenny antes, como eu ficara confuso pela menina que vi meses antes do estupro e da tentativa de suicídio. Como ela não parecia uma vítima de trauma. Certamente, não uma vítima de estupro. Depois, quando a verdade sobre o tratamento que ela recebeu veio à tona, tudo fez sentido para mim. Acho que eu até disse que me senti aliviado de saber que não estava perdendo a cabeça profissionalmente. Depois que comecei meu trabalho com Jenny e, para ser honesto, depois que ela conheceu Sean Logan, ela mudou de novo. Como Tom disse, havia vida de volta nos olhos dela. Da última vez que eu a atendera, naquela quarta-feira, fizemos a importante descoberta, uma luz no fim do túnel. A memória. Eu presenciara o pânico rasgá-la enquanto ela revivia aquele momento único. Eu presenciara um vislumbre de dor, choque e horror. Mas então aquilo tudo desabou. Quando ela foi embora, era difícil detectar qualquer coisa. Dois dias tinham se passado. Dois dias vivendo com a memória.

Tentei sorrir educadamente enquanto estudava seu rosto. Pude ver. Pela primeira vez, pude ver o estupro em seus olhos, andando ao lado da vida.

— Como estão as coisas desde quarta-feira? — consegui perguntar.

Ah, que pessoa horrível eu sou! Eu não podia acreditar no que tinha feito. Eu não podia acreditar que tinha colocado em ação a traição mais desonesta. Eu tinha aberto o caminho de volta para aquela noite. A paciente estava na mesa e eu estava prestes a infectá-la com os germes de uma mentira. Tive a chance de dar tudo de volta a ela, a verdade mais pura. Em vez disso, eu iria em frente com meu plano maléfico e adulteraria aquilo para meu próprio benefício. Para salvar meu filho. Para salvar minha família. Eu disse a mim mesmo que podia fazer apenas esse pedacinho, mas manter o resto, descobrir o resto, intacto. Como seria possível? Essa única alteração seria o fim da verdade. Os germes causariam uma infecção que se alimentaria da carne saudável até que tudo estivesse contaminado. A verdade, morta. Meu desespero era profundo. A ironia me encarando no rosto. Se eu recuasse agora, meu filho seria questionado, e eu não poderia mais clinicar. Para salvar meu filho, eu teria que macular meu trabalho. Você está vendo? Está?

Jenny começou a falar, sobre a memória e como ela se tornara cada vez mais clara. A mão nas costas dela. A mão na nuca. O cheiro de cloro. O pênis dele entrando nela e o choque que se seguiu conforme ele empurrava mais e mais forte, ferindo-a por dentro. A violação. A dor. O animal subjugado. Seu corpo e seu espírito. Subjugados. Era perfeita a forma como essa memória voltava ao foco. Não sou doente de pensar isso. Era perfeito porque era real. Estivera lá todo esse tempo, cuidadosamente preservada, e agora tinha encontrado o caminho de volta. Não apenas como uma série de acontecimentos; nos últimos dois dias, Jenny se conectara aos sentimentos que criou. Eles não estavam mais flutuando dentro dela, como os fantasmas que Sean Logan havia descrito. Eles encontraram sua morada e agora podiam ser reorganizados e, por fim, processados. Estava funcionando! Jenny chorou. Ela soluçou.

Eu odeio ele! Ela gritou em meu consultório. *Eu odeio ele!*

— Sim! — falei. Eu mesmo queria chorar. Eu estava completamente dominado pelo poder do que tínhamos soltado dentro dela.

Por que ele fez isso comigo?

— Porque ele não é nada sem o poder que tomou de você. Ele não é nada, e você é tudo. Você consegue sentir isso? Quanto ele está desesperado para tomar seu poder? Quão faminto? Ele é o animal, Jenny. Não você. Ele não tem alma.

Então ele tomou a minha. Ele roubou a minha.

— Ele tentou. Mas ele só tomou um pedaço pequeno.

Eu quero ela de volta! Está me escutando? Eu quero ela de volta!

Ah, como a força dela me emocionou naquele dia! Concordei com a cabeça e disse as únicas palavras que me vieram à mente.

— Eu sei.

Deixei-a elaborar aquilo por um instante e me permiti desfrutar daquele momento. Saboreá-lo. Então, engoli cada resquício de integridade que ainda tinha e segui em frente com meu plano.

— Quero focar no som hoje. Talvez numa voz.

Ela concordou. Ela confiava totalmente em mim. Eu tinha em mente os acontecimentos daquela tarde na edícula. Eu não tinha a fita do investigador na época, mas tinha a lembrança de Charlotte. Ela me contara o que havia sido dito. Como Bob repetira sem parar a mesma expressão exclamatória. *Ah, meu Deus!*

— Há algumas coisas que devem ter sido ditas. Coisas que as pessoas falam quando estão muito emotivas. Imagino que essa criatura, esse animal, estivesse num estado emocional intensificado. Você precisa fechar os olhos e apenas deixar as palavras entrarem, como fizemos com os aromas. Não as force. Apenas veja se alguma delas ressoa.

Jenny abriu a bolsa e tirou os apetrechos. Ela sentou-se com eles como sempre fazia, assentiu e fechou os olhos. Não coloquei música. Não a deixei sentir o cheiro de cloro. Eu não queria que ela voltasse para aquela noite na mata, mas para aquela tarde na edícula.

Agora veríamos. Colocaríamos à prova teorias e estudos sobre memória. Jenny estivera inconsciente enquanto Bob Sullivan se inclinava sobre ela, atando seus punhos, tentando salvar sua vida. Será que a voz dele estaria lá? Será que as palavras dele pairavam, aguardando para ser puxadas das pilhas de arquivos? Eu conseguiria puxá-las e rearquivá-las – não daquela tarde na edícula, mas daquela noite na mata?

Jenny fechou os olhos.

— Você está pronta? — perguntei.

Ela assentiu. Inspirei e balancei a cabeça desgostoso comigo mesmo e com o que estava prestes a fazer. Então, pronunciei as palavras.

— Ah, meu Deus... Meu Deus... Sim... Você está gostando? Sim... Ah, meu Deus... Hummmm... Ahhhhh... Sim!... Ah, meu Deus... Nossa... Nossa Senhora, meu Deus... meu Deus, meu Deus...

CAPÍTULO VINTE E DOIS

Jenny não se lembrou de ter ouvido a voz de Bob Sullivan na noite do estupro. Você achou que seria fácil? Aquela sessão era apenas o início. Era uma pequena semente, plantada em solo fértil. Seria necessário mais do que apenas a terapia, mais do que o truque de tocar os comerciais de Bob logo antes das sessões. Se esse trabalho fosse simples, qualquer idiota faria. Não é. Tampouco meu plano. E nada mais poderia ser feito até segunda-feira.

Naquela noite, fui para casa esperançoso e destruído.

Meu filho me esperava. Ele estava chateado por ter sido detido numa sexta à noite pela mãe.

— Olá — cumprimentei. Ele estava na sala de televisão jogando Xbox. Minha mulher permaneceu na cozinha depois de me dar um oi nervoso e me beijar na bochecha.

Parei na porta. Ele estava de costas para mim e, com o som alto nos fones de ouvido, não ouvia nada. Soldados estavam matando combatentes numa povoação urbana. Meu filho usava uma faca para cortar a garganta deles. Ele gritava com os amigos que jogavam com ele pela internet. Eram gritos brincalhões, seguidos de risadas. Um combatente veio por trás e esfaqueou meu filho. Ele berrou, depois gargalhou forte. Ele falou para o amigo: *Você é uma porra de um idiota. Onde você estava? Quê? Preso na ponte. Cara, você tem que entrar no ônibus para passar pela ponte. Você me matou, cara. Que merda. Ha, ha, ha.*

Fazia menos de dois dias desde que eu soube que me filho tinha um casaco azul com um pássaro vermelho. Desde que percebi que podia ter sido ele indo para a mata na noite da festa. Minha mulher e eu tínhamos debatido o que fazer para mantê-lo seguro.

Sempre fui fascinado pelo laço entre pais e filhos. Tenho certeza de que você já pensou nisso. Faz parte da condição humana. É a causa de estarmos aqui. Para fornicar, fazer bebês e depois morrer protegendo-os. Nesse sentido, somos animais. No entanto, temos moralidade, e é isso que nos distingue dos bichos. Não me importo com o que digam sobre animais. Eles não têm moral. Qualquer comportamento que imite a moralidade não é nada além de coincidência. Os bichos são guiados pela necessidade de sobreviver, e essa necessidade, esse instinto cru, às vezes os faz agir de forma "moral". Quando protegem um membro vulnerável da tribo. Quando se juntam em manada para impedir que um leão os pegue, um de cada vez. Quando aceitam membros de outras tribos ou manadas. É tudo questão de sobrevivência. Algo benéfico para o grupo. Há tantos ou mais comportamentos que são imorais. Porcos machos que matam a própria prole para que as fêmeas parem de amamentar e fiquem férteis novamente. Rinocerontes velhos que são enxotados do rebanho porque não têm mais utilidade. Cadelas que comem filhotes recém-nascidos defeituosos. A lista é imensa.

Vejo isso na prisão, onde as forças de socialização são expostas. Vejo isso nos transtornos de eixo II, nas pessoas que não têm empatia. Sociopatas. Não estamos tão distantes dos animais. A única coisa que nos distingue é frágil. Mas é real.

Venho observando minha mulher e cheguei à conclusão de que ela não descartou a possibilidade de que nosso filho tenha violentado Jenny Kramer. Tem sido difícil aceitar isso, porque sei que ele é inocente e estou perturbado pela ambivalência dela. Não é que ela não o ame. Se eu tentasse entender, sei onde daria. Ela não consegue explicar a presença dele na mata, a depilação nem o cloro. Admito que são obstáculos difíceis de superar. Então, ela pegou um caminho mental menos corajoso, o caminho da justificativa. Talvez ele estivesse doidão de drogas. Talvez tenha sido um "estupro em um encontro" que deu errado. Talvez um de seus amigos o tivesse seguido e também estivesse envolvido, e talvez o amigo é que tenha sido tão violento. Certamente nosso filho não poderia ter feito o que estão dizendo. Mas a garota não se lembra, não é? Os "fatos" do estupro ainda são apenas especulação. Qualquer um podia acrescentar informações à história.

Ela falara dos infames estupros em encontros na parte sudeste do país. Nós dois nos lembrávamos de ouvir testemunhos no julgamento, de como as vítimas foram perseguidas, suas histórias desfeitas e partidas. O sujeito conhecera todas elas na escola. Elas, de comum acordo, foram a lugares com ele. E ele foi para a cadeia mesmo assim, ainda que sempre tenha havido dúvida. Os pais dele, que o amam, gastaram uma fortuna defendendo-o. Não havia dúvida de que faríamos o mesmo por nosso filho.

Quando, anos mais tarde, o estuprador adolescente recebeu a liberdade condicional, assistimos à audiência pela televisão. Ele se apresentava como homem bom, arrependido, cheio de remorso. Reabilitado. Então, as vítimas falaram. Pela primeira vez, elas contaram as histórias sem interrupção de advogados de defesa espertos. Julie e eu ficamos chocados com o que ouvimos. Eram histórias horríveis de violência, estupro, sodomia, obscenidades verbais e estrangulamento. A imprensa, muitos anos antes, não tinha retransmitido os fatos de maneira genuína. Tudo havia sido manipulado para criar uma controvérsia interessante de ele disse/ela disse. A liberdade condicional foi negada. O jovem homem bom se transformou. Ele se tornou belicoso. Julie disse que de repente passou a ver a loucura nos olhos dele. Fiquei desapontado comigo mesmo por não ter detectado o transtorno de eixo II nesse caso. Hoje eu enxergaria, tendo trabalhado na Somers durante estes últimos anos.

Minha questão é a seguinte: Julie levantou esse assunto porque queria se certificar de que eu protegeria nosso filho da forma que essa família tinha protegido o deles. Ela queria se certificar de que eu faria isso, mesmo se começássemos a acreditar que ele estuprara minha paciente. Mesmo que ele se revelasse um sociopata. Ela foi tranquilizada por minha convicção, e eu fiquei perturbado pelas suposições dela.

Eu tinha curiosidade a respeito da família do estuprador no sudeste do país. Eu tinha curiosidade para descobrir se eles sabiam que ele era culpado e não se importavam ou se eles se agarravam a cada pedaço de indício conflitante, convenciam a si mesmos de que as vítimas eram apenas vadias deploráveis e assim podiam acreditar na inocência dele e justificar seus atos. Também admito, reconhecendo para mim mesmo, de um modo que pode ser considerado excêntrico, que eu seria extremamente adepto das justificativas, dado meu profundo arsenal de conhecimento psicológico. Eu não tinha de responder a essas perguntas nem colocar minha teoria à prova. Eu não compartilhava da ambivalência de minha mulher em relação a nosso filho.

Andei até a televisão e bloqueei a visão dele. Ele tentou continuar o jogo, olhando para a esquerda, depois para a direita, os dedos no controle. Enfim ele olhou para meu rosto e soube que tinha chegado a hora da conversa que a mãe avisara que teríamos, o motivo pelo qual ele ainda não tinha saído nessa noite.

Tenho de ir, disse ele aos amigos. Ele apertou alguns botões, então largou o controle. Seu avatar desapareceu. Desliguei a televisão.

Não vou entediar você com os detalhes do que cada um de nós falou. Vou apenas dizer que contei a respeito de Cruz Demarco. O homem no Civic azul. Contei a ele que Demarco viu uma pessoa de casaco azul com um pássaro vermelho entrar na mata bem na hora do estupro. Expus os fatos que fariam dele suspeito se jamais fossem conhecidos. A depilação. O cloro. O casaco. Era com esse último que ele podia fazer algo.

Eu podia vê-lo processar a informação. Eu via o cérebro de sua mãe, não o meu, dentro de seu crânio.

— Você entende o que estou dizendo? Eles vão interrogá-lo de novo.

Eu sei disso. Eles estão chamando toda a equipe de natação.

— Vamos esclarecer uma coisa — falei. — Sei que você não fez nada para machucar Jenny Kramer.

Não fiz! Ouvi o medo na voz dele.

— Eu sei. Mas você pode imaginar como isso vai parecer. Eles vão perguntar se você se depilou, não apenas as pernas, mas o corpo todo. Eles vão perguntar sobre o casaco.

Ele não falou nada, e foi então que eu soube. Ele tinha depilado tudo. Ele tinha usado aquele casaco na festa.

— Jason, você não se lembraria de algo que aconteceu tanto tempo atrás, não é?

Ele olhou para mim de forma estranha, mas logo começou a entender. Fiz meu discurso sobre o mundo ser injusto, disse o que seria usado contra ele. Entendi que ele sabia o que deveria ser feito. Debatemos a moralidade e as poucas vezes em que era aceitável ultrapassar a linha, ser um animal. A sobrevivência era uma delas.

— Você é inocente e merece ser tratado como inocente. Esse é o ponto fundamental.

Certo, pai.

— Bem, para que a gente se certifique de que pensou em tudo, só preciso saber uma coisa sobre aquela noite. Preciso saber o que você estava fazendo na mata.

Meu filho mentiu. Ele me olhou direto nos olhos, como fazia. Ele achava que podia me enganar. Eu, subestimado em minha própria casa.

Eu não estava perto da mata. Não saí da festa.

— Jason. Por favor. Você foi visto.

Eu não estava lá! Eu juro!

— E não há ninguém além daquele traficante de drogas que vá contradizer isso?

Não! Eu juro!

— E o casaco? Por que estava no chão do seu armário?

Não sei. Meu quarto é uma bagunça. Às vezes jogo coisas no armário quando chego em casa.

Eu estava de novo chocado com minha capacidade de me apegar a essa mentira fraca e medíocre. Eu sentia repugnância por ele naquele momento. Ainda assim, eu persistia no plano de protegê-lo a todo custo. A um grande custo. Eu podia sentir a autoaversão tomando conta de mim e não conseguia tolerar pensar no esforço que seria necessário para me perdoar um dia. Então, não pensei.

Concordamos a respeito do que tinha de ser feito. Fomos até o quarto dele para apagar quaisquer fotos dele com aquele casaco que poderiam estar em qualquer mídia social. Ele parecia entender os limites que eu tinha traçado. Os limites em minha vontade de mentir por ele e acobertá-lo. O fato de eu fazer isso apenas porque acreditava que ele era inocente. Eu não disse que não importava. Nem que a mãe dele não compartilhava de minha convicção.

Uma hora depois, ele saiu para encontrar os amigos. Não sei o que me deu, mas tomei um copo de uísque e depois levei minha mulher para o andar de cima e a fodi como Bob Sullivan fodeu aquela secretária.

Não nos demoramos na cama. Julie me beijou, sorriu e, então, levantou-se para tomar banho. O sangue corria por minhas veias e me concentrei no pensamento que eu sabia que estava se escondendo dentro de mim, me torturando. Foder minha mulher como um animal não tinha espantado as preocupações.

Fechei os olhos e deixei o pensamento emergir. Todo esse tempo, eu ficara preocupado por meu filho estar naquela mata porque podiam acusá-lo de ser o estuprador.

Meu filho estava na mata. Meu filho estava na mata com o estuprador.

Soltei um suspiro audível.

"Meu Deus", pensei.

Meu filho podia ter sido a vítima.

CAPÍTULO VINTE E TRÊS

O FIM DE SEMANA FOI ESTRANHO e emocionalmente doloroso. Minha mulher chorou várias vezes, quase sempre no banheiro, enquanto a água corria. Ela saía com o rosto vermelho, os olhos vermelhos. Meu filho estava incomumente quieto e passou grande parte do tempo treinando na piscina ou na rua com amigos. Ele não queria ficar perto da gente.

Quanto a mim, briguei com o medo e o coloquei numa caixa numa prateleira, da forma que Julie faz. Meu filho não tinha sido estuprado e era um desperdício de neurônios insistir no pensamento do que poderia ter acontecido. Foquei no que ainda representava uma ameaça a ele.

O tempo que tive para esvaziar a mente foi produtivo. Na segunda-feira, quando Sean Logan chegou para a sessão, eu maquinara outro aspecto do plano.

Sean ficara preso naquela porta vermelha. A despeito de nossa dedicação ao processo, nenhuma outra memória fora recuperada. E eu passara da frustração à aceitação. Sean estivera fora do centro da explosão. Foi o colega dele, Hector Valancia, que sofreu o impacto direto. O relatório investigativo o colocava pairando acima, como se talvez olhasse para uma bomba de fabricação caseira abaixo. Ainda assim, Sean tinha perdido a consciência. Era bem possível que as memórias do momento próximo à explosão nunca fossem preenchidas.

Ele entrou com um sorriso no rosto, parecia relaxado de uma forma que não lhe era característica.

— Como vai? Como foi o fim de semana? — perguntei.

Sean se sentou e deu uma batidinha nos joelhos.

Muito bom, doutor. Excelente.

— Que bom ouvir isso. Algo em particular?

Sei lá. O tempo está começando a virar.

— Sim. A neve finalmente acabou, não é? Levou um tempo este ano.

Com certeza. Chegou a quinze graus no sábado. O sol estava brilhando. Levei meu filho a um jogo de beisebol do Bluefish. Parecia um jogo do campeonato anual, de tão empolgado que ele estava.

— Isso parece ótimo. E Tammy?

O senhor sabe. Ela está aguentando.

— Algum acesso de raiva?

Não. Nenhum. Acho que os remédios estão finalmente fazendo efeito.

— Não é só a medicação, Sean. Você está no mesmo processo há mais de um ano. É o trabalho que você está fazendo.

Sean era o homem mais humilde e modesto que eu já tinha conhecido. A despeito da estagnação no processo de recuperar memórias, ele lutava muito para controlar o comportamento, para reconhecer as emoções, os "fantasmas", e ordenar que eles se retirassem antes que ele socasse mais paredes em casa. Ele nunca tinha batido na mulher nem no filho. Ele enfiaria uma bala na cabeça antes de fazer algo do tipo. Ainda assim, era aterrorizante presenciá-lo perder o controle. Quando os fantasmas ganhavam a luta.

Ele deu de ombros e olhou para o tapete.

— Você precisa reconhecer seu sucesso, Sean. O que você acha que o vem ajudando?

Eu sabia a resposta. Eu estava curioso para saber se ele diria em voz alta.

Sei lá.

— Você consegue descrever algo, talvez como se sentiu com seu filho no jogo de beisebol? No passado, você se deixava levar. Fingindo gostar dele para que ele não se sentisse rejeitado. Foi assim no sábado?

Não. De jeito nenhum. Houve um momento. Nosso time estava com as bases todas ocupadas. Eu o cutuquei e disse: "É isso aí, garotão! As bases estão ocupadas!". Ele arregalou os olhos, se levantou, segurou na grade e começou a pular. Ele falou: "Ah, moleque! Ah, moleque!". E eu: "Isso, garoto! É isso aí, certo?". Ele na verdade não sabia o que aquilo significava. Acho que ele não entende nada do que está acontecendo. Aí ele olhou para mim e ainda estava transbordando de alegria... Ele simplesmente não conseguia se conter, como se estivesse prestes a explodir...

A voz de Sean começou a tremer.

— Está tudo bem, Sean — assegurei.

Com essa permissão, ele chorou um pouco. Só um pouco, veja bem.

Ahhh, doutor, desculpe. É só que... é só que não consigo controlar. Ainda posso sentir.

— Isso é ótimo, Sean. É bom sentir as coisas. Sei que passamos muito tempo tentando não sentir coisas, as coisas que não pertencem a você. Mas isso pertence. Essa alegria dominante pertence muito.

Ah, rapaz. Caramba. Acho que sim.

— O que Philip fez em seguida, depois de pular alegre?

Sean sorriu de orelha a orelha.

Ele olhou para mim e disse... Ah, rapaz... espere um segundo. Ok, ele disse: "Papai! Eu te amo!".

Mais algumas lágrimas rolaram. Passei um lenço a ele. Foi tão bonito. Mesmo depois de meu fim de semana pervertido, da corrupção de minha própria alma, eu ainda ficava tocado pela visão desse homem enorme e poderoso completamente dizimado pelo amor do filho.

— Sean — falei. — O que você está sentindo agora é bom! Isso é amor. Você sentiu, e ainda sente, amor por seu filho. O que mais?

Estou agradecido, sabe? Agradecido pra cacete. Esse carinha, essa vidinha vivendo nesse mundo louco de pedra, e, de alguma forma, consegui enchê-lo de felicidade. Só por ter dirigido uma hora até Bridgeport e comprado um cachorro-quente pra ele.

— Ah, mas não foi só isso! Você não vê? Ele sentiu seu amor por ele e seu desejo de estar com ele, e foi isso que o encheu de alegria! Essa conexão. Nesse mundo louco há um homem grande e forte que o ama, e por isso ele sabe que estará seguro. Ele sabe que vai ter um lar, não paredes e janelas, mas um canto reservado no coração de outra pessoa. É isso que significa ser humano!

Sean olhou para mim de um jeito estranho, e percebi que eu tinha ficado muito mais emocional do que normalmente me permito. Inspirei para me conter. Meus nervos estavam desgastados, e agora minhas entranhas se espalhavam pela sala.

— Os sentimentos que você acabou de ter quando se lembrou dessa memória, você percebe como suas emoções e suas memórias estão conectadas? — Mudei a marcha rapidamente e com precisão admirável.

Ah, sim. Desculpe ter perdido o controle. Merda. Eu nunca choro, doutor. Nunca.

— E já pensou apenas ter esse sentimento poderoso e não saber por quê?

Sean riu.

Sim. Eu provavelmente pensaria estar apaixonado pelo senhor ou algo assim, né, doutor?

Eu me juntei a ele na gargalhada.

— De fato. Ou por um estranho na rua, talvez. Isso seria bem estranho.

Sim, saquei. Eu não ligaria se esse fosse um dos fantasmas. Esse fantasma poderia ficar por perto.

— Todos nós poderíamos dispor de um pouco mais de alegria espontânea, acho. Você quer trabalhar mais na recuperação da memória?

Sim. Vamos lá.

Levantei e andei até a mesa para pegar meu laptop. Sempre trabalhávamos com simulação.

— Certo. Posso perguntar antes se você vem ao grupo esta semana?

Observei o rosto dele cuidadosamente. O grupo era onde ele via Jenny. Nenhum dos dois tinha perdido uma sessão nos meses desde que ela entrara.

Claro, sim.

Ele estava visivelmente indiferente.

Eu suspeitara que eles estivessem ficando mais próximos. Não é para fazer pouco-caso de minha eficiência, mas houve uma mudança drástica no humor dos dois que não tinha correlação com o progresso, nem com a falta dele, no trabalho de memória. Eu perguntara a Jenny sobre Sean. Com muita frequência, eu temia. Ela tinha começado a se perguntar se o que estavam fazendo era errado. Eu podia ouvir a hesitação em sua voz.

Não era errado. Como podia ser, se ajudava ambos? Mas eles tinham progredido de mensagens de texto e Skype a café e longas caminhadas. Sean estava com trabalhos ocasionais. Jenny não ia à escola. Ela ia de bicicleta até a cidade, e eles se encontravam lá, em Fairview, depois iam de carro até lugares em que não seriam reconhecidos. Charlotte achava que ela estava fazendo compras ou passeando com amigas. Ela queria tanto ver Jenny sair de casa... Ela me contara que Jenny parecia feliz, genuinamente feliz, quando ia à cidade, então ela não se preocupava nessas ocasiões. E a filha sempre voltava para casa em umas duas horas.

Jenny me contara desses encontros secretos, e eu me senti na obrigação de manter a confidencialidade. Ainda assim, Sean tinha vinte e cinco anos. Era casado. Jenny tinha dezesseis. É um daqueles dilemas que ficam em sua cabeça, como uma pequena rachadura no teto. Você se esquece dele no meio de todo o resto. Mas, de vez em quando, seus olhos o avistam e você pensa: "Será que piorou? Está na hora de consertar?". Eu não permitiria que o relacionamento deles de tornasse sexual. Eu não permitiria que o teto desabasse. Mas nunca sabemos quando a rachadura vai ceder, sabemos? Não conseguimos ver por trás do reboco.

Sean sentiu amor pelo filho *por causa* da conexão com Jenny. Jenny e Sean compartilhavam algo único, uma compreensão que ia além da empatia que eu e as outras pessoas na vida deles podíamos proporcionar. Pela compreensão, deu-se a conexão. E essa conexão proporcionou um lar a Jenny, um lugar seguro. E deu poder a Sean.

Quando Sean ligava para Jenny no meio da noite, com a raiva dilacerando-o, o punho cerrado, ela sabia o que ele sentia. Ela não tinha de lhe dizer nada. Bastava que ouvisse. Sean fazia o mesmo por ela. Antes de ela recordar aquela pequena memória do estupro, ela me contou como era estar com ele.

Penso nisso por horas. Fecho os olhos e nos imagino sentados na lanchonete ou andando à beira do lago. Consigo ver o rosto dele e repasso tudo o que quero dizer a ele. Como se eu ensaiasse para uma peça ou algo assim. Não consigo pensar na lição que preciso fazer para o professor particular nem no cronograma de minha mãe nem em absolutamente nada. Imagino que estou tirando todos os sentimentos ruins e colocando-os no lixo, como num saco plástico preto gigante. Um por um, a queimação no estômago, a batida no peito, o medo de tudo e de nada, aquele sentimento de que nada é o que parece, a desorientação – tudo o que falamos aqui e tudo o que me deixou tão maluca que eu tentei me matar –, começo a jogar tudo num saco. Então, carrego aquele saco na garupa da bicicleta e aí vejo o carro dele, ele salta e, imediatamente, pega o saco e o coloca no porta-malas; tudo isso se dissipa pelo tempo em que estamos juntos. Realmente desaparece! E o que quer que aconteça, se a gente só ficar falando sobre coisas bobas ou eu chorando o tempo inteiro ou ele falando de coisas que o deixaram zangado naquela semana, não importa, porque o saco de lixo está trancado no porta-malas dele.

— E o que acontece quando vocês voltam para a cidade, ele estaciona o carro e você sai e tira o cadeado da bicicleta? Ele devolve o saco de lixo? — perguntei a ela. Em geral, sei as respostas a minhas perguntas. Dessa vez, no entanto, eu não sabia.

Ele não me devolve. Ele nunca faria isso. Mas sempre há mais lixo.

— Sinto muito, Jenny. Deve ser bastante difícil saber que o lixo não desapareceu para sempre quando ele se afasta com o saco.

O lance é que sei que em uma semana, dez dias ou o tempo que for, posso entregar o saco a ele e, por aquele pequeno intervalo, fico livre dessas questões. Então, quando o lixo vem, apenas imagino que o coloco no saco. E aí vem mais, e coloco no saco. Encho aquele saco e daí o coloco na bicicleta e levo até ele.

Não posso carregar o saco para Jenny. Tampouco os pais ou os amigos dela ou os outros membros do grupo. Só Sean. Você consegue imaginar ter esse poder?

Sean não entrega um saco de lixo a Jenny. Não perguntei a ele sobre isso nem sobre Jenny, porque esse homem decente não precisa de mais culpa. Mas eu sei. Sean não teria prazer em delegar esse peso. Seu prazer, sua alegria, reside no poder que ele tem em segurar a onda de Jenny. Ele leva o saco de lixo dela, e ela dá a ele propósito, uma razão para levantar todo dia. Uma razão para continuar lutando. Uma razão para viver.

Sim, Sean amava o filho. Eu ainda não sabia se ele amava a mulher ou só se sentia preso a ela. Eles nunca tinham compartilhado um dia de paz. Apesar disso, ele amava Philip, e esse amor foi libertado pelo que ele tinha com Jenny. Ela tinha encontrado um buraco através da culpa e dos fantasmas dele. Eles não podiam tocar no poder que ela dera a ele. E aquele poder era como um campo de força invisível em volta do amor dele, protegendo-o, fazendo-o se sentir seguro de sair do esconderijo.

Eu me sinto frustrado. Estou misturando metáforas. Como luto para explicar as coisas.

Podemos apenas concordar que eles compartilhavam algo muito especial?

O problema é este: ele é homem e ela é mulher – jovem, sim, mas ainda assim mulher. E, quando há uma conexão assim tão forte, ela quer ir até o limite. E o limite extremo para um homem e uma mulher envolve sexo. Não às vezes. Não talvez. *Sempre*.

Sentei à mesa entre mim e Sean. Eu me movia devagar porque o telefone tocou cinco minutos depois do que eu tinha pedido mais cedo naquela manhã.

— Ah, me desculpe, Sean. Preciso atender. Você se importa?

Tudo bem, doutor, disse ele.

Levei meu celular para o pequeno aposento entre o consultório e o banheiro. Fechei a porta, não completamente.

— Detetive Parsons. Obrigado por retornar a chamada — falei. Fiquei bem perto da abertura na porta. Não abaixei a voz.

Sem problema. Você disse que tinha algo para mim? Aconteceu algo com Jenny? Outra memória?

— Algo assim. Mas escute. Isso só pode ficar entre nós dois, entende? Quando eu lhe contar, você vai compreender.

Sou todo ouvidos, Alan. O que é?

Meu coração batia acelerado. Eu me senti corrompido. Eu tinha sido tão preenchido de bondade naquela manhã com Sean, ouvindo sobre o momento dele com Philip. Compartilhando suas lágrimas. Pareceu puro e sagrado. Agora eu estava prestes a continuar no caminho do mal.

Sean era luz. Eu era a escuridão. Ele era bom. Eu era mau. Ele era puro. Eu era imundo.

Engoli o remédio amargo e continuei. A criança com a caixa de fósforos. Um fósforo agora aceso.

Alan, você está aí? Quem é a pessoa em quem você quer que eu dê uma olhada?

Então, falei. Simplesmente falei. E falei alto o suficiente para Sean me escutar.

— Bob Sullivan.

CAPÍTULO VINTE E QUATRO

O DIA SEGUINTE ERA UMA TERÇA-FEIRA, e eu fui para Somers, como de costume. Senti alívio de estar com os criminosos, de gritarem comigo, de ser desrespeitado e enganado. Meu alívio me preocupava. Será que meus próprios crimes eram tão desprezíveis que agora eu sentia que merecia maus-tratos? Será que agora eu estava destinado a uma vida de martírio para pagar a dívida de minhas transgressões? Logo eu me juntaria ao pobre Glenn Shelby na cova para não viver dessa maneira.

Foi um dia fácil em Somers. Ou talvez eu tivesse sentido assim devido à comparação com a semana que eu tivera em Fairview. Aqueles que normalmente procuravam medicamentos abusaram de minha paciência. Os detentos que de fato mereciam não eram curados nem davam valor ao pequeno conforto que minhas prescrições proporcionavam. A equipe me lembrava do quão infeliz a vida pode ser quando não se toma cuidado ao pavimentar o caminho certo, quando não se constrói um bom lar para si mesmo. Ainda assim, nada me aborreceu naquele dia.

Até aqui, falei muito pouco a respeito de minha própria família, meus pais e minha irmã. Não parece relevante à história, mas, ainda assim, muito do que lhe expliquei envolve percalços e disfunção da infância. Para entender por que fiz as coisas que fiz talvez você deva ter mais peças do meu próprio quebra-cabeça.

Você já sabe que meus pais eram pessoas amáveis, generosas. Encontro com eles uma vez por ano, no verão. Julie é muito boa a esse respeito. Eles moram a uma viagem de avião de distância, então é preciso planejamento e esforço, e agora estão mais velhos e não gostam de viajar, portanto o ônus é nosso. Minha irmã é dez anos mais nova, e temos pouco em comum. Ela é professora de história em Londres. Nunca se casou, mas parece bem feliz com a vida que leva. Todo Natal ela nos manda um cartão com uma foto dela e de seus dois labradores.

Isso parece o suficiente por ora. Espero ter demonstrado que minhas motivações para ajudar meu filho foram guiadas por instintos egoístas, mas normais, que um pai tem de proteger o filho, não por nada mais amoral que isso. Sinto necessidade de me justificar. É uma manifestação de culpa. Digo aos pacientes que nada de bom surge da culpa. Ela nos leva a caminhos baixos. É, por natureza, uma emoção que olha para trás. Viu como ela já me desviou da tarefa atual?

Esses dias foram desafiadores, e eu tinha conhecimentos suficientes para reconhecer a ajuda que precisava dar a mim mesmo. Dizem que os médicos são os piores pacientes. É porque exercitamos um poder incrível: o poder de curar, se formos competentes, e o poder de ferir, se não formos. Nós nos colocarmos na posição daqueles sobre quem exercemos esse poder é um esforço de humildade. De muita humildade para alguns. Requer um ego robusto para manter o grau de confiança de que precisamos para lidar com nosso poder. Não pode haver hesitação nem dúvida, senão jamais seríamos capazes de fazer nosso trabalho. Imagine uma lâmina em sua mão, um bisturi; carne macia embaixo da lâmina. Seu movimento vai determinar a vida do paciente na mesa. Ou, em meu caso, uma caneta na mão, palavras a ser escritas que mandarão substâncias químicas ao corpo do paciente, alterando a mente. A mente, que controla o corpo. Admitir fraqueza. Aceitar ajuda. Parece uma ladeira escorregadia para o fim de um médico.

Nunca fui de tomar muita medicação, e não pretendia começar agora. Eu me limitava a pequenas doses de Lorazepam. Eu me sentava com minha ansiedade da forma que Jenny sentava com a dela e Sean com a dele. Eu dizia a mim mesmo que isso construía empatia, que me faria um terapeuta melhor. Mas eu não era tolo a ponto de não reconhecer a diferença. Jenny podia chorar o dia inteiro ou colocar os sentimentos no saco de lixo e dá-los a Sean. Sean tinha paredes a socar e quilômetros de estrada para correr. Ele tinha Jenny para alimentar seu motivo de existir. Eu não tinha esses luxos. Eu precisava trabalhar. Encontrar os pacientes. Sorrir para minha mulher e assistir às competições de natação de meu filho. Apoiá-lo, mas ser rigoroso com seu comportamento. E implementar meu plano com moderação. Precisão.

O resto da semana passou. Recebi Tom na sexta-feira. Ele estava mais zangado com o detetive Parsons por ele não ter encontrado o garoto com o casaco azul. Vi Charlotte na quinta-feira. Ela teve outro encontro insatisfatório com Bob, outra briga com Tom, mas seu foco era o novo laço com a filha. Ela me contou que Jenny estivera chateada com algo depois da sessão em grupo na noite de quarta. Me perguntou se havia acontecido alguma coisa, e eu menti. Trabalhei as vozes com Jenny, com as palavras *meu Deus, ah, meu Deus*. E trabalhei com Sean na porta vermelha. Ambos estiveram distraídos. Ambos esconderam algo de mim. Depois que o grupo se encontrou na noite de quarta, eles se falaram por um bom tempo no corredor. Charlotte esperava no carro, do lado de fora. Os outros pacientes passaram por eles. Acabou com um longo abraço, que observei sem ser notado.

Eu só teria conhecimento das coisas que aconteceram fora do consultório na semana seguinte. Mas, é claro, tudo o que aconteceu foi obra minha.

Foi Charlotte que me contou. Ela me telefonou na segunda-feira seguinte e me pediu para ir até lá. Ela passou voando por mim, e fechei a porta do consultório. Ela não esperou que eu me sentasse antes de começar a chorar e falar tudo de uma vez.

É ruim! É muito ruim!

— Respire, Charlotte. Feche os olhos. Temos tempo para você dizer tudo, para me contar tudo, então apenas... tire um instante para se recompor.

Certo, certo...

Ela fez o que recomendei. Eu esperei, ansioso. O interrogatório de Jason estava marcado para a semana seguinte. Agora Parsons estava ciente de que meu filho fazia parte da equipe de natação. Que estivera na festa. Mas, calma, vou chegar a isso. Eu começara a pensar, a me preocupar de que nada do que fiz tivera efeito. Que o fósforo que eu tinha acendido e jogado no chão havia simplesmente apagado sem atear fogo em nada. Eu tinha pouco tempo. Eu estava errado? Havia fogo? Charlotte abriu os olhos, as lágrimas sob controle. Respondeu à minha pergunta.

Está dando tudo errado. Seu trabalho com Jenny, essas memórias que ela está recuperando, elas estão todas confundidas juntas agora, misturadas, e ela acha... Ah, Deus, ela te contou? Ela disse que não contou a ninguém, mas deve ter acontecido aqui... deve ter!

— Charlotte — falei —, acalme-se. Conte-me o que Jenny falou, aí posso lhe dizer o que sei a respeito.

A mente dela estava a mil. Dava para ver em seus olhos. Imaginei que ela devia ter ficado acordada a maior parte da noite com os pensamentos girando, e agora eles eram apenas uma teia confusa de fios soltos.

Ela acha que foi o Bob. Jenny acha que Bob a estuprou! Dá para imaginar?

— Sei. — Eu tinha ensaiado o tom de minha reação por dias. Sei que fui bem porque Charlotte permaneceu focada na crise. — Como isso aconteceu?

Me diga você! Ela contou que vocês estavam trabalhando em vozes, palavras. Ela disse que se lembra da voz de Bob. Ela tocou alguns dos anúncios dele no YouTube para mim. E ela o encontrou dúzias de vezes nas concessionárias e na cidade. Ele é o chefe do Tom, pelo amor de Deus!

— Ela disse quando isso aconteceu? É verdade que temos trabalhado em palavras e vozes, mas ela não se lembrou de nada durante as sessões. Achei que não tínhamos tido resultado.

Charlotte estava se segurando com ambos os braços, se embalando para trás e para a frente no sofá. Ela balançou a cabeça de um lado para o outro. Todos tiques muito comuns para ansiedade aguda.

Ela disse que tinha acabado de pensar nisso. Ela estava muito quieta no jantar a noite passada. Então, ela foi para o quarto, e eu ouvi a voz de Bob naqueles anúncios. Entrei e perguntei o que ela estava fazendo; quando ela se virou do computador, seu rosto estava repleto de lágrimas. Ela estava do mesmo jeito que no dia em que se lembrou do momento do estupro.

— Então ela se lembrou de algo que parece real para ela?

É claro que ela se lembra de algo! Mas está tudo errado! Ela está se lembrando da voz dele naquela tarde na edícula, quando Bob ajudou a salvar a vida dela! Ela encaixou isso na noite do estupro! Jenny acha que ouviu a voz dele enquanto estava sendo violentada, não enquanto era salva! Você não percebe? Está tudo misturado!

Esfreguei o queixo com a mão. Pisquei e desviei o olhar. Eu estava surpreso e preocupado, numa medida equilibrada.

— É bem possível. Eu não havia considerado que ela teria uma memória daquela tarde depois que perdeu a consciência. Mas é realmente bem possível. As pessoas escutam enquanto estão em coma. Elas formam memórias. Tudo depende do que o cérebro está fazendo enquanto está inconsciente. Há muitos fatores envolvidos.

Fiz uma pausa e fingi considerar um plano de ação. Charlotte me observou atentamente, como se eu fosse um bote salva-vidas flutuando por perto. Será que a corrente o levaria até ela? Ou o carregaria para longe e a deixaria se afogar?

— Bem — falei —, tenho que perguntar o que você não quer que eu pergunte. Porque, ao mesmo tempo que é possível que a lembrança da voz dele esteja fora de lugar, temos de ao menos descartar...

De jeito nenhum! Ela me interrompeu rápida e decisivamente. *Não há nenhuma chance de Bob Sullivan ter estuprado minha filha.*

— Tudo bem — comentei. — Então vamos resolver isso. Ela talvez não estivesse ouvindo a voz dele naqueles anúncios com essa ideia. Ela sabe que não deve trabalhar na recuperação da memória fora do meu consultório.

Ah, você não faz ideia! Fui olhar o histórico de navegação dela. Ela está fazendo isso há dias, procurando os anúncios dele, ouvindo-os sem parar. Ela chegou a fazer algumas perguntas a Lucas sobre Bob, se alguma vez ele se sentiu desconfortável perto dele. Como se ele fosse fazer algo a um menino de dez anos! Ela procurou Bob e a família dele no Google, os colocou no alerta... Está na cabeça dela e agora ela se convenceu de que é uma memória.

— Quando isso começou?

Na quarta-feira. Depois da sessão em grupo. Foi quando ela começou a pesquisar. Não sei, talvez haja mais no telefone dela, mas não quero puni-la por isso nem a levar a achar que fez algo errado.

Sim. Quarta depois do grupo. Sean tinha contado a ela o que ouvira em meu consultório. Essa foi a longa conversa. Esse foi o abraço. Perguntei a Charlotte sobre o resto da semana, sobre o comportamento dela. Jenny estivera na cidade duas vezes desde a sessão em grupo. Ela tinha muito lixo para dar a Sean. E um monte de segredos que escondia de mim.

Você pode dar um jeito nisso antes que seja tarde demais? Antes que ela conte a Tom? Meu Deus, dá para imaginar?

— O que você acha que vai acontecer?

Você está brincando? Tom vai confrontar Bob. E aí Bob não vai ter escolha a não ser contar a ele.

— Sobre o caso amoroso? Sobre por que a voz dele está na cabeça de Jenny?

Sim! Sim!

Assenti com empatia e convicção.

— Entendo por que isso é tão perturbador. Você contou a Bob?

De jeito nenhum. Ele contaria a Tom. Ele ficaria tão louco com isso... você não faz ideia. Ele está concorrendo a um cargo público, pelo amor de Deus!

— Bem, então ele não gostaria que o caso caísse na boca do povo, certo?

É melhor do que uma acusação de estupro.

— Sim, mas ainda não há acusação. Vou ver Jenny hoje mais tarde. Vou falar com ela sobre isso, sobre como ela provavelmente corrompeu sua recuperação da memória ouvindo aqueles anúncios. Não posso fazê-la prometer não contar ao pai, mas posso pedir que seja discreta e nos dê mais tempo para encontrar as lembranças reais daquela noite.

Charlotte suspirou com pesar.

Obrigada! Ah... Obrigada, obrigada.

— Mas, Charlotte, você precisa estar ciente de algo. Não vou dizer a Jenny que ela está errada. Não tenho certeza disso. Quer dizer, certamente respeito sua opinião, mas não seria ético de minha parte descartar a memória dela inteiramente sem ter certeza absoluta. O que vou tentar é ver se consigo ajudá-la a encontrar a má conexão; em outras palavras, levar essa memória de voz de volta a uma cena que não seja a do estupro. Duvido que ela a aloje em algum lugar, por causa das circunstâncias. Isso é de fato muito problemático. Estou andando na corda bamba. Tenho que manter a integridade do tratamento.

Contanto que você a faça perceber que essa memória de voz que ela tem não é do estupro. Lembre a ela quantas vezes ela encontrou Bob e ouviu os comerciais. Talvez ela o tenha ouvido no carro indo para a festa? Quem sabe? Algo. Qualquer coisa! Bob não pode ser acusado de estupro! E não posso contar a meu marido sobre a traição. Simplesmente não posso. Não com tudo acontecendo. Ele vai desabar. Ou vai me deixar. E eu serei culpada.

Que dilema horrível para Charlotte. Ela vinha fazendo tanto progresso nessa frente. Começáramos a discutir sua insatisfação com Bob, e ela considerava a ideia de terminar o relacionamento com ele. Eu ainda não tinha apresentado o resto de meu plano a ela, a parte de contar a Tom sobre sua infância, integrar as duas Charlottes. Erradicar a Charlotte má de uma vez por todas. Eu sabia que Tom aguentaria. Na verdade, derrubar Charlotte do pedestal, enxergá-la como bela mas imperfeita, como a mulher que ela realmente era devolveria a ele um pedaço de sua masculinidade. Havia tanto trabalho a ser feito. E agora essa terrível interrupção.

Charlotte foi embora. Levei em consideração o fogo que de fato começara a queimar de meu pequeno fósforo. Sean tinha contado a Jenny sobre Bob ser um suspeito. Jenny ficara obcecada com Bob e se apropriou da imagem e da voz dele até criar uma falsa memória. Exatamente como aquelas cobaias no experimento do shopping que não tinham de fato se perdido. Eu me senti um personagem num romance, o professor brilhante mas malvado. Dr. Frankenstein. Eu me senti levemente satisfeito. Fora bem-sucedido em criar um espantalho para desviar a atenção que se voltaria a meu filho. Eu podia imaginar o circo armado e me deixei levar por uma fantasia: Bob nunca seria acusado, mas sua notoriedade, a corrida para a legislatura estadual – a mídia alimentaria um frenesi. E, quando ele estivesse inocentado, haveria uma fortuna a ser paga. Processos seriam abertos. Parsons seria repreendido. A investigação terminaria de forma abrupta. Nada mais de interrogatórios de garotos inocentes. Nada mais de "caça às bruxas de casaco azul".

Quando acabei com essa autoindulgência nojenta, menti para mim mesmo sobre o que isso significaria para Jenny, para Sean e para meu trabalho com eles. Disse a mim mesmo que eles continuariam o tratamento. Desviei minha fantasia a momentos miraculosos em meu consultório. Sean pulando no sofá, gritando para o Universo: *Eu me lembro! Eu sei o que aconteceu na porta vermelha!*. Depois, indo para casa e voltando para a mulher e para o filho e vivendo em paz. Sobre Jenny, eu mal podia me deixar pensar a respeito. Era como sonhar que eu tinha curado um caso de câncer ou promovido a paz mundial. Era uma ideia absurda. Deixei surgir como um flash, e nada mais. Não me estendi no júbilo de devolver aquela noite a ela, seu pior pesadelo.

Fico voltando ao mesmo pensamento quando reflito sobre aquela semana. A criança com os fósforos, achando que tinha idade o bastante para manuseá-los. Acendi o fósforo e lancei. O fogo pegou. Eu não poderia ter previsto, de jeito nenhum, o vento forte que sopraria, dando força a ele, e um poder que eu não seria capaz de conter.

CAPÍTULO VINTE E CINCO

Quando atendi Jenny mais tarde naquele dia, mantive a promessa feita a Charlotte. Eu não precisava mais ser o defensor. Eu precisava agir como se fosse uma parte desinteressada.

Jenny sabia que a mãe me contara sobre sua memória, sobre Bob Sullivan. Perguntei de forma direta como essa ideia tinha entrado na cabeça dela, em primeiro lugar.

Não quero falar.

Respeitei a honestidade. E fiquei grato por isso. O que eu teria dito se ela tivesse me contado a verdade? Que Sean contara a ela o que escutara em meu consultório? Eu só tinha duas opções para explicar por que estava discutindo Bob Sullivan com o detetive Parsons. Uma era livrar a cara de Sullivan. *Sean entendeu mal... Sean não ouviu direito...* A segunda era oferecer uma explicação para o motivo de eu suspeitar dele, o que não existia. Jenny me poupou com sua recusa a falar a verdade.

— Certo. Não vou obrigá-la a me contar.

Eu não poderia, de qualquer forma. Fiz uma promessa.

— Sua mãe sente, e não posso discordar dela, que, de alguma forma, é improvável que essa memória seja exata. Primeiro porque você chegou a ela sozinha, com seu próprio tipo de imersão. Segundo porque Bob Sullivan é um suspeito improvável. Ele está concorrendo a um cargo público. Tem muito a perder. Está casado há mais de trinta anos sem escândalos, nada mantido em segredo a esse respeito. E é chefe de seu pai, então haveria uma probabilidade alta de você o reconhecer.

E daí? A maioria das mulheres é estuprada por alguém que conhece. Metade das mulheres no grupo foi estuprada por alguém que conhece.

A voz de Jenny estava diferente naquela segunda-feira. Ela falava comigo não como se eu fosse alguém que podia salvá-la, mas como um estranho que não a entendia. Não gostei daquilo. Eu queria reverter a situação. Eu não podia perder o que tínhamos batalhado tanto para construir.

— Sabe do que mais? Você está certa. Vou ser totalmente honesto com você. O trabalho que estamos fazendo aqui é muito controverso. Lembra que lhe contei sobre as pessoas com a falsa memória? Que a recuperação de memória pode ser corrompida pela sugestão? Como falsas memórias podem ser formadas? Você se lembra daquele caso das pessoas perdidas no shopping?

Sim.

— Então, agora temos uma situação em que sugestões foram incluídas no processo. Você não precisa me falar agora, mas ao menos reconheça que uma sugestão entrou e que você se apoiou nela.

Jenny afundou nas almofadas. Eu podia ver que ela estava em conflito.

— Meu medo é andarmos rápido demais com essa nova teoria e ela se revelar uma falsa memória, pois então não vão dar credibilidade a mais nada que você lembrar. E até você vai ter problemas em acreditar. Assim, vamos tentar eliminar as sugestões, fazer nosso trabalho silenciosamente e ter certeza absoluta antes de contar a mais alguém.

Como a polícia?

— Sim.

E até meu pai?

— Não posso lhe dizer como agir. O que você acha que seu pai vai fazer se você contar a ele?

Acho que ele vai ligar para a polícia. Ou pior.

— Pior?

Ele está com muita raiva.

— É compreensível. É o papel dele, como seu pai.

Acho que sim. Mas ele está com mais raiva do que eu.

— Na verdade, você não parece nem um pouco com raiva hoje.

Jenny deu de ombros.

Estou me sentindo cansada. Sinto como se meu cérebro doesse. Eu me lembro de escutar a voz dele, mas agora minha mãe e você estão me dizendo que é uma confusão. É como alguém me dizendo para resolver um problema de matemática que não entendo, e continuo tentando, mas simplesmente não consigo. Só quero desistir.

Isso me alarmou mais do que consigo expressar.

— Como você se sentiu antes de contar a sua mãe? Quando essa memória voltou, a memória da voz de Bob?

Não sei. Me empolguei como se tivesse resolvido o problema. Contei para Sean de imediato. Chorei um pouco. Olhei atentamente para fotos do sr. Sullivan, assisti a vídeos. Pensei nos filhos idiotas dele e no quanto ficariam envergonhados do pai. Pensei em meu pai e no quanto ele ia querer matá-lo.

— Espere... Você não lembra? Na semana passada, quando você sentiu o cheiro de cloro e recordou aquele momento na mata, você estava perturbada e desesperada. Você me perguntou por que ele havia tirado um pedaço de sua alma. Agora, quando olhou para fotos desse homem que você acha que fez isso com você, não sentiu nada dessas coisas?

Jenny parecia derrotada. Abri a boca para falar de novo, para dizer a ela o porquê disso – Bob Sullivan não a estuprara. Ela não se lembrava dele a violentando. Não havia emoções ligadas à voz dele nem emoções positivas de ser salva. Eu tinha o poder de dar essa explicação e, ainda assim, não podia, porque eu precisava que ela ficasse com essa teoria, com a falsa memória, mesmo que eu fingisse convencê-la do contrário. Fechei a boca e engoli as palavras. A verdade.

Só quero que isso acabe.

Ela repetiu isso entre fungadas e lágrimas. Eu queria sacudi-la até que ela saísse daquilo. O que era aquilo? Era Sean? Ele a distraía? Eles tinham ficado íntimos? Não fazia sentido para mim. Ela só tinha uma pequena memória do estupro e sabia quanto isso a tinha ajudado. Ela me contara o alívio que sentira nesse momento. Falara disso no grupo na semana anterior, antes de Sean contar a ela sobre Bob Sullivan, antes de ela tomar esse rumo da indiferença. Mais memórias gerariam apenas mais conclusões, mais alívio dos fantasmas que vagavam por dentro. Ainda havia trabalho a ser feito!

Eu me senti zangado na época. Quantas vezes já disse isso? Foram tempos difíceis para mim. Eu estava bravo com Jenny por querer desistir. Irritado com Sean por permitir que a amizade deles a distraísse. E aborrecido com meu filho por me colocar nessa posição, na qual eu comprometia meu trabalho com Jenny para tirar o dele da reta.

Eu me segurei. Jenny e eu voltamos àquela noite na mata. Dessa vez, usamos o cloro e a música, e não falei as palavras. Não toquei o comercial de Bob Sullivan. Queria que as coisas fossem do jeito que eram. Eu queria que outro momento de sucesso puro acontecesse naquele consultório. Eu queria que a mágica daquele instante retornasse.

Não retornou. Jenny estava bloqueada, desinteressada. Eu não podia fazer isso sozinho. Quando ela saiu, sentei-me à escrivaninha e chafurdei em minha frustração.

Foi então, bem no momento de desespero, que o detetive Parsons me ligou com a faísca que acenderia o fogo daquele fósforo.

CAPÍTULO VINTE E SEIS

Parsons estava agitado. Dava para ouvir na sua voz. Ele não acreditara que Bob Sullivan era um suspeito viável. Ele não queria acreditar. Eu não podia culpá-lo. Esse caso nunca teria uma "evidência incontestável". Qualquer investigação a qualquer suspeito iria requerer um salto de fé seguido de exposição profissional. Era diferente de envolver um homem como Cruz Demarco ou os garotos que estavam na festa. Bob Sullivan era um ícone de Fairview. E exercia um poder significativo em toda a parte central do estado. Parsons e toda a investigação ficariam sob os holofotes.

Também havia a questão de o nome de meu filho estar na lista de garotos a ser interrogados. Eu tinha escolhido esse momento meticulosamente.

— Ocorreu-me que meu filho deve estar na lista — falei. Eu tinha feito a ligação na tarde da última sexta-feira. — Desculpe-me por não ter pensado nisso antes, mas ele é da equipe de natação e estava na festa.

Parsons, como esperado, não tinha olhado a lista para a semana seguinte.

Sério?, ele disse. *Deixe-me ver... Ah, sim. Aqui está. Está marcado para a próxima quinta-feira. Temos de marcar horários porque todos querem vir com advogado.*

— Com certeza. Receio que minha mulher também queira. Não tenho nenhum problema com isso. Você deve ser meticuloso com cada detalhe. Não quero nada menos para os Kramer.

Parsons ficou quieto por um instante. Ele estava pensando.

Imagino que eles saibam que seu filho... ahn, Jason, estava lá. Quer dizer, os Kramer sabem?

— Bem, na verdade não sei. Tento manter a vida profissional separada dos assuntos pessoais. Imagino que deva contar a eles, ao menos a Tom. Vou cuidar disso agora mesmo.

Foi o fim daquilo. Minha mulher ligou para a delegacia e remarcou o horário de novo para a semana seguinte. Mencionei o interrogatório a Tom em uma das sessões. Esperei até que ele estivesse irritado com o assunto de a polícia ser incompetente por não encontrar o casaco azul.

Agora tínhamos passado dessa fase. Estávamos em Bob Sullivan. Eu tinha conseguido chutar a lata rua abaixo. Mas a rua não era sem saída.

Alan, investigamos a respeito de Bob Sullivan. Você tem algo mais?

— Bem, na verdade, tenho, mas é bem incerto. Não quero apontar uma arma.

Olhe... preciso do que quer que você tenha. Cacete... esse troço está ficando fora de controle.

— O que aconteceu? O que vocês descobriram?

Às vezes a vida lhe dá um presente. Você não sabe quando vai acontecer. Não dá para contar com isso. Mas, quando acontece, você chega bem perto de acreditar que Deus existe.

Ah, rapaz, nem quero dizer. Tenho sua palavra de que vai permanecer entre nós até que eu tenha o suficiente para interrogá-lo?

— É claro.

Certo. Primavera de 1982. Fort Lauderdale. Há um arquivo de Skidmore, universidade que Sullivan frequentou. Não deu em nada. Sem acusações. Nada assim. Mas envolve um incidente sexual. A vítima era uma garota de dezesseis anos. Uma menina saindo com os amigos, procurando se divertir com os garotos da faculdade durante as férias de primavera. Parece ter sido um caso de arrependimento na manhã seguinte. Há uma foto... uma blusinha apertada, minissaia, delineador preto... dá para imaginar, certo?

— Sim.

Os pais de Sullivan arranjaram um advogado para ele. As acusações foram retiradas com a condição de que a faculdade fosse informada. Não é nada. Cá entre nós, se Tom Kramer não fosse tão imprevisível, esse arquivo já teria desaparecido. Isso é o tipo de coisa que arruína a vida de um homem. E são duas coisas bem diferentes.

Ah, que presente, que boa notícia!

— Bem... Já vi tudo. Como posso ajudá-lo?

Parsons suspirou. Eu podia ouvir sua exasperação comigo.

Preciso saber por que você me colocou nesse caminho. Preciso saber do que Jenny Kramer se lembra. Não posso chegar a esse cara com uma alegação de trinta e três anos atrás que nunca nem sequer levou a acusações. Vai parecer perseguição.

— Não é seu trabalho seguir todas as pistas, mesmo se elas levarem a um homem como Bob Sullivan? Talvez haja mais a descobrir. Ele obviamente tem suas taras. Possivelmente questões de controle. Ele é um homem agressivo. Dá para perceber isso pelo sucesso dele, as ambições.

Você quer que eu caia em cima dele com isso? Sério? Bem, faz sentido que você estuprasse brutalmente uma adolescente local, afinal de contas, você é homem ambicioso e bem-sucedido...

— Detetive — interrompi-o —, deixe-me fazer uma pergunta: a primeira coisa que você fez não foi procurar em Fairview e nos arredores casos de ataque sexual? Isso e um Civic azul? Se esse registro de faculdade tivesse sido uma acusação de verdade, você não teria ao menos pedido a ele educadamente por um álibi para que pudesse excluí-lo? Com certeza ele entenderia e teria gentilmente providenciado um. Você fez mais do que isso com metade dos jovens nessa cidade, não fez?

Não é a mesma coisa. Os garotos estavam na festa. Já sabíamos disso. Como vou explicar as razões para cavar os arquivos dele? Ele vai contratar os próprios investigadores. Uma equipe de advogados. Então, todo esse negócio ficará fora de minhas mãos. E pelo quê?

— Ele é candidato a um cargo público. Estou chocado que a imprensa ainda não tenha descoberto. Deixe-o acreditar que alguém lhe entregou isso.

Não sei. Parece demais. É a legislatura estadual. O oponente dele é um juiz de oitenta e oito anos que certamente tem alguns trocados. Não... Mesmo que eu não conte a ele por que o álibi é necessário, preciso ter algo. Não me conte o que é. Apenas me diga que existe algo, se eu precisar. Diga-me que não me mandou nessa caçada sem uma razão muito boa.

Fingi ponderar. Suspirei. Pigarreei e hesitei. Parsons estava muito nervoso.

— Existe algo. Não é confiável. Seria derrubado no tribunal. Mas certamente é suficiente.

Não acho que era o que Parsons queria ouvir. Acho que ele queria um motivo para acabar com Bob Sullivan. O entusiasmo de Parsons por esse caso ia e vinha com a mudança da luz do holofote. Quando ela brilhava fora de Fairview, ele era um tigre na caçada. Penso nele naquele carro, doido para se lançar sobre Cruz Demarco. Quando Demarco apareceu com um álibi, Parsons voltou à equipe de natação e à busca pelo casaco azul, mas com bem menos ambição. Ele nem sequer sabia o nome dos garotos na lista. Tinha ficado surpreso de ouvir sobre Jason. Que tipo de trabalho de detetive é esse? Eu não sabia o porquê disso. Talvez ele não quisesse enlamear seu próprio poço. Por semanas, ele vinha fazendo o que tinha de fazer para manter Tom Kramer satisfeito, nada além disso. Embora Tom nunca ficasse satisfeito.

Parsons desligou. Era questão de dias antes que Bob fosse interrogado, antes que soubesse que estava envolvido de alguma forma. Ele, então, procuraria Charlotte, e ela contaria a ele sobre a memória recobrada e sobre como Jenny a tinha misturado em sua cabeça. E depois? Essa era a questão. Para onde o vento sopraria em seguida? O que mais o fogo queimaria? O casamento de Bob? Sua candidatura? Charlotte?

Fui para casa após esse telefonema. Eu não conseguia me concentrar. Não conseguia ouvir os problemas de mais ninguém. Tomei mais Lorazepam. A dose foi pequena, mas suficiente para acalmar minha ansiedade.

Minha empolgação com as novidades, com o vento e com o fogo se esvaía, e percebi que uma grande sombra encobria meu céu. Não sei de que outro jeito explicar isso. Alguns de vocês vão entender. Aqueles que vêm a meu consultório sentam-se no sofá e me contam as coisas que fizeram e que não podem ser desfeitas ou as coisas que foram feitas a vocês. Tudo na vida é um estado de espírito, não? Todos estamos apenas andando lentamente para nossa cova, tentando não pensar nisso, tentando achar sentido, passar o tempo de forma agradável. Olhe em volta. Todo mundo estará morto em cem anos: você. Seu cônjuge. Seu filho. Seus amigos. As pessoas que amam você. As pessoas que odeiam você. Terroristas do Oriente Médio. Os políticos que aumentam impostos e criam programas ruins. O professor que deu uma nota ruim a seu filho. O casal que não convidou você para um jantar.

Eu seguia esse caminho em minha cabeça quando as coisas me chateavam. Acho que coloca a vida em perspectiva. Lembrar-se de que há bem poucas coisas que importam de verdade pode ser uma saída. Uma nota ruim. Um político idiota. Um menosprezo social.

Infelizmente, há fatos que importam. Fatos que podem arruinar o pouco tempo que temos por aqui. Fatos que não podem ser refeitos nem remediados. São as coisas de que nos arrependemos. E o arrependimento é mais tortuoso que o medo.

Por que tirei os olhos da piscina? Por que tirei os olhos da estrada? Por que traí minha mulher? Por que roubei de meus clientes?

As pessoas lutam todos os dias para controlar o arrependimento, para não o deixar roubar sua felicidade. Algumas vezes elas lutam apenas para conseguir funcionar, trabalhar, levar os filhos à escola e preparar o jantar sem pular de uma ponte. É doloroso. Brutalmente doloroso. A habilidade que é necessária para driblá-lo. Elas vão dormir, e o arrependimento se desfaz. Amanhece, e elas acordam de novo como escravas desse ditador implacável.

Parei na entrada da garagem, escravo de meu próprio arrependimento. Eu já podia ver quanto minhas ações eram irreparáveis. Senti-me maculado pelo tipo de mancha que nunca sai. O tipo de mancha que faria você jogar um objeto fora. Vinho tinto numa toalha branca. Sangue na blusa de Charlotte. Pensei em Bob Sullivan. Um trapaceiro. Um mentiroso. Mas inocente. Pensei em Sean Logan. Um herói. Uma alma torturada. E agora a raiva de Bob Sullivan estava apodrecendo dentro dele. Pensei em Jenny, em seu sangue derramado no chão daquele banheiro e em como eu estava tão perto de devolver-lhe a memória e, com isso, sua própria vida. Isso que eu tinha feito, eu podia muito bem ter atropelado esses inocentes enquanto meus olhos se desviavam. Talvez seja pior que isso. Não foi acidente. Esse era eu dirigindo estrada afora, meu filho de um lado e esses inocentes do outro, sem espaço para passar entre eles de forma segura.

Julie estava na cozinha, preparando um lanche para Jason. Eu podia ouvir a porra do jogo ligado na sala de televisão, as risadas dele, tiros, explosões. Mais risadas.

O que há de errado com você? O que houve?, perguntou minha mulher.

Eu não sabia disso na época, mas chorei. A fúria por ter que salvá-lo dessa forma e o medo que escapou da caixa na prateleira escorreram de meus olhos. Muitas lágrimas rolaram naquele dia.

Passei por ela em direção à sala de televisão. Não parei para desligar o jogo. Peguei meu filho pelos dois braços e o coloquei de pé.

Pai!

Tirei o controle remoto das mãos dele e o joguei na televisão. Despedacei a tela. Julie gritou e correu da cozinha. Ela segurava um prato de comida.

Alan!

Segurando os braços de meu filho, eu o sacudi.

— Me conte agora! Por que você estava naquela mata? O que você estava fazendo lá?

Eu não estava lá! Eu já falei!

Eu o sacudi sem parar. Minha mulher colocou o prato de lado e correu para perto, segurando meus braços, tentando me afastar de Jason.

— Você tem ideia do que fez? Você sabe o que podia ter acontecido? Me conte! Por que você estava lá? Por que você estava naquela mata?

Julie o encarou, esperando uma resposta. Quanto mais tempo passava, mais ela se perguntava se ele tinha estuprado Jenny Kramer. Eu podia ver nos olhos dela a tristeza que se infiltrara.

Vi o celular dele no sofá. Peguei-o. Eu sabia a senha, porque minha mulher me contara. Eu também sabia da pornografia que ela encontrara no computador dele. Verifiquei o histórico de navegação.

O que você está fazendo? Para com isso, gritou Jason. Ele deu um bote para pegar o celular, mas fui mais rápido. O braço dele varreu o ar, me errando completamente.

Deixei uma imagem carregar, alguma estrela pornô com a xoxota depilada e um pau gigante prestes a entrar. A foto começou a se mover num vídeo. A imagem de gente trepando. O som de gente trepando. Minha mulher ofegou, tampando a boca com a mão.

Mãe... Nosso filho se virou para ela pedindo ajuda. Ela olhou para ele e, então, para mim. Minhas emoções a tinham contaminado.

— É assim que você está se protegendo? É isso que você quer que a polícia veja se pegar seu telefone? Você quer mais uma coisa que faça você parecer um estuprador?

Caramba, pai! Todo mundo assiste a esses troços. É normal! Não faz de mim um estuprador!

— Troço normal? — falei, balançando o telefone perto do rosto dele. — Não tem nada de normal nisso. Nada!

Julie implorou:

Jason, por favor! Ainda amamos você! Ainda vamos ajudá-lo. Mas temos de saber. Conte! Por favor, apenas nos conte!

O rosto de meu filho estava bem vermelho, e eu sabia que o tínhamos perturbado. Eu sabia que ele estava cedendo. Por um instante, de fato pensei que era possível que ele tivesse feito aquelas coisas horríveis à doce Jenny. Ah, os lugares pelos quais a mente pode vagar! Somos tão frágeis. Muito, muito frágeis.

Tá bom!, gritou conosco, puxando os braços que eu segurava. *Apenas me solte!*

Ficamos lá, no meio da sala. Julie e eu segurando o fôlego em antecipação. Jason criando coragem. Desliguei o celular e joguei-o no sofá.

Eu estava lá, tá bom! Eu estava lá, cacete! Agora vocês estão felizes? Estão felizes por eu ir para a cadeia?

O que você fez? Meu Deus, o quê?, falou Julie, ofegante.

— Jason... — falei, quase num sussurro. Minha cabeça estava fora de controle.

Jason começou a chorar. Eu disse que houve muitas lágrimas naquele dia. Ele se sentou no sofá e apoiou a cabeça nas mãos.

Fui encontrar aquele cara. O cara do Civic azul.

— Cruz Demarco? — perguntei. — O traficante?

Eu tinha cem dólares e fui encontrá-lo.

— Onde você arrumou cem dólares?

Eu peguei de uma carteira na cozinha. Não sei de quem era, só estava lá e tinha todo esse dinheiro dentro.

— Então você ia roubar o dinheiro e comprar drogas?

Tinha uma garota. Ela perguntou se eu tinha alguma coisa. Eu sabia que o cara estava lá fora. O pessoal estava indo e vindo, comentando a respeito. Ele tinha todo tipo de coisa.

— E você achou que se comprasse drogas, então o quê? Ela ia sair com você?

Olhei para minha mulher. Ela estava quase rindo. Enxuguei o rosto e tentei não sorrir. O alívio tinha tomado conta de nós dois.

— O que aconteceu em seguida? Como você foi da rua para a mata?

Eu só... cheguei perto do carro e fiquei com medo. Então, fingi que estava passando... Fui até o outro lado do carro, o lado perto da mata, e logo que não havia mais ninguém por perto fui para perto da mata até as árvores e aí voltei para a casa. Devolvi o dinheiro. Falei pra garota que o cara tinha ido embora.

— Então você nunca esteve na mata? — perguntei.

Minha cabeça girava. Uma coisa é fazer a pergunta. Outra bem diferente é saber que a resposta está vindo. Esse é o motivo pelo qual muitas perguntas permanecem sem ser feitas. Algumas vezes é mais fácil não saber.

Não!

A palavra ecoou, batendo contra em meu coração. "Obrigado, Deus! Ah, minha nossa, obrigado!"

Minha mulher não conseguia falar sem revelar sua alegria, alegria por seu filho maravilhoso ainda ser maravilhoso.

— Esse não é você — falei de forma dura. Não sei como, mas consegui disfarçar. Minha cabeça girava. — Roubando dinheiro e até pensando em comprar drogas.

Jason afundou de volta no sofá. Ele realmente não tinha ideia de nada.

— Vá para o quarto. Leve o Xbox com você. Desculpe por ter quebrado a televisão.

Estou de castigo?

— Sim. Até o próximo fim de semana.

Jason se levantou, tirou o Xbox da tomada e recolheu todos os cabos, os controles e os jogos. Ele subiu a escada e seguiu para o quarto.

Julie se jogou em meus braços, e nós dois suspiramos. O medo tinha sumido. A caixa na prateleira vazia. Não saí da escuridão. Não limpei a mancha. Estava resignado a viver sujo, à sombra da criatura com falhas, mas maravilhosa, que tínhamos criado.

CAPÍTULO VINTE E SETE

Segui em frente com convicção. Com propósito. Não é que eu precisasse de prova de que meu filho não estuprara Jenny. Eu precisava ver a inocência dele, a bondade dele, de novo. Ele vinha mentindo para nós sobre aquela noite e, agora, confessara. No relato, na forma como ele contou, nas palavras, no tom e na expressão, havia inocência.

Esse é meu filho. Minha criança. Ele é meu legado neste mundo. É uma extensão de mim. Passei a ver a perseguição a ele como uma perseguição a mim mesmo. Senti em minhas entranhas como nada que eu já tivesse sentido antes. Era instintivo. Saí como um leão protegendo sua cria.

Não deixei meus próprios desejos de lado. Com a cabeça fria, elaborei o restante de meu plano. Acreditei ter achado um jeito de não apenas manter meu filho longe de ser arrastado à investigação mas também de colocar Jenny de volta nos trilhos. Tornei-me dois homens. O primeiro era o médico curando pacientes. O segundo era o titereiro, segurando suas varas de madeira, fazendo marionetes dançarem no tom de seu desejo.

Charlotte teve uma sessão dois dias depois. Ela estava irada.

Você contou para a polícia! Sobre Bob e a voz. Você contou a eles!

— Acalme-se, Charlotte. Eu não disse nada a eles a respeito da memória de Jenny. Por que você não me conta o que aconteceu?

Charlotte se recompôs e estudou meu rosto. Eu lhe disse, eu estava convicto. Firme como uma rocha. A dúvida e a raiva que ela carregara havia mais de dezesseis horas se dissiparam em um segundo. Meu poder parecia não ter fim.

Ele pediu para me ver. Bob. Eu o encontrei na casa, mas ele não me tocou. Nem mesmo um beijo de oi. Ele estava chateado. Preocupado. Então, é claro, perguntei o que estava errado. Tentei esconder meus medos. Fingi não saber de nada. Não sei... Acho que ele acreditou em mim.

— Tenho certeza de que acreditou. Era a verdade, afinal de contas. Você não poderia saber o que o chateava.

Acho que sim. Pareceu mentira. Eu me senti culpada fingindo.

— Você contou a ele?

Não. Deixei que me contasse. O detetive Parsons fez uma visita casual a ele. Bob disse que ele foi tão gentil quanto possível, que pediu muitas desculpas. Ele afirmou que tinha tomado ciência de um registro de um milhão de anos atrás. Da faculdade. Bob foi a Skidmore.

— Da faculdade? — perguntei.

Sim. Ele disse que uma garota com quem esteve nas férias de primavera mentiu sobre a idade e, então, queixou-se com as amigas no dia seguinte. Elas contaram aos pais, que contaram aos pais da garota, e a polícia se envolveu porque a menina era menor de idade. Não se divulgou nada daquilo. Bob falou que estava preocupado de que o ocorrido pudesse ser descoberto. Sabe, por causa da eleição, ele disse que achou que não aconteceria até daqui a alguns anos, quando ele concorresse a um cargo nacional. Acho que isso sempre ficou em algum canto da mente dele, que alguém pudesse desenterrar essa história.

— E o que isso tem a ver com o assunto atual? Com Jenny?

Obviamente, é um abuso sexual, uma queixa ou o que seja. O detetive Parsons disse que só tinha que fazer um rápido acompanhamento para garantir e aí encerraria o caso.

— Então ele queria um álibi?

Sim.

— E Bob tinha?

Ele falou que não conseguia se lembrar. Disse que ligaria de volta depois de verificar o calendário da mulher e de falar com ela. Então, Parsons foi embora e Bob disse que fez isso, ligou para a mulher. Ela o lembrou de que naquela noite eles estavam num compromisso no clube. O jantar de degustação de vinho da primavera. Eu quis comparecer, mas tínhamos planos para jantar.

— Eu me lembro. Você mencionou que discutiu com Tom no carro sobre isso.

Sim. Enfim, Bob ligou para Parsons e o informou.

— Sei. Então, é isso. Ele tem um álibi? — Com toda sinceridade, eu não havia considerado essa possibilidade. Não sei por que, mas tinha presumido que Bob diria que estava com a mulher em algum lugar e, então, não conseguiriam ser capazes de provar. A mulher nunca é um bom álibi. Mas o jantar no clube teria registro. E muitas testemunhas. Ainda assim, não perdi o foco. — Acho de fato estranho que ele não se lembrasse de onde estava. Acho que todo mundo nesta cidade se lembra de onde estava naquela noite. As notícias da agressão foram chocantes para todos nós.

Meu Deus! Não sei o que pensar. Realmente não sei.

— Sobre o quê? Essas deveriam ser boas notícias.

Seria se Bob estivesse no jantar. Ou se tivesse dito que estava em outro lugar.

— Espere. Você quer dizer que ele não estava lá? Como sabe disso?

Porque sei. Ela estava lá, a mulher dele. Fran. Ah, isso é humilhante. Minha amiga do clube que foi ao jantar me deixou por dentro das fofocas. Foi semanas depois. Ela estava tentando tirar minha atenção de Jenny. Bob nunca apareceu. Fran sentou-se com minha amiga e o marido dela e deu desculpas por ele não estar com ela. Se tivesse sido qualquer outra pessoa, eu não teria dado a mínima e não me lembraria. Mas era Bob, e eu não o tinha visto, sabe, realmente, desde aquela noite. Fiquei com uma dor no estômago. Eu estava preocupada que ele estivesse encontrando outra mulher.

E o vento continuava soprando.

— Entendo. Você disse a Bob que sabia disso?

É claro. Quer dizer, eu não disse a ele que estava preocupada. Mas lembrei a ele que Fran estivera sozinha naquela noite e conversara com uma amiga minha. Ele pareceu surpreso, como se realmente não se lembrasse de onde estava. Como você disse, isso é estranho, não é?

— Para mim, é. Mas nunca se sabe. Ele tinha outra explicação para onde estava?

Não. Na verdade, ele só continuou me falando que eu estava errada, que Fran já tinha confirmado que ele estava com ela. Parsons acreditou. Caso encerrado.

— Então, você deveria se sentir aliviada.

Mas Charlotte não estava aliviada. Eu não conseguia descobrir ao certo se ela começava a duvidar da inocência de seu próprio amante quanto ao estupro da filha. Ou se alimentava as suspeitas de que ele estivera com outra mulher naquela noite. Observei seu corpo, seu rosto, o jeito que seu joelho sacudia debaixo da perna cruzada, fazendo seu pé dançar no ar. Ela não estava horrorizada. Estava ansiosa. Concluí que sua aflição era pela segunda hipótese.

Então ele parou de falar. Pegou na minha cintura. Fizemos sexo. Fomos embora. Voltei para casa, para minha família, e fingi ser a Charlotte boa.

— Você é apenas *Charlotte*. Você está ganhando essa batalha. Não consegue sentir? — O médico tinha voltado. Charlotte adotara minha linguagem, os paradigmas da "Charlotte boa" e da "Charlotte má" que eu sabia que começariam a ressoar dentro dela. Ela vinha se sentindo menos ligada à Charlotte má e menos merecedora da Charlotte boa. Minha esperança, meu sonho para ela, era que se desligasse de ambas.

Sei que usei muitas metáforas. Escolha aquela de que mais gostar – a montanha-russa descendo ladeira abaixo, os carros se dirigindo a uma colisão, os fios de açúcar buscando o caminho para um algodão-doce perfeito, o fim da história. Esta é a parte em que tudo se acelerou.

Charlotte e eu trabalhamos em seus conflitos internos. Meu lado médico atuou de forma brilhante naquele dia. A escolha do tempo mais adequado, as palavras, a forma como a conduzi à verdade dentro de si mesma. Ela saiu doente por dentro, enojada por seu comportamento. A Charlotte má estava perdendo terreno. Trabalhei em desmontar a Charlotte boa. Falamos sobre sua conexão com Jenny, como a Charlotte boa, a Charlotte perfeita, nunca teria sido capaz de entender a dor da filha, como ela tinha se sentido naquela noite em que sua vontade foi tirada dela. Ela compreendeu. Os pensamentos estavam em sua cabeça e começavam a se fortalecer.

Antes de ir embora, ela me contou este último fato:

Ah, quase me esqueci. Quando atender Tom nesta semana, esteja preparado. Ele encontrou uma foto no anuário, um garoto com aquele casaco. Não dá para ver o rosto dele, porque é de costas e ele está de pé numa multidão, acho que era um jogo de futebol. Ele agora está obcecado com isso. Honestamente, não sei como ele encontrou aquilo. Ele deve ter procurado em cada foto com uma lupa.

— Tenho certeza de que ele vai me contar a respeito. Ele entregou o anuário ao detetive Parsons?

Ligou para ele às seis da manhã. Dá para imaginar? Ele está fora de controle. Estou cansada disso.

Sorri. Charlotte foi embora. Eu estava perfeitamente calmo.

— Detetive Parsons? — Estava com ele ao telefone no momento em que ouvi a porta se fechar.

Não vou recontar a conversa. Vamos apenas dizer que traí a confiança de minha paciente e sugeri a Parsons que confirmasse o álibi de Bob com o clube de campo. Ele não me pressionou por detalhes. Tampouco ficou satisfeito por o caso não estar encerrado. Com minha ligação e Tom obcecado por aquele casaco amaldiçoado, tenho certeza de que o detetive Parsons estava num dia ruim. Isso não era problema meu.

Você já viu aqueles acrobatas que conseguem andar numa corda esticada enquanto giram pratos em duas varas?

Sean Logan apareceu mais tarde naquele dia. Ele estava agitado.

— Aconteceu algo? Você parece chateado.

Não. Tá tudo bem, doutor. Seu tom era sarcástico.

— Sean. Sei que isso está extrapolando alguns limites. E limites são importantes em nosso trabalho. Mas sinto que seria negligente se não tocasse nos assuntos dos quais estou ciente e que creio que vêm incomodando você há vários dias.

Sean olhou para mim com a cara de um adolescente irreverente. Então, deu de ombros. Um dia antes, isso teria me feito ficar mal. Fisicamente mal. Ver meu paciente, meu lindo soldado ferido, sem seu sorriso, seu humor e sua afeição por mim, bem, teria me machucado profundamente. Mas hoje eu era uma rocha e sabia que ele voltaria para mim.

— Sean, sei que você está muito próximo a Jenny. Também sei que ela não está muito bem por causa de algo de que se lembrou ou acha que lembrou. E está frustrada porque estou preocupado com o fato de a memória ser real.

Sean passou a suspirar fundo e expirar. Ele ainda se irritava com rapidez, toda aquela culpa, os fantasmas, vagando dentro dele.

Doutor, tenho de lhe dizer. Não sei por que essa porra desse monstro não está atrás das grades. Não vejo como o senhor pode se sentar aí, sabendo do que sabe, e do que não está me dizendo que sabe com todo esse papinho-furado chique, e não ter ajudado a prender esse homem com o resto da escória deste planeta. Tem alguma coisa dentro do senhor além desse papo-furado? Existe alguma porra de emoção a respeito do que essa pobre menina passou?

Recostei na cadeira, com meu coração batendo apenas um pouco mais rápido. Sua raiva buscava algo a que se apegar, algo não inocente como a mulher e o filho. Algo que não o fizesse mover céus e terra para conter.

— Eu tenho emoções, Sean. Trabalho muito duro para impedir que elas interfiram em meu trabalho, no processo de meus pacientes. Com você. Com Jenny.

Soltei um suspiro e olhei para longe. Uma expressão de dor lavou meu rosto, o tipo que vi tantas vezes que agora é instintivo para mim.

— E tenho os interesses de Jenny no coração. No coração — falei, com cara de dor. — Essa memória e a pessoa que está sendo investigada, não vou dizer mais do que isso porque não cabe a mim, mas meu trabalho é ter absoluta certeza de que seja seguido corretamente. Ele não vai a lugar nenhum. Não há mal em levar o tempo que for para fazer as coisas da forma correta, então se, e ainda é um grande "se", ele de fato se revelar culpado, ele não vai escapar das provas.

Sean olhou de novo para mim, dessa vez com uma expressão mais suave.

— Você sabe como seria fácil corromper suas memórias daquele dia terrível no Iraque, certo? Pense em como somos cuidadosos quando reconstruímos os acontecimentos, os arredores. Quando seu cérebro começa a puxar o arquivo, esse processo é precário. Tão vulnerável. Tenho medo de que a memória de Jenny tenha se corrompido dessa forma.

Ela não acha. Ela está bem certa.

— Ainda assim, quando ela pensa nessa pessoa, você notou? Não há medo, raiva nem tristeza. Só há uma resposta intelectual branda, vazia.

Sean levou isso em consideração. Ele sabia que eu estava certo. Eu podia ver. Ele expirou audivelmente. Seu corpo relaxou contra as almofadas. *Cacete.*

— Você quer que seja esse homem, não?

Porra, sim! Ela precisa que isso acabe. O senhor sabe disso. Ela precisa seguir em frente. Viver no futuro.

— Ela precisa lembrar. É a única maneira de os fantasmas irem embora. E você também. Vamos trabalhar?

A sessão de Sean durou duas horas. Voltamos ao deserto. Voltamos à missão, às chamadas de rádio conforme seus companheiros eram assassinados um a um nas ruas daquele povoado. Valancia ao lado dele. Vendo a porta vermelha, os habitantes não procuraram se esconder. Mulheres e crianças. Um idoso. Sua raiva estava mais profunda que o normal. Jenny estava em sua cabeça. Pior, ela estava em seu coração. Achei que ele parecia mais calmo quando saiu. Achei que conhecia a extensão de sua raiva e o poder que ele tinha de controlá-la. Sean não era violento por natureza. Mas, apesar de eu nunca esquecer que ele era soldado, de alguma forma consegui não lembrar.

CAPÍTULO VINTE E OITO

Somers, inverno antes do estupro de Jenny – essa não foi a última vez nem o último lugar que vi Glenn Shelby antes de ele morrer. Meus pais me criaram para ser generoso. Eles me criaram para fazer caridade, para ajudar quem precisava.

Conto isso agora porque fui ver Glenn naquela tarde depois da sessão com Sean. Ele estivera em minha cabeça desde que saíra da prisão, mais de um ano antes. Muita coisa a respeito dele ficara em minha consciência e se tornara forte a ponto de me distrair. Localizei-o facilmente, por meio de seu oficial da condicional. Ele trabalhava em seu apartamento-estúdio, controlando dados para alguma empresa ruim de marketing digital, do tipo que captura suas informações e lhe envia spam. Uma tia em Boston arrumou o emprego para ele. Ela também tinha mantido o apartamento em Cranston para ele por muitos anos, pagando o aluguel e as contas. O dinheiro era da pequena pensão dos pais, que já haviam morrido. A tia dele era uma senhora idosa e tinha pouco interesse nele, a não ser suas obrigações como administradora de renda, pelo que imagino que ela recebesse um salário simbólico. Não acho que ela soubesse da última prisão dele, embora estivesse ciente das outras transgressões à lei. Ele tinha duas anteriores por perseguição a pessoas.

Antes desse emprego, que o mantinha em casa dia e noite, Glenn trabalhara em uma empresa de manutenção residencial. Como em qualquer situação que implicasse interação social, Glenn foi despedido em poucos meses. Isso o deixou amargo. Ele gostava do solo, do cheiro de grama e, especialmente, do contato com outras pessoas. Cada novo conhecido era uma chance de intimidade. Infelizmente, ele tinha forçado a barra com uma das clientes, mãe de subúrbio puritana cuja educação fora mal interpretada como interesse genuíno em Glenn e em suas filosofias de vida.

Glenn Shelby era uma criatura digna de pena. Eu já contei duas coisas. Primeira, ele era mestre em pedir histórias de seus alvos, histórias pessoais que geralmente só são reveladas a amigos íntimos e namorados. Sempre me incomodou que algumas das narrativas dele viessem de nossas sessões, viessem de mim. Segunda, que ele foi o único paciente que não consegui salvar.

Fui ao apartamento dele naquela noite. Era bastante perturbador estar com ele lá, devo admitir. O apartamento ficava num complexo disposto como motel, com a porta da frente dando direto para o exterior, como numa casa. Havia apenas um cômodo. Todos os carros ficavam parados do lado de fora. Eram, na maioria, porcarias, velhos e malcuidados. Havia uma piscina no centro de um pátio, infestada pela indiferença dos moradores e que, com sinceridade, me lembrava uma fossa aberta. Era apenas um pouco melhor que um abrigo para sem-teto. Muitos dos residentes eram criminosos ou, como Glenn, pessoas que sobreviveram graças à boa vontade de parentes. Elas tinham contado suas histórias a Glenn, que me contara durante sessões em Somers. Eu me lembrava bem delas.

Ele apareceu na porta de calça cáqui limpa e camisa de botões, como se estivesse prestes a sair para trabalhar em um escritório. O cheiro que vinha de dentro era bem forte, uma mistura de produto de limpeza e curry. A empresa para a qual Glenn trabalhava empregava um número desproporcional de indianos, o que não deve ser surpresa para alguém que ligou recentemente para um serviço de atendimento ao consumidor. Com frequência eles passavam por treinamento juntos ou coordenavam juntos suas entradas de dados, colegas de trabalho virtuais. A cultura deles tinha contagiado Glenn, que, aparentemente, estava com uma obsessão por comida indiana para viagem.

Glenn tremia, embora tivesse um sorriso indignado estampado.

Ora, ora, vejam só quem está aqui.

— Olá, Glenn. Posso entrar?

Ele abriu passagem e me apontou um pequeno sofá no canto da sala.

— Como tem passado? — perguntei quando me sentei.

O apartamento estava arrumado de forma meticulosa. Pratos guardados de maneira ordeira em armários de vidro. Papéis dispostos em pilhas pequenas na mesa da cozinha, cada uma à mesma distância da outra. Cada uma alinhada na parte de cima e na de baixo. Pequenos bibelôs de porcelana enfeitavam a cômoda. A limpeza obsessiva é característica de pacientes com esse grau de psicose. Ironicamente, a sujeira também.

Glenn deu de ombros. Ele se sentou próximo a mim, numa cadeira de madeira, cruzando as pernas antes de me encarar.

Vou muito bem, Alan.

— Espero que não haja problema nessa visita. Não é comum os médicos fazerem isso, mas ando preocupado com você faz tempo.

Glenn se recostou. A indignação começou a dar lugar à profunda necessidade de se reconectar a mim. Foi impressionante como aconteceu de forma rápida.

Eu me perguntei quanto tempo levaria para você me encontrar.

Sorri para ele, que arregalou os olhos. De repente eu estava de volta a nossas sessões em Somers. Sessões que eu terminara por causa de limites que ele não respeitara e por causa de limites que eu tolamente tinha permitido que fossem transpostos em meus esforços de ajudá-lo.

— Glenn, eu deveria ter vindo antes. Sei disso. Fui informado de que você parou de se consultar com o dr. Westcott. Cruzei com ele na prisão na semana passada, e ele me disse que as coisas não correram bem quando você foi libertado. Você quer me contar o que aconteceu?

Tudo aquilo era verdade. Uma vez que os limites se rompem, eles não podem ser reconstruídos. Eles não são paredes feitas de gesso ou tijolo. Eles existem na mente, como palavras que não podem ser desditas. Eu solicitara que Glenn fosse realocado a outro terapeuta voluntário, o dr. Daniel Westcott, e na soltura de Glenn Westcott tinha concordado em continuar a terapia. Era mais supervisão do que tratamento, certificando-se de que ele não ficasse muito obcecado por alguém. Certificando-se de que ele não perdesse o controle de novo.

Glenn olhou para o chão e deu de ombros.

Não era o mesmo.

— O que você quer dizer? Ele é um excelente médico. E o consultório é bem aqui, em Cranston.

Você sabe a resposta, Alan.

Senti um frio na espinha; meu cabelo ficou arrepiado. Nos meses seguintes à transferência de Glenn de mim para o dr. Westcott, comecei a receber cartas de Glenn em minha casa. Não sei como ele conseguiu meu endereço nem como sabia o nome de minha mulher e meus filhos. Informei o ocorrido ao dr. Westcott e aos guardas da prisão. Fizeram Glenn parar, e eu acreditei talvez ter me esquivado de uma bala.

Os pacientes com transtorno de personalidade borderline têm muito mais probabilidade de formar laços não saudáveis com terapeutas do que outros pacientes. Essa chance é cerca de quarenta por cento mais alta. Os números não importam tanto quanto a certeza de que é verdade. Parte do treinamento é manter limites severos. Mas, como já confessei, meu treinamento se provou inadequado quando encontrei Glenn Shelby. Os limites foram ultrapassados, uma ligação obsessiva se formou, e houve um período de perseguição, um período que, misericordiosamente, acabou pelo medo do confinamento na solitária e por possíveis novas acusações que manteriam Glenn na prisão.

Como aparte, esse é um estudo de caso perfeito para desmentir a noção de que nenhum paciente com um transtorno de eixo II pode efetivamente ser tratado. As formas mais brandas são, de fato, contornáveis ao se usarem técnicas bem básicas da cenoura na ponta da vara. Esses pacientes podem colocar, e colocam, um freio em seu comportamento para conseguir recompensas e evitar a punição.

Eles podem ser tratados, ainda que não possam ser curados. Uma vez que as cenouras e as varas sejam retiradas, o comportamento invariavelmente retorna. Nunca mais recebi carta de Glenn, mesmo depois de ele ter sido solto. Mas descobri que as cartas não foram o fim de seus esforços para se sentir próximo a mim. Fui vê-lo nesse dia para fazer aquilo parar.

Nossa conversa se estendeu por cerca de uma hora. Então, fui embora para casa.

Uma semana depois, encontraram Glenn pendendo do teto.

Quando fiquei sabendo, me lembrei das coisas que vi no apartamento dele naquele dia, coisas que me chamaram a atenção por uma razão ou outra, mas não davam motivo para preocupação. Eram inteiramente benignas. A corda de pular no canto da sala, enrolada como uma cobra. O banquinho na cozinha. A barra de metal suspensa, instalada no teto perto da porta do banheiro. O pé-direito era bem alto, uns dois metros e meio, talvez. Mesmo agora, fecho os olhos e o imagino balançando do teto, o banquinho branco ao lado, fora do alcance dos pés. A corda amarrada com precisão e curta para que os pés não alcançassem o chão. Vestido apenas com uma cueca azul. Não gosto de discorrer longamente sobre isso porque não foi um fracasso mediano, da forma que a maioria das pessoas experimenta o fracasso profissional. Meu fracasso, esse fracasso, terminou com a imagem horrenda que acabei de colocar em sua cabeça, a mesma imagem com a qual convivo todos os dias. Está sempre lá, lembrando que não consigo curar todos os pacientes.

Deixei Glenn vivo, tremendo, mas funcional. Voltei para o consultório, atendi outro paciente, então voltei para minha família em casa.

No dia seguinte, recebi um telefonema do detetive Parsons. Era uma ligação pela qual eu esperava. Lembre-se, eu no auge de novo, cabeça fresca, certeiro. Eu podia ver o futuro. Eu podia vê-lo, porque o controlava. Minhas marionetes. Comandadas por mim.

Você estava certo, Alan. Sobre o álibi. Era tudo uma merda fodida!

— Sinto muito. De verdade — falei isso, mas eu não sentia.

Como você sabia? Você vai me contar? O que mais está escondendo?

— Não posso lhe dizer. Eu já expliquei a respeito de...

Sim, a sagrada confidencialidade do paciente. Juro por Deus, Alan. Às vezes acho que você está fodendo com a minha cabeça.

— É comum querer atirar no mensageiro. Não fico ofendido. Mas não fui eu que criei aquele registro de agressão da Flórida ou menti sobre um álibi. Tudo isso é real. Não fiz parte da criação.

Parsons suspirou alto.

Sei disso. Desculpe. Só não queria esse show de merda. Posso prever um desfecho ruim. De um jeito ou de outro. Sinto em meu âmago. Ele vai ter muita gente pegando em meu pé.

— Ainda assim, é preciso haver desfecho, não é? Isso tem de acabar — falei, calmamente. — Você perguntou a Sullivan e à mulher a respeito?

Eles afirmam que foi um erro sem intenção, mas os recibos do clube não mentem. Há uma cobrança pelo jantar com vinho. A tira foi assinada pela mulher, Fran. Sullivan não tem álibi.

— Sei.

E há aquela ocorrência na Flórida. O mundo vai cair matando. Ele vai ter de sair na ofensiva.

— Imagino que sim. — Não o desafiei em sua conclusão sobre a inocência de Bob. Não importava o que Parsons achava. O que importava era o medo em sua voz. Esse era o tipo de merda que arruinava a carreira de um homem. — O que acontece a seguir?

Ele já contratou um advogado. Algum cobra de Hartford. Karl Shuman. Livrou a cara daqueles gângsteres nos anos 1990.

— Eu me lembro desse caso.

Fez a fama dele. Agora ele só aceita o caso de quem puder bancá-lo. E agora não podemos chegar perto de Bob, a não ser que o detenhamos formalmente. Levando-o para um interrogatório. É quando a imprensa vai saber. É quando esse negócio todo vai explodir.

— Sinto muito que você tenha de lidar com isso. Gostaria de poder ajudá-lo mais.

Alan, por favor, você não pode apenas me dizer se isso vai se sustentar ou não? Me dê uma piscadela ou faça um gesto com a cabeça. Alguma coisa? Preciso tomar uma decisão.

— A verdade, detetive, é que não importaria se eu lhe desse uma piscadela ou um gesto de cabeça. Nada do que aconteceu neste consultório jamais seria aceitável como prova. É esse o problema com o tratamento que as vítimas estão enfrentando. Mesmo depois que uma memória é recuperada, há muita incerteza para a lei. Eu li os casos, as decisões. Esses pacientes apanham no banco de testemunhas, e o tribunal fica de mãos atadas.

Parsons ficou mudo por um instante. Ele não queria desligar o telefone no mesmo estado de caos mental de quando discou meu número. Ele estava numa caixa, e não havia saída. Se ele não fizesse nada e a imprensa descobrisse que havia o suficiente para seguir em frente, ele seria acusado de favorecer ricos e poderosos. Se ele arrastasse o menino de ouro de Fairview pela lama sem motivo, haveria processos e investigadores particulares. Com processos, surgiriam demissões. Com os investigadores, viria um escrutínio dos esforços dele para resolver o caso, coisa que ele parecia temer cada vez mais. Ele estava condenado se fizesse e se não fizesse. A única saída era Bob Sullivan ser culpado. E ele não era.

Pobre detetive Parsons.

CAPÍTULO VINTE E NOVE

As sementes da dúvida crescem como erva daninha quando faz sol. Quando tem água. Quando o solo é fértil.

Charlotte sentou-se em meu consultório na sessão seguinte transpirando dúvidas a respeito de Bob. Ela não o vira de novo, mas ele telefonara e lhe contara sobre o problema com o álibi e o novo advogado. Ele não ia retirar a história de que estava no jantar, e ainda assim não houve mais mensagens de texto de flertes. Nada mais de fotos de seu pênis ereto. Ele estava sendo cuidadoso, como deve ser uma pessoa culpada.

— Sinto muito pela situação com Bob perturbar você. Posso ver que está ansiosa por isso.

Estou. É muito perturbador. Quer dizer, o que ele está escondendo? Até pedi: "Apenas me conte onde você estava naquela noite. Se estava com outra mulher, eu posso lidar com isso". Ele ficou repetindo que estava no clube e que todos o estavam perseguindo por causa da candidatura e do dinheiro e blá, blá, blá. Ele estava exagerando, sabe?

— Sim. É muito estranho, e posso ver por que você está preocupada. — Deixei o assunto assentar por um instante. — Como vai Jenny, desde a sessão em grupo?

Na mesma. Ela estava indo tão bem antes de se lembrar da voz. E agora parece ter desistido. É como se ela não acreditasse mais na terapia e estivesse resignada em viver na dor constante. Meu Deus, é tão difícil ver. E se preocupar, tudo de novo.

— Entendo. Achei que talvez a sessão tivesse mudado isso. Houve uma revelação um tanto descritiva de uma das outras pacientes. Outra vítima de estupro. Eu ia pará-la porque sempre levo em consideração a idade de Jenny. Mas deixei-a contar. Não era tão perturbador em si. Mas foi o momento da primeira penetração, e essa é a memória que Jenny recuperou daquela noite.

Charlotte arregalou os olhos e sentou-se na beira do sofá.

Eu não tinha me dado conta de que ela tinha lhe relatado isso com tanto detalhe.

— Bem, é claro. O que você achou que aconteceu naquela sessão?

Não sei. Acho que pensei que ela só lembrara e lhe avisara sobre isso. Eu não quis perguntar detalhes a ela. Mas não percebi que ela tinha contado para você... é só que parece... tão pessoal. Não que seja errado. Ah, não sei o que estou falando!

— Não, tudo bem. É estranho pensar que sua filha descreveu esse ato para mim, um homem, num ambiente tão estéril.

Charlotte olhou para a etiqueta na planta. Seu rosto estava tenso, como se ela estivesse pensando. E atormentada pelos pensamentos.

— Você gostaria de saber o que ela disse? Ajudaria compartilhar esse conhecimento com você?

Talvez. Sim. Na verdade, eu gostaria de saber. Tudo o que foi dito. Tudo.

Isso estava muito fácil.

Contei a Charlotte sobre um episódio de penetração. O ato que descrevi não foi o estupro de Jenny, embora não estivesse muito longe. Em vez disso, foi Bob Sullivan transando com a secretária adolescente na concessionária. A entrada por trás. A mão se escorando no ombro dela. O rosto dela contra o chão. A mão no topo da cabeça dela, os dedos entrelaçados ao cabelo sedutor. As estocadas poderosas, para a frente e para trás, como um animal.

Charlotte se recostou e cruzou os braços. Em seu rosto, eu podia ver que eu estava certo, que Bob Sullivan a tinha fodido exatamente da mesma maneira. E que ela estava se perguntando onde ele de fato estava naquela noite.

Cinco dias depois, os brotos floresceriam.

Mas não vamos nos adiantar.

Todos estávamos muito preocupados com Jenny e com a interrupção abrupta no progresso da terapia. Eu me arrisquei pensando que já tinha feito o suficiente para o fogo se alastrar, de que agora havia fumaça o bastante para meu filho sair de cena discretamente. Decidi retornar a meus desejos egoístas de salvar minha paciente.

— Como tem andado? — perguntei a Jenny na sessão seguinte. — Ainda sentindo como se não pudesse resolver aquele problema de matemática? Como se quisesse desistir?

Jenny deu de ombros.

— Você parece triste.

Lágrimas caíram. Passei alguns lenços para ela.

— É a memória? A que recuperamos?

Não. Me sinto melhor quanto a isso. É realmente como você falou. Ainda que eu odeie as imagens que me vêm à mente, que minha pele de fato formigue quando eu me lembro das mãos dele e... de todo o resto, é como se eu tivesse aqueles momentos em que minha pele formiga e quando quero gritar e chorar, me curvar e até morrer, e daí eles passam. Quando penso em outras coisas ou faço outras coisas, os sentimentos vão embora.

— Sim! — Eu estava mais do que empolgado. — Os sentimentos encontraram seu lar. Eles se ligaram à memória, podendo parar de assombrar sua cabeça. É exatamente como a recuperação do trauma deve funcionar. Com o tempo, conforme você deixar esses sentimentos e as imagens saírem, eles começam a recuar e sumir. Eles vão sair e ver que você está segura, que eles não precisam provocá-la.

Jenny assentiu. Então, suspirou.

— O que foi?

Não me sinto bem de falar a respeito.

Então, eu soube.

— Sean? — perguntei.

O rosto dela a entregou.

— Você pode me contar. Sean sabe que falamos sobre o relacionamento de vocês. E ele também fala comigo a respeito.

É mesmo?

— Sim.

Tá. Não sei. Sinto que sou ruim para ele. Como se eu estivesse fazendo ele se sentir mal.

— Em que sentido?

Ele está com tanta raiva. Ele realmente acha que o sr. Sullivan me estuprou, e ele...

— Ele o quê?

Ele está com muita raiva. Agora, quando nos encontramos, sinto como se não pudesse falar com ele sobre outro assunto, porque ele só volta ao sr. Sullivan e ao fato de que ele não foi preso e de que ele nunca vai ser punido porque, com meu tratamento, minhas lembranças serão invalidadas.

— Entendo. E você ainda sente que a voz de que se lembra é daquela noite na mata?

É o mesmo de antes. Meu cérebro acha que sim, mas eu não me sinto esquisita perto dele nem nada do tipo. Eu deveria, não é? Eu o vi no trabalho do meu pai na semana passada e fiquei nervosa por causa da memória, mas não senti nada além disso.

— Você acha que Sean sabe que o interrogaram?

O quê?

— Sua mãe não lhe contou? Ah, talvez ela esteja com medo de seu pai descobrir.

Ah, meu Deus! Isso explica por que ele saiu de perto quando o vi! Jenny segurou a cabeça como se estivesse envergonhada. *Ah, meu Deus!*

— Está tudo bem. De verdade. Ele não está sendo interrogado por nada que aconteceu aqui. Ele fez algo no passado. E aí mentiu sobre onde estava naquela noite. A polícia não sabe sobre o nosso trabalho. Sobre suas memórias. Eu juro.

Está acontecendo, né? Vai ter um julgamento, e todo mundo vai ver como minha cabeça está confusa! E Sean... Ah, meu Deus!

— Do que você tem medo por Sean?

Ele só... Ele só está com tanta raiva. Ele disse que...

— O que ele disse, Jenny?

Eu não deveria te contar.

— Está tudo bem. Você confia em mim?

Sim... É só que... ele é, tipo, meu melhor amigo. Às vezes eu acho que ele é meu único amigo.

— Então me ajude a ajudá-lo. Me conte o que ele disse.

Jenny olhou para mim, como um ratinho tentando não ser ouvido mesmo quando abriu a boca e deixou as palavras saírem.

Ele disse que queria matá-lo.

— Bem — falei sem dar muita importância —, as pessoas dizem isso o tempo todo, não dizem? Nesta manhã mesmo, gritei com meu cachorro e falei algo assim. "Vou matar esse cachorro!". Certo? As pessoas dizem isso, mas não têm de fato essa intenção. É uma força de expressão.

Não. Você não entende. Ele falou que imagina o sr. Sullivan como um dos terroristas que ele foi enviado para matar. Sean disse que se sente assim em relação a ele, como se ele tivesse que morrer pelo que fez e para não fazer isso de novo. E daí Sean disse... ele disse que imagina o sr. Sullivan segurando aquele graveto e esculpindo minha pele. Sean só fica sentado e se deixa imaginar aquilo, como uma obsessão. Ele falou que tem uma arma. Comentou que sabe atirar com a mão esquerda. Como se estivesse praticando.

— Sério? Quando ele arrumou essa arma?

Não sei. Ele só disse que ia matar Bob Sullivan se ele não fosse levado à justiça. Falou que agora tinha uma arma e ia fazer isso. Eu afirmei que preferiria eu mesma morrer a vê-lo se encrencar desse jeito. E ele... ele só me abraçou bem forte e...

Jenny estava chorando. Ah, minhas emoções! Chorar era o que ela precisava fazer. Ela precisava se manter sentindo algo e tudo. Você vê como isso funciona? Os sentimentos encontraram uma memória e se ligaram a ela. Agora poderíamos usá-los para alcançar outros; poderíamos segui-los de volta onde aquela memória se escondera e ver o que mais havia lá. Era apenas uma teoria. Na qual eu acreditava.

Ainda assim, a agonia do pobre soldado! O fato de isso pesar tanto sobre ele me partiu o coração. Ele estava identificando esses fatos com o que tinha acontecido na noite em que perdeu o braço. O terrorista atrás da porta vermelha, devendo ser levado à justiça. Ser morto. De repente, fiquei ansioso para que ele aparecesse para a próxima sessão.

E havia outras preocupações.

— Jenny — falei, com voz firme —, quando você diz que ele a abraçou, o que quer dizer?

Ele me abraça às vezes. Não é nada ruim. Ele diz que sou como a irmã dele, mas também como um dos soldados, sabe, os que estão sob proteção dele. Os novatos. Ele diz que vai morrer me protegendo. Lutando por mim.

— Entendo. É um alívio, na verdade. Eu estava com medo de que a amizade de vocês pudesse se tornar outra coisa, e isso não seria bom para nenhum de vocês.

Mas eu ainda o amo. Ele é a única coisa pela qual tenho interesse agora.

— Bem, vamos mudar isso. — Eu me inclinei e segurei as mãos dela. — Vamos terminar o que começamos. Você vai se lembrar de tudo daquela noite. Vamos colocar todos os fantasmas para dormir, e aí você vai seguir com a vida. Está me ouvindo?

Jenny olhou para mim, um pouco surpresa. Eu nunca a tocara antes nem falara com ela com alguma emoção. Eu não tinha perdido o controle. Em vez disso, estava dando a ela uma pequena dose do que ela tinha com Sean.

— Está me ouvindo?

Sim.

— Você acredita em mim?

Não sei. Tenho medo de ter esperanças. Tenho medo de encontrar. Sinto como se eu fosse veneno, e, se eu só puder me manter longe das pessoas, não vou machucar ninguém.

— Não, Jenny. Você não é o veneno. Você é a cura.

CAPÍTULO TRINTA

Eu não veria mais Sean antes de essa história acabar. Eu não percebi isso na época. Muitos pratos girando. Muitas marionetes para controlar.

O detetive Parsons indo atrás da pista sobre Bob Sullivan de maneira relutante. Bob mentindo sobre o álibi a Parsons e Charlotte. Charlotte começando a achar que ele era culpado. A mulher de Bob dando cobertura a ele. O advogado protegendo-o. Jenny e eu retomando nosso trabalho para evitar que ela escapasse de nós. E Sean vendo Bob entalhando sua doce Jenny com um graveto enquanto a violentava de forma cruel. Isso deixa Tom de fora. E meu filho.

Retomemos. Eu ficara intolerante a Tom e à obsessão dele com o casaco azul. Eu não chegara a desprezá-lo nem a desgostar dele. Pelo contrário. Olhava para ele como uma criança petulante, minha criança petulante, que não obedecia a minhas instruções.

Simplesmente não entendo por que eles não colocam todos os caras da perícia para olhar essa foto! Tom estava segurando a foto do meu filho de um anuário. Não dava para ver o rosto dele.

— É de um jogo de lacrosse? Na escola?

Sim! Da primavera em que Jenny foi estuprada.

— E o que você acha que eles poderão afirmar a partir disso? É um adolescente de porte médio, sem especificidades, um boné da escola de

Fairview. Tenho certeza de que você a examinou com uma lupa. Cada centímetro, certo?

Tom olhou para a foto.

Sim. Fiz isso. Eu só... Veja, consigo identificar uma das meninas atrás dele e um dos garotos ao lado dela. Se eles mostrassem isso para todos que foram ao jogo, certamente alguém lembraria!

— Talvez. Tenho certeza de que esse é o problema. Eles estão falando com todos os garotos da festa de novo. Talvez estejam com medo de essa história parecer uma caça às bruxas. Eles não são obrigados a comparecer para depor, sabe. Por lei. No momento, tudo é voluntário. Isso poderia mudar, se as pessoas ficassem com a impressão errada do que isso se tornou.

De fato. E o que isso se tornou?

— Bem, conversamos sobre sua culpa. Sobre seus pais e como isso afetou sua autoestima. Seu senso de si mesmo. Seu "id", se preferir. Tom, nada mudará simplesmente por achar o homem que estuprou sua filha.

Puta merda! Vamos mesmo falar sobre meu id quando temos isso para investigar? Eu vou só encontrar esse filho da mãe e, então, prometo, volto e confronto meus pobres pais até que eu consiga enfrentar minha mulher e meu chefe e qualquer um que você queira. Que tal?

Duas palavras surgiram em minha cabeça: Ah, merda.

— Certo — falei. — Talvez você precise enxergar melhor. Talvez nosso trabalho deva parar por enquanto. Mas considere uma coisa antes: essa foto, tudo o que ela mostra é um garoto de casaco. Mal dá para ver a forma no casaco do ângulo em que está. E a única razão pela qual você está preocupado é por causa de algo que um traficante de drogas falou para reduzir sua própria sentença. Percebe minha preocupação?

Francamente, não. De jeito nenhum.

Eu me inclinei, os cotovelos nos joelhos, as mãos juntas e a cabeça pendurada perto do peito. Eu podia sentir os olhos de Tom em mim, esperando pelas palavras que eu estava tão aflito para encontrar. Essa técnica é extremamente eficaz. Quando levantei o rosto, estampei a cara da certeza.

— Nos últimos meses, cavamos fundo e remexemos em muitos sentimentos de sua infância. Fazendo isso, você encarou de forma corajosa sua raiva em relação a seus pais – e há raiva, Tom. Não importa quanto eles sejam amáveis, quanto apoiem sua família. Você cria seus filhos de um jeito que é o oposto completo de tudo o que eles fizeram com você e com sua irmã. Isso me diz que, no fundo, você sabe que eles lhe causaram dano. Dano emocional. Você não se sente merecedor de nada que seja bom, recebe essas coisas como se as tivesse roubado. E você tem uma crença subconsciente de que coisas ruins que cruzam seu caminho são como castigo ao roubo. Você carrega culpa por isso, Tom. Raiva e culpa.

Tom estava acompanhando, e eu o levava gentilmente pelo caminho que precisava que ele seguisse.

Eu estava tão de saco cheio daquele casaco azul.

— Para onde foi essa raiva? Para onde foi a culpa? — Tirei a foto das mãos dele. — Para cá, Tom! Para cá! — Sacudi a foto. — Está tudo aqui, dirigido a algum garoto usando um casaco. Você não tem uma visão global, nem de você nem da investigação.

Você está cansado de minhas descrições dos pacientes chorando. Mas lhe asseguro, tenho ponderado a esse respeito. Todo paciente a que atendo chora em quase toda sessão. Faça as contas.

Tom chorou. Se isso o incomoda, não se preocupe. Vamos seguir em frente, e rápido.

Segurei as mãos de Tom e dei-lhe um empurrãozinho gentil pelo caminho.

— Tom, você considerou que a polícia provavelmente tem outras pistas? E que talvez eles não estejam incluindo você por causa dessa raiva cega que você tem no momento? Talvez tudo esteja sob controle e você possa apenas passar o bastão para eles, deixá-los fazer o trabalho deles. Isso seria um alívio, não seria?

Tom me encarou com um novo brilho nos olhos.

Eles fariam isso? Eles me excluiriam? Sou parte dessa investigação há mais de um ano. Desde que tudo aconteceu.

Dei de ombros.

— Não sei, Tom. É só uma possibilidade que eu gostaria que você considerasse. Eu esperava que você se acalmasse. Que se permitisse baixar a guarda e descansasse um pouco.

Tenho de ir, Alan. Desculpe. Sei que estou sendo um mau paciente. Vou pensar nessas questões que você levantou. Só que não agora. Não agora!

Nós dois nos levantamos. Estendi a mão e, quando ele me deu a dele, coloquei a outra mão em volta.

— Tom, por favor. Leve em consideração o que eu falei. Abaixe suas armas. Deixe os profissionais fazerem o trabalho deles.

Mas Tom já tinha ido embora.

Agora, meu filho.

O interrogatório não podia mais ser adiado sem levantar suspeitas. O advogado Brandino foi com ele. Eu também fui. Falei para minha mulher ficar em casa, porque ela não tinha capacidade de esconder as emoções. Dois policiais jovens fizeram as perguntas. Eles estavam cansados de tudo aquilo, de Tom Kramer, das ligações diárias para distritos de cidades pequenas, perguntando sobre arquivos de estupros antigos, sentados com o telefone preso entre o ouvido e o pescoço, dando cãibra e dor de cabeça e os afastando das atualizações de Twitter, Snapchat e Facebook. Essa também era a cidade deles, então, além do tédio, eles estavam relutantes em irritar alguém. Não é divertido passar o dia sendo olhado com raiva.

Perguntas foram feitas. Respostas foram dadas.

A que horas você chegou à festa? A que horas foi embora? Você estava com alguém? Saiu da casa em algum momento? Tinha alguém com você? Você viu Jenny Kramer? Havia alguém com ela? Etc. Você tem um casaco azul com símbolos ou letras vermelhas?

Jason se saiu bem. A culpa passou por medo adolescente. Ele me lembrava um garoto conhecendo o pai de uma menina na noite do baile. Ele era um bom garoto? Sim. Ele queria transar com a filha do cara? Sim. Ele conseguiria? Provavelmente não. É uma ilusão aceita. Muito foi narrado desde que comentei o que penso da honestidade, da necessidade de mentir no relacionamento humano. Se aquele garoto contasse àquele pai que tinha imaginado a filha dele nua, os seios dela em suas mãos, sua língua na boca da garota, suas mãos subindo pelo vestido dela, e que tinha pensado nisso tudo enquanto se masturbava apenas uma hora antes dessa apresentação civilizada, bem, você pode imaginar quantos garotos apareceriam no baile. Fui grosseiro. Mas queria definir meu ponto de vista.

Acho que não, Jason falou sobre o casaco, se contorcendo um pouco. *Quero dizer, não tenho um hoje em dia. Não me lembro de ter tido um antes.*

Essa foi a parte genial. Ele a executou de forma perfeita.

Você saiu da festa em algum momento para ir lá para fora?

Jason fez uma pausa antes de responder. Ele olhou para o advogado, que assentiu e deu um tapinha em sua mão. Ele olhou para mim. Fiz o mesmo. Posso até ter dito: "Vá em frente, filho. Diga a verdade".

Jason suspirou. Veja bem, nada disso era fingimento da parte dele. Ele não é um bom mentiroso. Ele é um bom menino. Um menino maravilhoso. Meu menino.

Eu saí por alguns minutos. Eu procurei aquele homem. Aquele do Civic azul.

Os policiais ficaram um pouco mais interessados, mas o interesse deles seguia, é claro, em outra direção. Ninguém mais admitira ter feito nada errado, porque nada podia ser provado. Cruz Demarco faturara mais de mil dólares naquela noite, e, ainda assim, apenas John Vincent tinha admitido comprar algo. Esse interrogatório era como encontrar uma agulha num palheiro.

Entendo. Um dos policiais falou. *Então você estava indo comprar drogas?*

Jason concordou timidamente.

E você comprou?

Não. Vi o carro e fiquei com medo, então passei por ele e daí dei a volta e andei pelo outro lado de volta para a casa para que ele não me visse.

A que horas foi isso?

Não sei. Foi antes de nove e meia. Depois das oito. Não tenho certeza.

Você viu mais alguém?

Não. Mas as pessoas estavam entrando e saindo da rua a noite inteira, procurando por aquele cara. Todo mundo estava falando daquilo. Acho que ele veio até a casa, para os fundos também.

O advogado Brandino se levantou. *Terminamos? Como podem ver, meu cliente foi muito disponível e honesto. Não era do interesse dele contar a vocês da intenção de comprar drogas. Espero que possam lhe dar algum crédito por isso.*

Sim. Crédito. Mas aquilo não foi feito por nenhum "crédito", o que quer que isso significasse, mas para explicar seu nervosismo, sua inquietação na cadeira quando foi perguntado pelo casaco. Compreende?

Houve mais na entrevista. Nada com consequências. A mentira sobre o casaco e a fraca interpretação de meu filho ao falar a respeito tinham sido desviadas com perfeição.

Quando chegamos em casa, Julie estava na cozinha, tomando uma taça de vinho. Era só o início da tarde, mas ela estava uma pilha de nervos.

— Querida, eu podia ter prescrito algo. Agora você vai ficar com dor de cabeça.

Ela me ignorou, correndo até nosso filho e puxando-o para perto.

Você está bem? Ah, meu pobre menino!

Jason a deixou apertá-lo por um instante antes de se afastar.

Estou bem. Posso ir?

Nós o liberamos. A nova televisão foi ligada. Depois, o video game violento. Não me importei.

Julie olhou para mim transbordando de perguntas. Não a fiz sofrer.

— Está tudo bem — afirmei.

Ela caiu em meus braços.

Jura?

— Sim. Juro. — E eu estava falando mais sério que nunca.

Se não podemos proteger nossos filhos, somos inúteis.

CAPÍTULO TRINTA E UM

VOCÊ CONSEGUE IMAGINAR o que se passou na cabeça de Bob Sullivan quando ele viu o medo estampado no rosto de Charlotte?

Eles se encontraram na casa nos arredores de Cranston cinco dias depois de eu atender Charlotte. Ela pensava na mão de Bob em seu ombro, a outra em seu cabelo, às vezes apertando contra a parte de trás da cabeça quando o quadril dele empurrava as coxas dela. A penetração profunda, os gemidos que ele dava a cada movimento. Às vezes, quando ele fazia isso, ela imaginava Jenny no aperto dele. Ela não me contou, pois acho que teria sido pessoal demais. Mas eu sabia.

Eu não conseguia nem olhar para ele. Senti como se estivesse num universo paralelo, onde tudo era igual, mas não da forma como eu pensava. Faz sentido? Imagino que aconteça o tempo todo, certo? Quando as pessoas descobrem que seu cônjuge está tendo um caso ou roubou dinheiro? Deus, acabei de perceber que Tom vai olhar para mim desse jeito um dia, não vai? Se ele descobrir o que fiz? Quando se der conta de que a Charlotte boa não existe.

— Não vamos tratar da Charlotte boa hoje. Vamos focar no que aconteceu com Bob. É muito importante. E muito traumático, mesmo que você ainda não perceba. Você amava Bob – ao menos o homem que achava que ele era. E acreditava que ele também a amava, que ele realmente a amava, com todos os seus segredos do passado.

Nem sei como me sinto, Alan. De verdade. Então vou só contar para você o que aconteceu. Me diga o que você acha, certo?

— Claro — concordei.

Não falei sobre o jantar de novo. Ele tinha insistido tanto que eu estava errada da última vez, e eu realmente queria saber como ia me sentir estando com ele. Se eu poderia viver com a mentira e toda a incerteza ou não.

— Charlotte — falei. — Você não acha que Bob foi o homem que, sabe, fez aquelas coisas à Jenny. Acha? Ou se trata de imaginar onde ele estava naquela noite, e se havia outra mulher?

Não! Quero dizer, eu nunca poderia pensar uma coisa dessas sobre Bob. Ela mentiu bem. *Mas eu sabia que ele se lembrava de onde estava naquela noite. Esse era o problema. Por que ele não me contava?*

— Certo. Continue.

Então ele me serviu uma bebida, o que às vezes aceito, se não for muito cedo. Ele também se serviu de uma. Era bom ter algo para ocupar as mãos, já que nenhum de nós parecia ávido por tocar o outro. Perguntei se tudo tinha se resolvido. Ele disse que não, que a história com o jantar tinha saído de controle. Ele mencionou que precisara contratar um advogado, e que eles, ele e o advogado, se recusavam a responder a quaisquer outras perguntas. Acho que ele não é obrigado, certo?

— Sim, ele não precisa. Parece que ele está pedindo provas de que fez algo.

Sim. Foi o que ele disse também. Que a única coisa que podiam fazer em seguida era conseguir um mandado, e isso significaria tornar tudo público. O advogado deixou claro que ele os processaria imediatamente. O prejuízo ao negócio dele, à eleição, à reputação e a sua família... Bem, eles estão apostando que os figurões não vão permitir isso. Quero dizer, sério, o que eles têm? Um registro antigo da faculdade. E um mal-entendido sobre um jantar que aconteceu há mais de um ano? Eles não vão conseguir um mandado, certo?

— Não sei, Charlotte. Mas parece que ele ainda está preocupado. Ou ele parecia confiante?

Não. Ele não estava nem um pouco confiante. Estava com raiva. Disse coisas do tipo "Como isso pode estar acontecendo? De todas as pessoas, logo comigo? Como alguém pode pensar que eu estupraria uma jovem? Valho mais de vinte milhões de dólares! Estou prestes a me tornar um representante do estado! Conheci a porra do presidente!". Então ele falou que parecia que a cabeça dele ia explodir, ou algo assim, algo bem dramático. Tudo isso foi apenas um grande insulto ao ego dele.

— Isso não é muito cativante, devo dizer. Ele não consegue entender a posição deles? Que eles têm a obrigação de investigar?

Eu lhe disse, isso me fez vê-lo de um jeito diferente. Eu não conseguia simplesmente tirar aquilo da cabeça, transar, ir para casa... Dessa vez, eu não consegui. Falei o que estava pensando, que foi o que você acabou de dizer. Que eles precisavam se garantir e ter certeza. Disse que ele precisava contar a eles onde estava naquela noite e que, então, tudo se resolveria. Falei que não entendia por que ele não colaborava.

— E como ele reagiu?

Nada bem. Ficou furioso comigo. Jogou o copo do outro lado da sala, e o rosto se transformou, sabe? Ficou vermelho e com os olhos arregalados, desvairado. Ele chegou muito perto de mim, pegou meus braços e me encarou, me estudando. E me perguntou sem rodeios se eu achava que ele tinha violentado minha filha.

Charlotte perdeu o ar e levou a mão à boca. Ela balançou a cabeça devagar, mirando aquela etiqueta.

Eu disse que não. Falei que sabia que ele nunca faria nada assim. Mas então por que, por que ele não dizia onde estava? E aí tinha Jenny e a voz na cabeça dela. Não sei. Acho que ele apenas não acreditou em mim.

Então ela se perdeu em memórias daquele encontro. Deixei-a ficar lá por um momento, tempo suficiente para as lembranças se misturarem a mais dúvidas. Você sabe o porquê, não sabe? Para que elas retornassem ao arquivamento apenas levemente alteradas, talvez decoradas com as dúvidas a respeito de Bob.

— Charlotte, como a conversa acabou? Como você saiu da situação?

Ahhh, acabou mal. Ele falou "vai se foder", e foi embora.

— "Vai se foder"? Foi tudo o que ele disse?

Aham. Depois de três anos juntos, depois de todas as declarações de amor e os momentos carinhosos. Depois de todas aquelas vezes em que ele olhou de forma amorosa em meus olhos, como é possível? Como podemos fazer essas coisas, coisas que parecem permanentes? Mesmo que o relacionamento acabe, aqueles sentimentos ainda estariam lá. Isso faz com que eu não acredite em nada, em nenhum sentimento, em nenhuma declaração, em nenhum amor, absolutamente. É tudo papo-furado. Apenas hormônios, luxúria, carências e preenchimento do vazio das pessoas, dos buracos na alma. Nós todos apenas usamos uns aos outros, não? Nada é o que parece.

— Bem, há muito para ser discutido, Charlotte. Você está certa. As pessoas fazem isso umas com as outras. Mas algumas vezes há mais do que isso. Às vezes os amores mais fracos, os amores guiados pela luxúria, os buracos a serem preenchidos se transformam em mais. E às vezes essas conexões momentâneas, que nos pegam desprevenidos como um vento gelado, algumas vezes elas vêm para ficar e se tornam uma âncora para uma conexão mais permanente. É isso que a maioria das pessoas em relacionamentos estáveis descreve. Trata-se da conexão e da necessidade dessa conexão. Como qualquer coisa de que precisamos, tomamos conta daquilo com bondade e cuidado, atos de amor. Mas isso é mesmo muito para um dia, não é? Diga-me como se sente agora, depois que Bob falou "vai se foder" e foi embora.

Eu estou desorientada. Sinto que estou perdida na minha própria vida.

— Isso é perfeito, Charlotte.

Perfeito? É triste.

— Deixe-me perguntar: se Bob lhe telefonasse e pedisse desculpas, você iria até ele? Você faria amor com ele de novo?

Eu teria vontade, mas não conseguiria. Como poderia fazer isso depois de tudo? Depois de ver a pessoa que ele é, a mentira, a crueldade, o jeito que ele entra e sai da afeição e da agressão. Mas eu ia querer. É muito difícil saber que acabou. Foi o que fez minha vida possível.

— Eu sei. Vai ser difícil largar Bob. Mas faz uma coisa por mim? Não encontre um substituto. Enfrente o desconforto. Perca-se e veja por quanto tempo consegue suportar a dor. Meu palpite é de que vai passar. Como quando topamos com o dedão no canto do sofá.

Charlotte concordou. Ela tinha desistido de seu único cigarro, pelo menos por enquanto. Eu estava tão orgulhoso dela! Sim, eu passei um tempo obcecado em salvar meu filho. E, sim, eu quis encerrar meu trabalho com Jenny. Eu não pensara em Tom nem em Charlotte. Não havia espaço para eles. Isso não significa que eu não me importasse mais. Eu estava profundamente envolvido com ambos. Como diria Jenny, eles eram um problema de matemática que eu sabia que podia resolver, e facilmente. Como eu podia não querer? Sou médico. Minha vocação é curar.

Eu não tinha considerado as possíveis implicações de meu plano, mas agora conseguia enxergá-las. Podia ter levado anos para Charlotte deixar Bob. Anos! Até lá, podia ser tarde demais. Eu me senti profundamente satisfeito por Charlotte e, encarando o risco de soar egoísta, muito contente comigo mesmo. Ela ia ficar bem. Dava para ver. Largar era a parte mais difícil.

Bob não se sairia tão bem.

CAPÍTULO TRINTA E DOIS

Fran Sullivan era das minhas. Essa expressão é antiga, mas todos entendemos o significado, não é? Ela não era uma boa pessoa. Tampouco era gentil. Mas cuidava da própria vida.

Fran e Bob se conheceram no ensino médio. Ela gosta dos prazeres da vida, por isso não se exercita, não faz dieta nem inibe desejos. Ela veste o que gosta. Vestidos sem manga no verão destacam a pelanca dos braços, que balançam como orelhas de elefante enquanto ela marcha rua abaixo com sua laia de homens – seus três filhos e seu marido rico. No inverno, ela desentoca casacos de pele, roupas feitas de filhotes de animais mortos que hoje causam repulsa à maioria das pessoas. O cabelo é comprido; a maquiagem, carregada. Dá para sentir seu perfume a quarteirões de distância. Imagino que Fran não fosse mais atraente do que é agora quando eles se conheceram, mas também posso ver por que Bob se casou com ela. Ela era membro importante no time.

Nunca encontrei Fran Sullivan. Nossos caminhos não se cruzam socialmente. Mas ela é uma grande personalidade em uma cidade pequena. É impossível não a notar.

Muitos dizem que Fran fez do marido o que ele é hoje. Acredito que seja verdade. Acredito que ela viu nele um ego enorme e ambicioso e soube que poderia usar isso em benefício próprio. Eles cresceram juntos em Cranston. Classe média baixa. Cansados da luta. Cansados da riqueza fora do alcance. Fran não fez faculdade. Ela trabalhava como secretária, ajudando Bob a pagar a Skidmore. Bob arrumou emprego numa concessionária. Ele voltava toda noite para casa com histórias sobre comissões roubadas, puxa-saquismo, traição – aqueles vendedores eram gladiadores no Coliseu. Eles são famosos, não são? Vendedores de carros? Fran tinha uma mente brilhante, esperta, e nenhuma consciência. Em toda batalha, Bob Sullivan era o último sobrevivente.

É claro que tudo isso é especulação de minha parte. Mas não devo estar muito longe da verdade.

Fran também sabia que com o ego enorme e a ambição havia a presença de outras mulheres. Mulheres mais jovens, mais bonitas, bem-sucedidas. Pense nas celebridades dos esportes com strippers vulgares. Por que um homem arrisca tudo para ter mais uma mulher lhe dizendo que adora seu pau grande e duro? Fran entendia os homens e seus egos.

Então, quando ela decidiu que era hora de Bob concorrer a um cargo público – o primeiro cargo público numa sucessão que ela sonhava que os levaria a Washington um dia –, contratou um investigador particular para documentar os flertes dele.

Foi assim que Fran explicou a Charlotte:

Ela disse que valia o risco. Ter aquelas fitas e fotos. Ela sabia que podia pagar ao investigador o mesmo valor que qualquer veículo de mídia ofereceria a ele. Ela já comprara a lealdade dele. Ela guardou tudo. Cada fita, cada foto do marido com outras mulheres. Disse que eram uma garantia para duas possíveis tempestades. A primeira contra quaisquer alegações de uso de força. Acho que ela não queria uma repetição do que aconteceu quando ele estava nas férias de primavera. Dá para imaginar? Ela trabalhava como uma condenada e ele foi passar férias na Flórida. Enfim, a segunda tempestade era se ele algum dia tentasse abandoná-la.

Bob teve caso com dúzias de mulheres ao longo dos anos. Havia fitas e fotos delas. Algumas eram aventuras de apenas uma noite. Algumas eram strippers. Outras eram as principais, como Charlotte. O investigador colocava gravadores nos lugares onde Bob era frequentador assíduo. As concessionárias. Quartos de amantes. A casa do amigo em Cranston. A edícula dos Kramer. Ele também mantinha um aparelho na pasta de

Bob. A maioria era ativada por voz. Alguns ele só conseguia pegar quando estava no alcance das ondas de rádio, então seguia Bob em qualquer noite que ele trabalhasse até tarde ou comparecesse a um jantar de negócios. Ele entregava as gravações e as cópias das fotos a Fran, que as guardava num cofre de banco. A irmã dela em Hartford tinha uma cópia da chave.

Fran seguiu Charlotte ao mercado dois dias depois que Bob falou "vai se foder" e foi embora. Ela esperou no carro, até Charlotte sair com as sacolas.

Eu estava colocando as compras no porta-malas quando a ouvi chamar meu nome. Olhei, e meu coração quase parou. Ela estava com um grande sorriso. Tão grande e doce que era aterrorizante. Eu disse: "Olá, como vai você? Que surpresa" e tudo aquilo. Eu a conheço há anos. Obviamente, já nos encontramos em muitas ocasiões sociais e festas de trabalho. Até jogamos golfe no evento anual da empresa. Ela me ajudou com as sacolas, então simplesmente andou até o lado do carona do carro e entrou.

— Você deve ter ficado muito assustada.

Você não faz ideia! Ela não disse nada. Sentou-se lá, olhando para mim, até que por fim pegou um gravador pequeno. Então, deixou tocar. Era Bob...

Charlotte desmoronou, lembrando-se daquele momento.

— *Espera, para...* (Voz de mulher preocupada.)

— *Quê?* (Voz de homem alarmado.)

— *A porta do banheiro está fechada, mas por baixo da porta... Acho que a luz está acesa.* (Voz de mulher sussurrando.)

(Sussurro, então silêncio.)

(Grito alto de mulher.)

— *Ah, meu Deus! Meu Deus!* (Voz de homem aterrorizado.)

(Gritos de mulher.)

— *Ajude-a! Meu bebê! Minha bebezinha!*

— *Ela está viva? Ah, merda! Merda!*

— *Pegue uma toalha! Amarre os punhos dela, apertado!*

— *Meu bebê!*

— *Amarre! Puxe! Apertado! Ah, meu Deus! Tem tanto sangue...*

— *Estou sentindo uma pulsação! Jenny! Jenny, está me ouvindo? Me passe essas toalhas! Ah, meu Deus, meu Deus, meu Deus!*

— *Jenny!* (Voz de mulher desesperada.)

— *Chame a emergência! Jenny! Jenny, acorde!* (Voz de homem.)

— *Onde está meu telefone!* (Voz de mulher mexendo em algo.)

— *No chão! Vai!* (Voz de homem.)

(Pegadas, barulhos de algo sendo revirado, voz de mulher falando com a emergência, dando endereço, histérica.)

— *Você tem de ir! Agora! Vai!* (Voz de mulher.)

— *Não! Não posso! Meu Deus!*

Olhei para a máquina, ouvindo a gravação daquele dia horrível. Meu bebê! Todo aquele sangue!

— Meu Deus. Ela gravou vocês — falei. Não fico surpreso facilmente. Mas por essa eu não esperava.

— Por anos. Ela tinha dúzias de fitas. Foi o que me disse. Então, ela tirou uma segunda fita e tocou.

— *Cadê seus pais?* (Voz de homem, tom sexy.)

— *Saíram.* (Voz de mulher flertando.)

— *Hummmmm...* (Voz de homem; gemido forte.)

(Barulhos de algo se mexendo e som de beijos.)

— *Vou foder tanto você enquanto sua mãe e seu pai estão fora.* (Voz agressiva de homem.)

— *Ah, não. Eu sou uma boa garota. Não posso.* (Voz de mulher.)

— *Você não me ouviu, né? Vou foder você agora mesmo. Vou dobrar você ao meio e arrancar sua calcinha rosa.* (Voz de homem.)

(Suspiro de mulher.)

— *Não, pare, não...* (Voz de mulher.)

Foi nojento. Aquele homem é um porco nojento.

— Quem era a mulher com quem ele estava?

Uma das garotas da concessionária dele. Lila alguma coisa. Ela tem vinte anos! Tinha dezenove na época. E ele conhece a família dela há anos. Ele joga golfe com o pai dela!

— E por que Fran Sullivan queria que você ouvisse especificamente essa fita?

Porque essa foi gravada na noite do jantar no clube.

Eu suspeitava que Bob estivesse com outra mulher naquela noite, mas não imaginava que houvesse provas disso. Eu pensava que ele não queria revelar seu paradeiro e que a mulher estivesse igualmente reticente. Eu tinha contado com mais tempo.

Era lá que ele estava naquela noite. Ele não estava estuprando minha filha. Ele estava estuprando outra pessoa.

— Mas você deu a entender que era tudo encenado na fita.

Ela é uma criança. Ele tem cinquenta e três anos. Chame do que quiser.

— Entendo. Sinto muitíssimo, Charlotte. Ele certamente se revelou um ser humano detestável. Ainda não entendo por que ela mostrou essas fitas para você.

Chantagem. Pura e simples. Ela disse que levaria a fita daquela noite à polícia, ao detetive Parsons. O advogado vai exigir um acordo de confidencialidade antes de entregarem. Isso inocenta Bob, e Fran quer agir de forma rápida e discreta. Ela ainda acha que pode manter isso longe do público. Ela falou algo como: "Imagino que você fique sabendo disso pelo detetive, de um jeito ou de outro. E imagino que faria você se sentir rejeitada. Bob fez você acreditar em uma porção de coisas, não? Amor, certo? Pode dar uma sensação boa expô-lo? Humilhá-lo? Destruir a carreira dele?". Aí ela disse: "Faça sua parte e deixe isso para lá. Em troca, vou fazer a minha e manter as fitas com sua voz só para mim".

— Entendo. Para que Tom não descubra.

Sim. Ela falou uma última coisa. "Agora estamos no mesmo barco, não estamos? Se essas alegações ridículas sobre a sua filha continuarem, tudo isso vai vir à tona. Tudo isso."

— O que você pretende fazer?

Charlotte me olhou com aquela mistura momentânea, mas incrível, de derrota e coragem. Típica de quando não há mais nada a perder.

Eu mesma vou contar ao Tom. Hoje à noite. Não vou deixar Fran Sullivan me dizer o que fazer. Quero que ela vá direto para o inferno. Você estava certo. Preciso encarar a dor. Preciso superá-la. É isso que venho tentando fazer desde que vi Bob. Desde que ele falou "vai se foder" e foi embora.

— Estou orgulhoso, Charlotte. Isso requer muita coragem.

Há duas coisas que posso dizer agora: a primeira é que Charlotte mentiu para mim quando falou que vinha trabalhando seus sentimentos para largar Bob. A segunda é que ela não teria chance de contar a Tom naquela noite. Tom não estaria em casa.

Parsons me ligou logo depois que Charlotte foi embora. Aparentemente Fran Sullivan não estava brincando.

Sullivan está liberado. Achei que você deveria saber. O que quer que tenha levado você a acreditar que ele poderia estar envolvido, bem, é um erro.

— Sério? O que aconteceu?

Não posso revelar os detalhes. Mas posso lhe dizer que ela nos deu um álibi. Não é nada bonito, mas confere.

Parsons encontrou Fran Sullivan e o advogado. Ela não tocou a fita, mas contou a ele sobre o conteúdo e o incitou a falar com a jovem. É claro que Parsons se dirigiu à casa dos pais dela. Eles só foram informados do incidente depois de forçarem a filha a explicar a presença da polícia à porta. O amigo de longa data, companheiro de golfe dos fins de semana, fodendo a filha deles por mais de um ano. O pai ficou tão perturbado que Parsons levou uma hora para acalmá-lo. Eu fiquei sabendo disso tudo depois.

— Sei. Bem, deve ser um alívio — falei a Parsons.

Acho que sim. Mas digamos apenas que esse é um mundo confuso.

— E agora, como vai a investigação?

Bem... exatamente no ponto de antes. Com Tom Kramer na cola, sem respostas, sem suspeitos. Apenas um casaco azul e a foto de um anuário. Ah, só tem uma coisa...

— O quê? — Tenho que admitir a essa altura que eu não estava conseguindo prestar atenção. O tempo estava se esgotando com o artifício de Bob Sullivan, e sem o frenesi de mídia, processos e outras exclamações que fariam todos fecharem as lojas e irem para casa. Eu não queria precisar do plano B.

Há um caso do Oregon, um daqueles telefonemas que meus rapazes precisam fazer, sabe, para os distritos policiais? Bem, alguém da velha guarda se lembrou de um garoto com o mesmo tipo de marca nas costas. Uma linha reta, um entalhe fundo bem na lombar. Foi há muito tempo. Mas ele disse que tentaria encontrar o arquivo. Não se lembra de estupro envolvido, mas pode ser um começo.

— Entendo. Bem, parece forçação de barra, não? Quer dizer, esse foi fundamentalmente um estupro. Não uma agressão com o estupro como uma espécie de incidente. E é do outro lado do país. Você não acha?

Alan, vou seguir cada pista nesse caso.

Sim, bem. Vamos ver.

CAPÍTULO TRINTA E TRÊS

Foi isto que aconteceu na noite da colisão. Na noite em que a montanha-russa despencou ladeira abaixo. Na noite que o algodão-doce estava quase pronto. Ainda haverá migalhas a recolher depois do que eu lhe contar.

Foi isto que aconteceu na noite em que Bob Sullivan morreu.

Charlotte tinha mentido para mim. Eu sei o porquê e não é importante. Ela não foi capaz de ir para casa e encarar a própria dor depois que largou Bob. A frase dele ressoava em sua mente: "Vai se foder". Ela tinha a forte suspeita de que ele estuprara Jenny. Essa ideia em parte foi culpa minha, mas também consequência do choque de quando se descobre a verdade sobre o amante. Quando "eu te amo" vira "vai se foder", a mente alivia a dor transformando o amante no vilão mais desprezível. Charlotte não conseguiu engolir aquilo. O remédio fora muito amargo, e ela se engasgou com ele naquela noite.

Ela não podia alegar inocência. Assim como eu com minha caixa de fósforos, Charlotte sabia que Tom estava perdendo o juízo para encontrar o estuprador de Jenny. Ela sabia que ele não dormia. Ela sabia que ele mal conseguia comer. Que ele tinha parado de fazer qualquer coisa agradável, de sentir qualquer prazer. Até com Lucas e Jenny. Era tudo encenação, ardil. Sua torcida indiferente num jogo de lacrosse. Seus sorrisos quando ele os cumprimentava pela manhã. Ele estava num estado de desconforto intenso.

Meu plano para ele, se ele sobrevivesse a esse desconforto, era que saísse dessa uma pessoa melhor. Um homem que aceitasse os demônios que viviam dentro dele. Esse é o processo. Esse é o caminho para ficar bem. Era o mesmo caminho para Charlotte, agora que ela tinha desistido de Bob. Mas Charlotte estava com a vingança em mãos e tinha optado por usá-la.

Naquele dia, ela saiu de meu consultório e foi para casa. Isso foi antes de ela saber que Bob era inocente. Antes de Fran Sullivan entrar no carro dela e tocar aquelas fitas idiotas. Ela estava com raiva de Bob e, mais importante, vinha considerando o fato de ele ser o estuprador de Jenny. Ela esperou os filhos irem para a cama. Então, contou a Tom.

Eu não conseguia acreditar no que estava ouvindo. Bob Sullivan, meu chefe, amigo da família durante aqueles anos todos, era suspeito no estupro de minha filha. Você tinha colocado a ideia de um novo suspeito em minha cabeça, Alan. Fazia sentido que um novo suspeito fosse o motivo de eles não estarem interessados na fotografia do anuário. Tentei descobrir por Parsons, mas ele não me contava. Charlotte revelou. Ela me falou da garota anos atrás. E da ausência de álibi, da mentira para a polícia. Mas foi a parte sobre Jenny ouvindo a voz dele, foi isso o que me fez acreditar. Eu podia tê-lo matado naquela noite. Sentei-me na cama, fantasiando matá-lo. Pegando um taco de beisebol da garagem e esmagando o crânio dele. Fui ao quarto de Jenny depois de ela adormecer. Peguei o celular dela e li as mensagens trocadas com o soldado de quem ela é amiga. Aquele do grupo que teve aquele tratamento horrível no Iraque. Eu vi as seguintes palavras: "Acho que foi ele... escuto a voz dele em minha cabeça". Há dúzias de textos das últimas duas semanas. Ninguém me contou. Acho que agora sei por quê. Ainda assim, todo mundo sabia, menos eu, não é? Você, Jenny, Parsons, Charlotte. Todo mundo, menos eu.

Tom encarou a própria raiva o dia seguinte inteiro. Era o que ele podia fazer.

Eu sabia que ele estaria na concessionária naquela noite com um cliente. Jantei com a família. Raspei o prato. Bife. Batata. Vagem. Comi tudo e ainda estava com fome. Foi a primeira vez que tive apetite desde que minha filha fora estuprada. Disse a eles que tinha de finalizar uma papelada na concessionária. Beijei minha mulher nos lábios, um beijo longo. Longo o suficiente para surpreendê-la. Beijei meus filhos na cabeça. Dei um abraço apertado. Eu sabia que ia ser a última vez que ia vê-los assim, em nossa casa. Desci as escadas, mais lúcido que nunca. Peguei o taco. Coloquei-o no carro. E dirigi.

Tom não era o único homem na estrada naquela noite.

Eu não tinha mais visto Sean Logan desde que ele me contara como se sentia em relação a Bob Sullivan. Como ele também acreditava que Bob estuprara Jenny e como ele passou a vê-lo com o mesmo ódio que sentia pelos inimigos no Iraque. Bob era o terrorista. Jenny era Valancia, o recruta que ele deveria proteger. Ele estava muito frustrado com nossa falta de progresso. Havíamos estagnado naquela porta vermelha, e ele precisava saber – ele causara a morte do colega, o homem sob seus cuidados? Aquele tormento agora estava direcionado a Bob Sullivan.

Agora eu vejo como eu tinha tirado aquela raiva e a transferido a outro homem, em outra situação. Não pude proteger Valancia, mas eu podia proteger Jenny. Eu me sentia melhor. Você se lembra de como eu era capaz de amar meu filho por causa do poder que tinha de ajudar Jenny? Você me fez entender isso. Mas aquele poder foi iniciado pela situação com Sullivan. O pensamento crescera em mim durante dias. Esse poder tinha explodido. Não vim às sessões porque eu sabia que você veria isso em meus olhos e tentaria me deter. A única coisa que eu queria controlar era a agonia, a de Jenny e a minha. De um jeito ou de outro, precisava melhorar. Carreguei minha arma. Deixei um bilhete para minha mulher no fundo de uma gaveta. Imaginei que ela o encontraria em algum momento, mas não naquela noite. Passei o dia atrás de Bob, seguindo-o, até escurecer. Vigiei a concessionária por horas, esperando.

Tom estacionou o carro a algumas quadras da concessionária.

Meu coração batia disparado. Achei que ia explodir ou sair do peito. Eu estava hiperventilando. O ar entrava, mas eu não o sentia. Eu estava sufocando com minha própria respiração. Os pensamentos me atormentavam. Faça! Vozes gritando. Imagens de minha menininha naquela mata. Imagens de Bob fodendo aquela jovem no carro. Tudo estava se fundindo. Mas eu não me movia. Escutei meus pais falando de mim. Minha mulher concordando com eles. "Ele não vai fazer. Ele não tem coragem... Nem todo mundo pode ser um soldado... Todos temos que aceitar nossas limitações..."

Sean observou o cliente sair. Quando o carro estava fora de seu campo de visão, os faróis desaparecendo, saiu do carro, destravou a arma e andou com convicção em direção à concessionária.

Tive a primeira visão quando meus pés tocaram o chão. Foi clara como o dia. Aquela rua. Um homem velho com um cachimbo. Três crianças com uma bola, ainda agora olharam para mim. A rua está congelada. Ninguém se mexe. Ninguém corre. Eu os vi. E não apenas do que você leu para mim. Vi coisas novas, coisas diferentes daquele dia. Daquela rua com a porta vermelha. Parei de andar e espantei tais pensamentos. Olhei para as luzes na concessionária. Elaborei meu plano para uma emboscada. Avistei uma entrada. Uma porta lateral entreaberta. Talvez tenha sido um mecânico mais cedo. Foquei na missão.

Sean estava resgatando uma lembrança. As emoções, a arma na mão, o foco na missão, a intenção de matar, essas eram coisas que não podíamos simular nas sessões. E, agora que tinham surgido, elas o levavam de volta às memórias daquele dia, daquela última missão.

Enquanto Sean andava, Tom tentava dirigir. Ele engatou o carro e deu ré em direção à rua. Dirigiu por um quarteirão, então parou de novo.

Não consigo descrever a raiva que senti. Ouvi meus pais fazendo pouco-caso de mim. Chamaram-me de covarde porque eu estava travando. Eu estava prestes a matar um homem! Acho que vale alguma hesitação, alguma consideração. Eu estaria deixando meus filhos. Não haveria fonte de renda. Eles ficariam sem o pai. E pelo quê? Jenny ainda seria vítima. Matar o agressor dela não mudaria isso. Ela continuaria sem a memória e a capacidade de se curar. Matar Sullivan não as traria de volta. Considerei a justiça com a qual eu estivera tão obcecado. As histórias de outras vítimas e como elas tinham melhorado. E como Jenny nunca teria justiça de outro jeito. Nós havíamos tirado isso dela. Olhei para o painel e me acalmei.

Sean andou, passo a passo, em direção à porta aberta. Conforme ele seguia, as memórias, os pequenos flashes, continuavam surgindo.

Achei que enlouqueceria. Eu não conseguia focar na missão. Eu parava, espantava os pensamentos como se fossem moscas. Dessa vez, eu não fracassaria. Levantei um pé, movimentei-o, coloquei-o de volta no chão. De repente lá estava Valancia em minha frente, no ponto em que eu pisava. Dei outro passo e olhei para trás, mas ele não estava lá, ele estava na frente, ele tinha ido à frente! Vi a sombra de Sullivan pela janela. Ergui o outro pé e o arrastei. "Que porra é essa, cara?" Essas foram minhas palavras. "É má ideia. É má ideia!" Minhas palavras! Valancia tinha se adiantado. Lágrimas escorriam por seu rosto, abrindo caminho pela poeira em sua pele. Ele estivera tão devastado pelo medo. Porra! Ele ia fazer aquilo! "Não estou com medo!" Acho que foi isso que ele disse! Foi disso que me lembrei enquanto andava para matar Bob Sullivan! Eu lembrei!

Um carro passou acelerando por Tom enquanto ele estava parado no acostamento. Depois ele se lembraria disso; na hora, não prestou atenção.

O que significa ser homem? O que significa ser forte? Essas eram as perguntas em minha cabeça. Eu seria mais forte se engolisse essa raiva e seguisse as regras? Ou eu seria mais forte se vingasse minha filha? Dá para acreditar nisso? Aos quarenta e cinco anos de idade, eu ainda não sabia. Eu não tinha ideia do que era ser homem.

Sean caiu de joelhos. Não foi voluntário. As emoções tomaram conta dele.

Aquele idiota do cacete. Senti o chão contra os joelhos. Soltei a arma e segurei a cabeça. Fechei os olhos. Eu queria que tudo voltasse. Tudo, de uma vez por todas. Ele virou o rosto e correu como um morcego saído do inferno para aquela porta vermelha. Agarrei seu braço, mas ele escapou. Todas as pessoas ficaram paradas. Elas sabiam o que estava acontecendo. Elas sabiam o que havia naquela porta. Corri atrás dele. "Não é boa ideia, recruta. Abaixe-se!" Estou quase lá. Quase na porta. Foi onde tudo parou.

Naquele momento, Sean gritou. Eu me perguntei se Bob Sullivan escutou o grito, se o alarmou de alguma forma. Está aí uma pergunta a que nunca teríamos resposta.

Abri os olhos. Agarrei a arma e corri de volta para o carro. Voltei para casa, para minha família. Eu não podia fazer aquilo. Assim como não consegui guiar Valancia à morte. Você não enxerga, doutor? Eu não fiz aquilo. Ele não estava me seguindo em uma missão suicida. Fui eu que o segui. Eu o segui!

Tom voltou à estrada. Ele tinha decidido. Ele não parou de novo. Imagino que Sean tenha passado por ele.

Achei que ia ao menos até lá confrontá-lo, fazê-lo confessar. Eu podia fazer isso. Era uma solução conciliatória. Foi o que eu disse a mim mesmo. Cheguei à concessionária. As luzes do escritório dos fundos estavam acesas. Deixei o taco no carro. Eu não confiava em mim mesmo. Talvez eu seja um idiota. Talvez eu não tivesse aquele ímpeto. E talvez não quisesse descobrir se tinha. Destranquei a porta e entrei. Eu decorei as palavras que diria e as murmurava para mim mesmo conforme entrava no salão. Foi quando ouvi. Era um homem chorando.

Avancei pelo canto, do mesmo jeito que tinha feito naquela noite em que Bob estava com Lila. Só que o que vi nessa noite... meu Deus.

O carro que passara correndo por Tom pertencia ao pai da garota com quem Bob Sullivan estivera na noite do estupro de Jenny Kramer. Lila. O pai dela jogava golfe com Bob. Foi esse o homem que Tom encontrou chorando no chão da concessionária, ao lado do corpo ensanguentado de Bob Sullivan.

Ele segurava um pé de cabra. Bob jazia no capô do Jaguar XK prateado, e da cabeça dele jorrava sangue. "Minha menininha!", o homem gritava. Corri até Bob, puxei-o para o chão, senti se havia pulso. Fraco, mas havia. Ainda assim, pelo ferimento na cabeça dava para ver os miolos. Eu estava num tal estado de choque que não consigo nem descrever. Foi surreal. Peguei meu telefone e liguei para a emergência. Disse a eles onde estávamos, que um homem tinha sido atingido. Que estava morto.

— Tom — eu disse —, por que disse isso a eles, se Bob ainda estava vivo?

Não tenho orgulho disso. Ou talvez tenha. Não sei. Mas não fiz nada para salvar Bob Sullivan. Deitei-o no chão e deixei-o sangrar até a morte. Sentei ao lado daquele homem, daquele pai. Ele continuava dizendo sem parar como Bob tinha violentado a menininha dele, e eu não fazia ideia de quem ele era. O álibi não tinha sido divulgado. Mas essas palavras, era como se esse homem fosse eu, o outro eu que queria matar Bob Sullivan. Que queria justiça. Coloquei os braços ao redor daquele pai e o abracei, amparando-o, conforme ele chorava de desespero. Não consigo explicar de outra forma, a não ser dizendo que ele chorava as minhas lágrimas. E que eu sentia a justiça dele.

Aí está. Essa é a colisão. Não foi extraordinário? Mas não é o fim da história.

CAPÍTULO TRINTA E QUATRO

Não sinto remorso pelo papel que desempenhei na morte de Bob Sullivan. Ela estava a caminho, percebe? Ele se afeiçoava a mulheres e filhas de outras pessoas. Havia mais casos nas fitas. Todos foram divulgados no julgamento do assassino, o pai perturbado que lançou um pé de cabra na cabeça de Bob. Até as fitas com Charlotte.

O conteúdo não foi revelado por acordo. Ninguém tinha interesse em destruir Fairview, que é o que teria acontecido. Trata-se de uma cidade pequena. Eu disse isso antes, mas vale a pena repetir. Ninguém queria fazer escolhas a respeito do próprio casamento, de seus amigos, da professora dos filhos, da filha, da mãe. Não há espaço nessa cidade para o tipo de ódio que teria sido gerado. Então, apenas as datas e a idade das mulheres foram fornecidas como provas. No fim, as fitas foram devolvidas a Fran Sullivan, que, imagino, as guarda num lugar seguro em sua nova casa em Miami. É claro que ela não podia continuar em Fairview. Ela ainda tinha de criar os filhos. As concessionárias foram vendidas (duas delas para Tom Kramer), e a família Sullivan recomeçou a vida num lugar bem longe.

No fim, Charlotte de fato contou a Tom sobre seu caso amoroso. Ela contou um dia depois de ele ter visto o homem morrer.

Eu não podia deixá-lo chafurdar naquela culpa. Ainda estava tão fresca a imagem do ferimento dele, dos miolos escorrendo, de todo o sangue. E aquele homem chorando no chão. Tom estava abalado pelo que quase fez e horrorizado pelo que de fato tinha feito. Eu fui a responsável por incitá-lo a colocar o taco no carro e dirigir até a concessionária. Eu tinha de consertar aquilo.

Charlotte não falou, mas eu notei que a coragem de Tom e, no fim, sua capacidade de conter o ódio a fizeram vê-lo sob uma nova luz. Ela o viu como um homem de fibra. Um homem capaz de proteger a família, não apenas choramingar com os outros do jeito que fizera o ano todo. Ainda assim, ele também estava arruinado, não estava? Sim, provavelmente Bob teria morrido de qualquer forma, mas Tom não fez nada para salvá-lo. Ele não era perfeito. E isso deu a Charlotte permissão para finalmente se livrar da Charlotte boa da forma que tinha feito com a Charlotte má.

Quanto a Tom, enxergar as falhas de Charlotte permitiu-lhe finalmente se ver merecedor da família que construíra e de sua vida.

Nem sempre as coisas acontecem facilmente. Mas a maioria dos casais não tem esse tipo de acontecimentos que transforma a vida. Inércia, estagnação, rotinas – é difícil mudar diante dessas forças poderosas.

A morte de Bob Sullivan teve efeito nos dois.

Fiquei louco, é claro. Furioso. Ferido. Devastado. Andei com esse buraco no estômago que simplesmente sugava tudo dentro de mim. Não consegui olhar para ela por dias. Eu a fiz contar os detalhes, onde eles se encontravam, com que frequência, por quanto tempo. Eu a fiz contar sobre o dia em que encontrou Jenny. Ela só se desculpou uma vez. Ela me contou sobre a infância. Ela estava tão calma a respeito, não implorando perdão, apenas querendo que eu compreendesse. Ela disse que você a ajudara a entender a si mesma, como ela precisava ter duas facetas, a boa e a má, por causa da vergonha que carregava consigo. Ela chorou quando me contou sobre o padrasto, sobre a primeira vez que aconteceu. Eu escutei, e, quando ela acabou de falar, apenas se levantou e me deixou sozinho no quarto. Ela não disse mais nada a respeito por duas semanas.

Charlotte afirmou que essas foram as duas semanas mais longas de sua vida, ainda mais longas do que as semanas depois do estupro de Jenny.

Não me restava mais nada a fazer. Nenhuma ação. Nenhum telefonema, nenhum recado, nada de nada. Eu só tinha de me sentar e deixar meu marido me conhecer, por completo, e decidir se ainda me amava. Foi muito difícil porque, depois que contei a ele, eu percebi que o amava mais do que nunca. Ou talvez eu deva apenas dizer que soube que realmente o amava, ponto.

Tom foi até Charlotte numa noite de quinta-feira. Eles estavam sozinhos no quarto; a casa estava quieta.

Eu entrei e ela estava de pé em frente à penteadeira se olhando no espelho. De onde estava, eu via seu reflexo. E a vi pela primeira vez. Quer dizer, eu realmente a vi. Ela não era a mulher com que pensei ter me casado. Mas, Deus, ela era bonita! Desculpe... tenho chorado muito ultimamente. Ela estava simplesmente tão bonita, aquela menina vulnerável, aquela mulher forte – todas elas estavam em seu rosto. E eu só queria abraçá-la.

Charlotte se lembra bem daquela noite. Duvido que qualquer um dos dois a esqueça.

Eu não percebi que ele estava no quarto até que estivesse quase atrás de mim. Ele colocou os braços ao redor da minha cintura e apoiou a cabeça em meu ombro. Ele disse que me amava. Falou que achava que eu era a mulher mais bonita que ele já conhecera, que eu agora estava mais bonita do que nunca, agora que ele me via por inteiro. Eu me pendurei nele. Senti o muro ruir até o chão. Não havia mais nada entre nós. Fizemos amor, e depois dormi a noite toda em seus braços.

Sean também se reconectou à mulher depois da morte de Bob Sullivan. Ele veio me ver logo no dia seguinte, o dia seguinte após ele mesmo quase matar o homem. O dia seguinte a resgatar a lembrança.

Dirigi de volta para casa feito um louco. Eu não conseguia chegar lá rápido o bastante. Eu queria contar a minha mulher que não tinha matado Bob Sullivan. Que não tinha matado Valancia. Que eu tinha tentado salvá-lo. Não é só que eu lembre. Eu poderia muito bem ter lembrado apenas para descobrir que eu fora aquele correndo para a porta, levado por uma arrogância que nenhuma razão poderia conter. Foi assim que me senti por grande parte da vida. Viver com a ansiedade me fez cometer muitas coisas loucas. Eu podia ter sido aquele, talvez até querendo morrer, depois de tanto sofrimento. O senhor não enxerga, doutor? Agora eu sei que não sou totalmente podre. Que não sou podre a ponto de ter levado um homem à morte.

— Não, Sean. Você não é podre. Na verdade, você foi atrás dele. Você tentou impedi-lo. E estava disposto a morrer por ele. Você é um herói.

Eu queria ser um herói. Achei que, se matasse Sullivan, salvaria Jenny. Dá para imaginar se eu não tivesse me lembrado daquela noite? Se tivesse matado um homem inocente? Foi por tão pouco.

— Não acho que você teria atirado em Bob Sullivan. Não é de seu feitio.

Talvez. Sean ficou sentado olhando fixamente para o chão. Ele assentiu devagar. *Talvez, doutor. Acho que nunca saberemos.*

Sean continuou se consultando comigo por causa da ansiedade e para terminar nosso trabalho silenciando fantasmas. Retomar as poucas memórias daquele dia no Iraque foi uma tarefa contínua e profundamente satisfatória. O trauma da explosão, do ferimento, encontrou seu lar e parou de vagar. Sean voltou à faculdade naquele ano. Sua mulher ficou grávida, nasceu a filha, e eles a chamaram de Sara. Sean permaneceu muito amigo de Jenny, como o homem que conseguia carregar seu saco preto cheio de lixo.

Esses são os finais felizes. Não posso levar todo o crédito pelo que essas pessoas extraordinárias fizeram para mudar a vida. Vou apenas dizer que estou grato pelo pequeno papel que desempenhei.

Agora devo contar o final de Glenn Shelby.

Ele foi encontrado pendendo daquela barra de metal em seu apartamento sete dias depois da morte de Bob Sullivan. O tempo esquentara, e o corpo começara a cheirar mal.

Quando a polícia de Cranston revistou as coisas dele, encontrou a máscara negra de esqui, as luvas e um notebook em que havia uma descrição em detalhes do estupro de Jenny Kramer.

Glenn trabalhara na manutenção de propriedades antes de os colegas ficarem desconfortáveis perto dele. Eu já contei isso. Talvez você tenha esquecido. O último trabalho que fez para eles foi cuidar de duas casas em Fairview. Ele fez tudo, capinou, cortou a grama, podou as árvores. E limpou as piscinas.

O detetive Parsons me ligou para contar as novidades.

Que maluquice, hein? É um verdadeiro doido, esse aí. Duas condenações por perseguição. Várias queixas de colegas de trabalho. Dentro e fora da prisão. Cretino doido. Parece que ele estava planejando estuprar alguém naquela festa. Ele seguia vários adolescentes no Instagram. Usava um perfil falso. Garotos idiotas, porra. Estão tão absortos em "likes" e nos "seguidores". Aposto que não conhecem metade das pessoas que deixam participar das cenas da vida. Encontramos a conversa sobre a festa em uma das hashtags. Eles começaram a falar a respeito uma semana antes. Deu a Glenn bastante tempo para se preparar. Parece que ele tinha um garoto como alvo. Ainda estamos tentando identificar onde tudo começou, qual garoto o deixou entrar primeiro no círculo. Isso pode nos dar pistas.

Eu já sabia a resposta. Eu entrara na conta de Jason para limpar as fotos com o casaco azul. Não uso Instagram. Mas um dos seguidores de meu filho aparecia toda hora, curtindo as postagens dele, tentando iniciar conversas e incitando Jason a curtir coisas de volta. É difícil de explicar por que aquilo me chamou a atenção. A foto e as postagens desse perfil nunca revelavam o rosto de Glenn Shelby, mas eu simplesmente sabia. O desespero escorreu como uma substância tóxica, página após página após página.

Shelby espreitava meu filho.

Shelby fora àquela festa para vigiar meu filho.

Agora você entende o medo debilitante quando descobri que meu filho estivera naquela mata.

Não contei a Parsons.

— É impressionante, detetive. Muito. Tenho um pedido. Você disse que havia escritos. Sobre o estupro. É isso?

Ah, sim. O cara guardou anotações detalhadas. Elas batem com tudo que encontramos e mais. É um material doentio, vou te contar.

— Sei que vai soar estranho. Mas acho que eu poderia usá-lo para ajudar Jenny com sua memória. Você acha que eu poderia ver ou tirar uma cópia do material?

Puta merda. Isso é estranho. É isso que ela quer? Saber tudo que ele estava pensando e sentindo enquanto fazia aquelas coisas a ela?

— Vou falar com ela e com os pais. Mas não quero dar esperanças a eles, se não tivermos acesso ao material.

Eu posso lhe arrumar as anotações.

— Obrigado.

Ah, e quase esqueci. Aquele cara dos velhos tempos no Oregon? Lembra-se?

Eu me lembrava.

Disse que achou o arquivo. O relatório era de uma escola. Uma professora viu o sangue saindo da camisa de uma criança. Mandou-o para a enfermaria, e ela reportou o corte. Disse que não parecia um acidente. Estava muito limpo, como se alguém o tivesse cortado de propósito.

— Bem, detetive. Acho que isso não é mais relevante, é? Glenn Shelby era uma criança na época.

Sim. Eu disse a ele que não precisávamos mais do arquivo. Graças a Deus. Esse negócio todo enfim acabou. Acho que vou tirar minhas férias.

— Você merece. — Falei, mesmo sem acreditar nessas palavras.

Você também, Alan. Você tem sido um enviado dos céus para os Kramer. Sei que eles são muito gratos a você.

— Bem, fiquei mais do que feliz em ajudar. Só espero que eu possa terminar o trabalho.

CAPÍTULO TRINTA E CINCO

EMPATIA PODE SER DEFINIDA da seguinte maneira: "Capacidade de compartilhar e entender os sentimentos alheios".

Mulheres conversando por horas num almoço. Homens andando pelo campo de golfe juntos todas as manhãs de domingo. Garotas adolescentes grudadas nos celulares. É quando contamos nossas histórias, às vezes com detalhes meticulosos, e observamos as expressões dos outros conforme eles absorvem as palavras. Extraímos deles simpatia, alegria, compreensão. Fazemos isso para não caminharmos sozinhos lentamente para a morte. A empatia está bem no centro de nosso ser. A vida é dolorosa sem ela.

Estes são os últimos fios de açúcar para o algodão-doce.

O detetive Parsons me deu as anotações de Glenn Shelby. Os Kramer discutiram meu plano e concordaram que valia a pena tentar. Então, numa tarde do início do verão, pouco mais de um ano depois do estupro, Jenny Kramer apareceu em meu consultório para saber, de um jeito ou de outro, exatamente o que tinha acontecido naquela mata atrás da Juniper Road.

Ela usou as roupas daquela noite – as peças com que estivéramos trabalhando no consultório. Usou o mesmo perfume e a mesma maquiagem. O cabelo estava solto, exceto por uma pequena trança do lado direito.

Jenny tinha encarado os acontecimentos das duas semanas anteriores extremamente bem. Ela disse que era reconfortante que o culpado não fosse Bob Sullivan, mas um homem com uma doença mental séria. Facilitei isso com uma descrição bem generosa da condição de Glenn. Sei que, se ela o tivesse conhecido e visto quão normal ele se mostrava ao mundo, a sensação seria outra. Devido às condições dele, ela comentou que aquilo parecia mais um acidente, como se ela tivesse ficado no caminho de um animal selvagem ou de um tubarão. Ou daquela onda devastadora no mar. Não se tratava de perdoar Glenn Shelby por estuprá-la. Tratava-se de sua capacidade de enxergar e de colocar o que aconteceu num contexto que fazia a vida possível. Algumas coisas não são assim. Algumas coisas são tão incompreensíveis que tiram nosso chão, nossa base, e vamos mancando pela vida com medo de cair a cada passo. Teria sido assim com Bob Sullivan, o homem que sorria para Jenny quando ela ia ao trabalho do pai, que podia ter qualquer mulher que quisesse. Pensar que ele podia ter feito essas coisas a ela a teria deixado desprovida de razão e incapaz de confiar em qualquer pessoa de novo.

— Por onde você quer começar? — perguntei.

Ela estava nervosa e, acho, um pouco constrangida.

Não sei. Devo ficar no chão? Ou devo apenas me sentar e fechar os olhos?

— Isso, sente e feche os olhos. Vamos ver se funciona.

Deixei-a sentir o cheiro do cloro. Toquei a música. Eu tinha um saco com entulho da mata e também o abri. Jenny inspirou e expirou lentamente. Então, fechou os olhos. Peguei as anotações que o detetive Parsons tinha me dado. Comecei a ler as palavras de Glenn Shelby.

Estacionei a várias quadras e andei até a Juniper Road. Da mata eu via tudo. A casa estava com as luzes acesas em todos os cômodos. A garotada bebia e ria. Alguns buscaram privacidade nos quartos. Eles encontravam o traficante de drogas na porta dos fundos. Vi o garoto do lado de dentro. Eu sabia que era questão de tempo. Dava para ver o carro dele parado na entrada. Estava perto da beira da mata. Eu sabia que o alcançaria.

Olhei para Jenny. Ela estava concentrada. Ainda não havia emoção.

O garoto saiu, mas não foi até o carro. Ele continuou andando pela entrada da garagem e depois para a Juniper Road. Eu o perdi de vista, e isso me deixou com raiva. Aí a garota apareceu. Escutei o chão estalar enquanto ela corria. Ouvi as lágrimas. Eu me distraí facilmente por causa dela. Ela estava tão triste.

Eu podia ouvir a respiração de Jenny acelerar. Eu queria saber o que estava acontecendo, mas não queria interromper, o que quer que fosse. Eu sabia que as palavras a estavam transportando para a cena. Dava para sentir.

Andei até ela. Ela estava assustada. Então, percebi que eu estava de máscara. As pessoas normalmente sorriem quando ando na direção delas. As pessoas gostam de mim. Fiz um gesto para retirá-la, então me lembrei que não podia. "Não fique com medo. Não vim aqui para machucar você. Eu estava esperando por outra pessoa." Ela começou a andar para trás, com os olhos arregalados como se olhasse para um monstro. "Eu falei para você não ficar com medo! Por que você está olhando para mim assim, garota? Você não vê que estou tentando ser legal? Garota! Não fuja de mim! Não sou um monstro. Garota! Garota!"

Então, escutei um murmúrio, um murmúrio bem quieto. Olhei para Jenny. Lágrimas rolavam por seu rosto. Sua boca estava seca, e ela sussurrava a palavra. *Garota. Garota.*

Pela mata, eu avistei o garoto de novo. Ele voltou para a festa. Minha chance tinha passado. Eu não podia ficar ali com aquela menina sabendo. E eu não ia embora sem fazer o que tinha ido fazer ali. Ela teria contado para alguém, e aí não haveria mais festas nem chances. Não foi fácil, mas eu tive a vantagem de me consultar com um médico incrível, e sei como parar de ficar obcecado. Sei ser flexível. E essa garota me deixou com raiva. Eu estava tentando ser legal com ela. Estava tentando ajudá-la. Ela foi cruel comigo. Eu conheço essa sensação. Ela não tinha direito de me fazer gostar dela e depois me afastar. Outra pessoa fez isso comigo, e eu não aturaria isso de novo. Dei um tapa forte na cara dela e a vi cair no chão. Subi nela e comecei a fazer o que tinha planejado fazer com aquele garoto. Não precisei usar nenhuma droga. Ela estava tão fraca, e eu, tão forte. Não precisei adormecê-la para terminar meu trabalho. Passei a mão por baixo da blusa dela. A pele era tão macia. Eu não sentia a pele de alguém havia um bom tempo.

Garota... garota... Pare de gritar... Garota... Gosto de sua pele. Gosto muito de sua pele.

Agora Jenny dizia as palavras, as palavras que estavam na página, palavras que eu ainda não tinha lido. Meu coração estava explodindo! Ela estava de volta lá, naquela noite. Ela encontrara o caminho de volta!

Tirei a roupa dela. Coloquei a camisinha. Foi fácil. Ela era tão pequena, eu podia segurá-la com uma das mãos. Então, fiz amor com ela. Ela estava chorando, mas eu estava sendo gentil. Aí lembrei que o plano não era ser gentil. Fui até lá para seguir uma história. E aquela história não estaria certa se eu fosse bondoso. "Desculpe, garota." Parei de fazer amor com ela e comecei a fodê-la, com força. Tentei imaginar o garoto, e isso deixou tudo mais fácil. Peguei o graveto na bolsa. Não esqueci o plano. Comecei a entalhá-la. Eu lembrei onde fazer.

Parei de ler. Eu sabia o que estava naquelas páginas.

Era minha história. Fechei os olhos e me lembrei. Há tanta dor quando ele me ataca.

É a história que contei a Glenn Shelby, o limite que cruzei. O sol brilhante do Oregon está em meu rosto. Posso ver minha casa tão perto. Ele ri quando escuta meus gritos.

É a história que ele lembrara e saboreara, então infligiu a essa bela jovem. Ele ri de mim e me chama de puto.

Sequei as lágrimas. Abri os olhos e continuei lendo as anotações de Glenn.

Peguei um pouco da pele do graveto e a esfreguei em meus dedos. Estava escorregadia e começou a quebrar em bolinhas de carne e cair no chão. Eu raspei num pouco mais.

Jenny abriu a boca e as memórias saíram por suas palavras.

Primeiro achei que ele estava fazendo cócegas. Ele está me segurando deitada com tanta força com o antebraço em meu pescoço. Acho que talvez ele vá parar e apenas fazer cócegas por um tempo. Talvez tenha acabado. Então começou a queimar e a queimar mais, e eu percebi que ele estava cortando minha pele.

Sim, Jenny. Sim! O sangue escorre por minhas costas. Posso senti-lo, quente e pegajoso. Ele me diz que está deixando sua marca. Ele me diz que vai comer meu corpo, esse pequeno pedaço de meu corpo, como um canibal.

Jenny continuou como se pudesse ouvir meus pensamentos, como se fôssemos um só. Naquele momento, éramos um, compartilhando a mesma história. Meu remorso era profundo. Mas não o deixei entrar.

Jenny continuou a contar nossa história.

Eu sinto o nervo, ele alcançou um nervo, e eu grito de novo. Ele para e aí...

Então retomei nossa história, continuando a ler.

"Desculpe, garota." Preciso seguir a história. Parei de entalhá-la e a fodi mais. Ela gritou de novo. Eu não estava gostando daquilo. Não era fácil continuar. Não era o garoto, e eu não gostei do tempo que demorou para fazer aquilo. Comecei a me perguntar se a história era diferente do que eu lembrava. Uma hora é um tempo longo. Meus braços estavam cansando. E havia tantos gritos! "Garota! Pare de gritar!" Tive de parar muitas vezes para ela se acalmar e ficar quieta.

Jenny se junta. Somos como uma orquestra, dois instrumentos tocando a mesma música.

Garota, pare de gritar. Garota... Ah, Deus!

Eu penso comigo mesmo. Eu sei, Jenny. A dor é insuportável e ele se força para dentro de mim. Tenho apenas doze anos. Meu corpo é pequeno. Ele tem dezessete anos. É um homem. Ele me trouxe aqui para procurar cobras. Ele me disse que eu pegaria uma cobra. *Viu*, diz ele. *Você pegou uma cobra*. Então, chorei. Apenas chorei. Não foi uma hora. Glenn me perguntara quanto tempo tinha durado, e eu disse a ele que pareceu uma hora. Eu não falei que passou, de verdade, uma hora até que víssemos o carro de minha mãe estacionando na entrada da garagem. Ele saiu de dentro de mim e me deixou lá, sangrando.

Li outra passagem.

Fiz uma pausa longa, verifiquei meu relógio. Deixei-a recobrar o fôlego.

Jenny liberou mais palavras, mais memórias. Elas saíram bem baixinho, quase num sussurro.

Está quase. Só faltam dezessete minutos e oito segundos.

Jenny abriu os olhos e encontrou os meus, a apenas alguns centímetros. Ambos estávamos chorando, nossas memórias escancaradas diante de nós.

Eu me lembro, Jenny falou. *Eu me lembro dele*.

— Eu sei. Posso ver em seus olhos. Posso ver!

E eu podia. Eu podia ver tudo. Eu podia me ver. Eu não estava mais sozinho.

CAPÍTULO TRINTA E SEIS

Meus pais não deram queixa do estupro. Eles só me levaram ao médico quando a enfermeira da escola os obrigou, e aí foi apenas para dar pontos no entalhe. Eles tinham medo de que o governo lhes tirasse os filhos adotivos, incluindo o que tinha me levado para a mata atrás de casa. Minha mãe disse que aquilo era algo que poderíamos superar. Que aquele garoto tinha uma história muito triste e precisava de nossa ajuda. Seu comportamento – foi como ela chamou aquilo – era resultado de sua vida difícil, e não deveríamos julgá-lo de forma tão dura. A enfermeira da escola viu sangue em minha camisa, e eu disse a ela que fora de uma queda. Houve um comunicado, mas foi só. A dor desse segredo, de não ter dividido isso com ninguém, foi brutal.

Eu me lembro do dia que compartilhei minha história com Glenn Shelby. Estávamos numa consulta na prisão em Somers. Ele me contou de um garoto que ele perseguira. De como ele ficava do lado de fora da casa do menino, observando-o da mata. De como pensara em tocar nele. Eu lhe disse que esses impulsos eram ruins. Que eles podiam machucar as pessoas. Ele me perguntou como era possível, se a sensação de imaginar era tão boa. Ele recontou exemplos dos presos. Ele recontou coisas que eles faziam uns aos outros. Ele estivera com centenas de pessoas, homens, mulheres, garotos adolescentes. Eram prostitutos, na maioria. Alguns estavam muito drogados. Alguns tinham sido atraídos por seu charme e estavam tão desesperados por amor que não conseguiram enxergar a psicose em sua conexão com eles.

Eu tentei explicar a ele que meninos deviam permanecer numa zona proibida, mesmo aqueles que trabalhavam como prostitutos. Eu não queria que ele desenvolvesse um gosto por jovens, então contei a história a ele. Sobre o garoto atraído para a mata. Sobre o medo e a dor. Ele me pediu detalhes. Ele me perguntou por que o garoto machucou o mais novo. Compartilhei minha história com detalhes. Eu nunca tinha contado nada a ninguém. A nenhuma pessoa. Em toda a minha vida. Diante de mim, estava um consumidor de minha história de horror, de olhos arregalados. Não consegui resistir ao ímpeto de, enfim, dizer as palavras em voz alta. Ele tinha tanta habilidade em extrair segredos de suas catacumbas. E eu fora tão pateticamente fraco. Contei a ele sobre a dor física. Contei a ele como ela roubou a vontade daquele menino. E contei a ele sobre o entalhe. Revelei que eu era aquele menino.

Glenn seguiu essa história como um mapa quando trombou com Jenny naquela mata. O resto, as formas de se proteger, a depilação, a camisinha, ele aprendeu com os outros presos e as histórias que eles propagavam. Tento não dar importância ao fato de que ele fora até lá para estuprar meu próprio filho. Que ele fora até lá para me punir, e talvez para me dar um presente, o elo de empatia com essa menina com quem ele cruzara na mata. Com Jenny. Como ele achou que esse presente me levaria de volta a ele. O presente no lugar da punição. Foi isso que ele me disse naquele dia em seu apartamento. Que ele havia sido flexível.

Fui honesto no início da narrativa. Quando comecei a tratar Jenny, meu desejo de devolver a ela sua memória estava fundamentado em conceitos de justiça e em minha crença de que aquilo iria curá-la. Tudo mudou no momento em que li, no relatório da polícia, sobre o entalhe. Eu descrevi como informações chocantes entram no cérebro e causam devastação. Como leva tempo para se ajustar à nova realidade. Foi desse jeito para mim quando li aquelas palavras. Quando minha mente se ajustou aos fatos, a verdade foi irrefutável. Não podia ser coincidência. Eu tive absoluta certeza de que Glenn Shelby estuprara Jenny Kramer.

E de que ele tinha feito isso por minha causa e por causa da história que eu compartilhara com ele.

Por que, então, não corri até o detetive Parsons? Por que não dei a Tom a vingança pela qual ele ansiava? Por que neguei a justiça a minha nova paciente? Como posso explicar isso agora, se é que você já não enxerga? Eu estive sozinho por tanto tempo. Sim, alguns de meus pacientes são vítimas de agressão. De estupro. Mas nenhum deles tão jovem. Nenhum tinha sido entalhado, marcado como um animal. Não havia mais ninguém neste planeta que entenderia. Eu caminhava sozinho. Até Jenny Kramer. A súbita necessidade de fazê-la lembrar foi mais poderosa que minha consciência. E eles teriam tirado isso de mim se eu lhes tivesse dito a verdade.

Fui ver Glenn em seu apartamento quando pensei precisar de outro plano para salvar meu filho. E para me certificar de que ele nunca mais chegasse perto de minha família de novo. Havia mais de um jeito de alcançar isso.

Até mexer no telefone de Jason, eu não tinha percebido que Glenn fora àquela festa para machucá-lo, que ele o estivera perseguindo pelas mídias sociais. Antes daquele momento, eu acreditara ingenuamente que ele fora a um lugar onde havia garotos a fim de encontrar uma vítima, qualquer vítima. Até passara por minha mente que Teddy Duncan, o vizinho de doze anos, fora o alvo. Glenn sabia que eu tinha doze anos quando fui agredido.

Hoje tenho mais capacidade de tratar pacientes com transtorno de personalidade borderline do que quando conheci Glenn. Compreendo as profundezas da doença, a extensão de suas obsessões e o grau a que chegam para afetar alguém. Antes de deixar Glenn sozinho em seu apartamento, eu lhe disse coisas venenosas. E foi isso que o matou.

— Você fracassou, Glenn. Você não feriu meu filho, e esse presente que você acha que me deu não foi satisfatório. Jenny é uma garota. Eu era um garoto. Ela tinha quinze anos. Eu tinha doze anos. Eu não vou mais ver você. Depois de hoje, nunca mais vou ver você. Não há nada que você possa fazer que vá mudar isso algum dia. Não há nada que você possa fazer para ser importante para mim algum dia.

Houve outra história que contei a Glenn. Era sobre uma paciente num hospital universitário. Não era minha paciente. Eu estava na residência, etapa que envolvia mais observação do que tratamento de verdade. Uma das pacientes de que eu cuidava se matou. Eu me lembro de estar preocupado com ela, mas não dizer nada ao médico responsável. Eu não queria estar errado e parecer tolo. Ela rasgou a camisola em tiras compridas, amarrou-as e se enforcou na dobradiça da porta do banheiro. Falei a Glenn que nunca tinha esquecido essa mulher, mesmo que ela não fosse minha paciente. Disse a ele que ela ia pesar em minha consciência até o dia de minha morte.

Glenn Shelby era um homem perigoso. Um monstro. Meu monstro. Sei que ajudei a criá-lo com minha indulgência. Com meu descuido. Então, acredito, eu o matei.

Eu não consegui curá-lo. Talvez Deus consiga.

Sou culpado. Pode me odiar, se quiser. Tentei mostrar os fatos atenuantes. Charlotte, Tom, Sean. Eu devolvi a eles a vida, e nada disso teria sido possível sem a colisão. Se eu não tivesse contado minha história a um paciente instável. Se Jenny não estivesse naquela mata com ele. Se eu confessasse no momento em que soube da verdade. Odeie-me. Despreze-me. Mas saiba que pesei tudo. E saiba que ponho a cabeça no travesseiro e durmo, sim. E toda manhã acordo e olho no espelho sem nenhum problema.

Não atendo mais os Kramer. Depois de um verão produtivo com Jenny, ela voltou para a escola. Como as de Sean, as memórias escondidas que ela encontrou ajudaram a assentar os fantasmas, e ela passou a responder a um tratamento mais tradicional. No outono, ela estava pronta para seguir em frente.

Sinto um misto de alegria e dor quando um paciente tem alta. Sinto saudade.

Vejo os Kramer na cidade. Somos muito amigáveis. Tom e Charlotte parecem felizes. Jenny parece feliz, normal. Vejo-a rindo com os amigos.

Às vezes, quando estou com minha mulher, quando ela entrelaça os braços ao redor de minha cintura, ela toca a cicatriz em minhas costas.

Às vezes, quando ela faz isso, penso em Jenny e sei que não estou sozinho. A dor se foi. Eu me curei.

Meu consultório agora é um sucesso. Eu me tornei uma espécie de expert em recuperação de memória e, às vezes, recebo pacientes do outro lado do país. Estou pensando em abrir uma clínica. O tratamento de trauma continua em voga. Escrevi ensaios, dei palestras. Eu me tornei um tipo de ícone contra seu uso e fiz meu melhor para restringir sua prática. Eu vejo o apelo. Parece fácil, não? Apenas apagar o passado. Mas você sabe bem o que acontece.

Sempre digo o mesmo a esses pacientes quando eles chegam para me consultar, convencidos de que estão condenados a uma vida com seus fantasmas, com as chaves perdidas do carro. Proporciono-lhes conforto quando digo que nem tudo será esquecido.

NOTA DA AUTORA

Embora o tratamento citado nesse romance não exista atualmente dessa forma, a alteração de memórias factuais e emocionais do trauma está na vanguarda dos estudos sobre a ciência da memória. Pesquisadores conseguiram alterar memórias factuais e abrandaram o impacto emocional de memórias com drogas e terapias apresentadas neste livro, além de terem procurado uma droga para mirar essas memórias e apagá-las por completo. Apesar de a intenção original das terapias com drogas para alterar memórias ter sido tratar soldados em campo e abrandar o transtorno de estresse pós-traumático (TEPT), seu uso foi popularizado – e é provável que seja extremamente controverso.

AGRADECIMENTOS

Seria preciso todo um novo romance para recontar a jornada que resultou na escrita e na publicação de *Nem tudo será esquecido*. Embora o tempo verdadeiro de escrita tenha sido cerca de dez semanas, também levou dezessete anos, quatro outros romances, dois roteiros, uma carreira de advogada, três filhos e angústia o bastante para preencher o calendário do dr. Forrester por muitos anos. Escrever pode ser difícil. Saber o que escrever é ainda mais. Eu me sinto abençoada e grata por encontrar o caminho para contar esta história.

Assim, começo meus agradecimentos por minha agente, Wendy Sherman, por saber o que eu deveria escrever e pela paciência enquanto eu focava em um novo gênero. Suas habilidades de conhecer uma escritora e o mercado são espetaculares. Também devo muitos agradecimentos a minha editora, Jennifer Enderlin, por seu entusiasmo decidido, e a Lisa Senz, Dori Weintraub e toda a equipe da St. Martin's Press, pelos esforços extraordinários para publicar este livro com precisão, mas também com uma paixão genuína pelo projeto. Tem sido um prazer imenso trabalhar com profissionais tão talentosos. Na Costa Oeste, minha gratidão vai para minha agente de direitos visuais, Michelle Weiner, na CAA, por saber que estaríamos em tão boas mãos com Reese Witherspoon e Bruna Papandrea na Pacific Standard Films e na Warner Brothers. Por passar o livro a algumas das melhores editoras ao redor do globo, obrigada à agente de direitos estrangeiros, Jenny Meyer.

Embora eu assuma total responsabilidade pelas liberdades tomadas na descrição da ciência da memória e da psicologia, estou em dívida com a dra. Felicia Rozek, pelos *insights* incríveis na dinâmica psicológica dos personagens e dos acontecimentos, e com a dra. Efrat Ginot, médica e autora de *The Neuroscience of the Unconscious: Integrating Brain and Mind in Psychotherapy*, por me instruir na ciência por trás da perda, da recuperação e da reconsolidação da memória.

Em uma nota pessoal, devo muitos e muitos agradecimentos a meus companheiros escritores que encaram corajosamente páginas em branco todos os dias e, ainda assim, conseguem ler meu trabalho, diminuir minhas dúvidas e dar uma mãozinha – Jane Green, Beatriz Williams, Jamie Beck e Mari Passananti; meus leitores de confiança e "cobaias de enredo", que balancearam honestidade e encorajamento – Valerie Rosenberg, Joan Gray, Diane Powis e Cynthia Badan; meu companheiro paciente; e minha família corajosa, complicada e linda, que acredita em trabalho árduo e grandes sonhos.

Este livro foi composto em Fairfield LH e impresso pela RR Donnelley
para a Editora Planeta do Brasil em setembro de 2016.